TITUS
VERLAG

Das Buch

Das Leben von Sophie ist aufregend und ernüchternd zugleich. Die Beziehung zu Rockstar Joshua offenbart ihr eine Welt voll Glanz und Glamour sowie Einsamkeit und Missgunst. Zunehmend schleichen sich Probleme in das Zusammenleben zwischen ihr und dem berühmten Schlagzeuger. Hat er etwa eine Affäre, oder ist an den Zweifeln gar nichts dran?

Durch Zufall lernt Sophie einen anderen Mann kennen. Roman ist nicht berühmt und zeigt ihr, dass ein normales Leben ebenfalls erstrebenswert ist. Sophie gerät in einen Zwiespalt.

Ist das Leben im Schatten eines Stars wirklich ihre Bestimmung?

»**Am Ende war es Liebe**« ist das zweite Buch über Sophies Leben. Der erste Roman »**Am Anfang war die Mail**« ist bereits 2011 im Titus Verlag erschienen.

Die Autorin

Tanja Jasmin Nasir wurde am 20. Oktober 1981 in Frankfurt geboren. Bereits im Kindergartenalter unterhielt sie ihre Eltern mit ausgedachten Geschichten, wo ihre Leidenschaft zum Schreiben ihren Ursprung fand.

Mit der Romanfigur ›Sophie‹ begann die Autorin eine Geschichte, die nun ihre Fortsetzung findet.

Weitere Informationen im Internet unter **www.titus-verlag.de**

Am Ende war es Liebe

von

Tanja Nasir

TITUS
VERLAG

Lektorat: Nicole Volkmann, Sascha Ehlert
Buchsatz: Sascha Ehlert
Testleserin: Nicole Volkmann
Druck / Bindung: AALEXX Buchproduktion GmbH

Gedruckt in Deutschland

1. Auflage 2013

Bibliografische Information der Deutschen Bibliothek
Die Deutsche Bibliothek verzeichnet diese Publikation in der Deutschen Nationalbibliografie; detaillierte bibliografische Daten sind im Internet über http://dnb.ddb.de abrufbar.

ISBN 978-3-942277-55-6

FEBRUAR 2010 Sophie bummelte durch die Kölner Altstadt. Es wurde bereits dämmrig, und der kalte Wind ließ lauter Atemwolken durch die Stadt tanzen. Die anderen Passanten stürmten mit gesenkten Köpfen an ihr vorbei. Jeder versuchte, sein Ziel möglichst schnell zu erreichen, um dem unangenehmen Wetter zu entfliehen. Sie erspähte einen Laden, der schöne Wollmützen verkaufte. Sophie nahm die Hände aus den Manteltaschen und betrat ihn. Doch so richtige Shoppinglust kam nicht auf. Sie schaute auf ihre Uhr. Es war erst halb fünf. Joshua würde mit den anderen noch zwei Stunden im Proberaum sein. Sophie dachte an den Morgen zurück. Vergeblich hatte sie versucht, die Jungs davon zu überzeugen, dass sie bei der Organisation des Streetteams Hilfe brauchte.

»Leute, ich meine das ernst. Ihr müsst mich da einfach ein bisschen mehr unterstützen«, müde blickte Sophie in die Gesichter der Jungs.

Sie saß mit ihnen um den Küchentisch herum. Die Reste vom Frühstück zierten den robusten Holztisch. Die rotweiße Tischdecke war Sophies Idee gewesen. Mittlerweile war sie fleckig und hing schief vom Tisch herunter. In der Kaffeemaschine blubberte es eifrig.

»Das Streetteam zu leiten, ist echt viel Arbeit. Wir kriegen täglich an die dreißig Bewerbungen, und ich muss sie alle alleine lesen und bewerten«, fuhr sie ernst fort.

Unter dem Tisch kitzelte Joshua ihr Bein. Er war nicht besonders an dem Thema interessiert. Seine Hilfe bot er jedenfalls nicht an. Intensiv blickte sie ihren Freund an. »Joshua, möchtest du vielleicht …«

»Hm? Ich? No way, meine Süße, ich passe.« Er hob abwehrend die Hände und schüttelte den Kopf.

Sophie zog beleidigt eine Schnute.

»Guck mich nicht so an«, sagte Jo sanft. »Ich hab mit den Fanmails, der Webseite und dem Newsletter echt schon genug an der Backe. Aber Gott sei Dank bin ich ja nicht der

Einzige hier.« Mit großen Augen blickte er von einem zum anderen.

Tom schüttelte den Kopf und gab sich selbst mit Daumen und Zeigefinger einen Kopfschuss. Sophie grunzte missbilligend.

»Ich weiß nicht mal, was du da genau machst und wozu das Streetteam wirklich da ist. Sind da geile Ischen?« Sven war auch keine Hilfe und zupfte die Tischdecke noch schiefer.

»Ich würde dir ja echt gerne helfen, aber ich schreibe derzeit wirklich intensiv an neuen Songs. Wenn ich da jetzt nicht dranbleibe, verliere ich den Faden.« Somit schied auch Marco aus.

Sophie seufzte. Alle Köpfe drehten sich zu Nick. Sie blickte ihn mit großen Hundeaugen an. »Schon gut, schon gut. Kein Grund, hier gleich den Welpenangriff zu starten. Ich werde dir helfen. Sag mir einfach, was ich tun kann.« Er stand auf, um den fertigen Kaffee zu holen. Glücklich sprang Sophie von ihrem Stuhl und umarmte den Bassisten. Nachdem er sich neben sie gesetzt hatte, klappte sie den Laptop auf und zeigte ihm, was er tun konnte. Die anderen verließen die Küche und widmeten sich ihren eigenen Aufgaben.

Nachdem Nicklas über alles ins Bild gesetzt war, lobte er Sophies Arbeit. Er war beeindruckt. Sie hatte sich sehr viel Mühe gegeben. »Danach werden die E-Mail-Adressen in diesen Verteiler hier hinzugefügt. Da schicke ich dann regelmäßig Anweisungen, News oder neue Termine per E-Mail an alle Member und beauftrage sie mit der Werbung. Und so funktioniert das Ganze dann«, beendete sie.

»Cool! Ich hab gar nicht gewusst, dass du das so gut organisiert hast. Eine tolle Sache. Schneeballprinzip.« Es war wirklich nicht selbstverständlich, dass sie das tat.

Sophie freute sich. »Die meisten denken, dass sie mit euch in Kontakt stehen.«

»Ach, echt? Woran erkennst du das?«, wollte Nicklas wissen. Er schob den Laptop ein Stückchen beiseite.

Sophie grinste verschmitzt. »Das erkennt man einfach. Sie schreiben eine Mail mit einer Frage, und ich schicke eine Antwort. Sofort bedanken sie sich überschwänglich. Wenn ich dann zum Beispiel ›keine Ursache‹ oder so zurück schreibe, dann kommt wieder eine Nachricht, wo ganz beiläufig gefragt wird, bei wem genau sie sich eigentlich bedanken.«

Nick lachte. »Tja, sie hoffen immer, dass wir uns tatsächlich mit ihnen auseinander setzen.«

Sophie zuckte die Schultern. »Ich habe es ja auch gehofft. Damals.« Sie trank einen Schluck Saft.

Nick legte seine Hand auf ihren Arm. »Dass Jo es damals gemacht hat, war die beste Entscheidung. die er je getroffen hat. Wir sind alle sehr froh, dass du hier bei uns bist.«

Dankend schaute Sophie ihn an.

»Wirklich Sophie, du bist so inspirierend für uns.«

Sie drückte seine Hand. »Danke, aber zurück an die Arbeit.«

Nach einer Weile kochte Nicklas eine Kanne Kaffee. Der Duft lockte die anderen vier Jungs in die Küche. Josh schlenderte lässig zu Sophie auf die Eckbank am Küchentisch, umarmte sie fest und küsste sie. Seinen Haaren nach zu urteilen, hatte er ein Nickerchen gemacht. »Na, meine Süße, hat Nick sich ordentlich angestellt?« Er gähnte.

»Oh, ja, das hat er«, antwortete sie ernst. »Er stiehlt sich jedenfalls nicht aus der Affäre.«

»Ach, komm schon …«, Jo küsste ihre Stirn, ihre Nase, ihre Wangen und ihren Hals. »Ich mache doch genug andere Sachen.«

Sophie konnte nicht lange auf ihn böse sein und lächelt ihn besänftigt an.

»Habt ihr kein Zimmer für so etwas?« Tom setzte sich mit seinem Becher an den Tisch. Josh drückte sich dichter an Sophie heran. Er vergrub sein Gesicht an ihrem Hals. Atmete tief ein. »Hm, wenn du wissen würdest, wie sie riecht und wie sie schmeckt, könntest du auch nie damit aufhören.«

Tom würgte gekünstelt.

»Sei mal der Lady gegenüber nicht so unverschämt«, schaltete Marco sich ein.

Tom trank einen Schluck Kaffee. »Bin ich nicht«, meinte er, »ich habe mir nur gerade vorgestellt wie es sich anfühlen würde, wenn Josh mich überall vollschlabbert.«

Die anderen Jungs mussten lachen, auch Sophie kicherte. Tom trank noch einen Schluck Kaffee und schnupperte an der Tasse. »Außerdem … riecht und schmeckt der Kaffee auch wundervoll. Pass bloß auf, Joshi, dass ich nicht versuche, an der Person zu naschen, die ihn gekocht hat.«

Sophie brach in lautes Lachen aus. Nicklas grinste schweigend und schaute in seinen Becher.

»Ach, ich wäre Julia wohl nicht Romeo genug?«, deutete Tom Sophies Lachen gekränkt.

»Darüber habe ich wirklich noch nie nachgedacht«, antwortete Sophie noch immer kichernd. »Aber diesmal wurde der Kaffee von Nicklas gekocht.«

Nun fingen alle an zu lachen.

»Na, das würde ich aber gerne mal sehen, wie du an ihm naschst.« Josh wischte sich die Lachtränen aus den Augenwinkeln.

»Hä, hä«, äffte Tom die anderen nach, stand auf und nahm seinen Becher mit. An der Tür drehte er sich noch einmal um und meinte: »So gut schmeckt er nun auch nicht.«

»Was steht denn eigentlich die kommende Woche an?«, fragte Sven, als sich alle wieder beruhigt hatten.

Nick öffnete den Wochenplan auf dem Laptop und schaute sich die zweite Februarwoche an. »Also …«, begann er, »nächsten Dienstag haben Sven und Tom das Radiointerview. Am Mittwoch gehen Sven und ich zu diesem neuen Kindersender, und Donnerstag haben wir alle einen Pressetermin mit dem Musikmagazin ›Visions‹. Die wollen einen Artikel plus Fotostrecke. Das wird ein langer Tag.«

Sven stöhnte. »Ich hab wieder am meisten Stress.«

»Tja, das ist das Los des Frontmannes. Dafür finden dich ja auch die meisten Weiber geil«, konterte Marco.

Sven winkte ab. »Wenn die wenigstens alle so geil wären … ach, na ja.«

»Nur keinen Neid. Marco und ich müssen dafür mit Mark und der Booking Agentur gemeinsam die Tourdaten abstimmen. Es gibt wohl kaum etwas Langweiligeres«, warf Joshua ein.

»Ach, kommt, Leute …«, munterte Sophie auf, »… eure Tournee startet in drei Wochen. Zehn Wochen On Tour in ganz Deutschland. Sogar in Luxemburg und in Österreich wurdet ihr gebucht.«

»Vergiss die Schweiz nicht, Süße«, warf Jo ein.

»Genau! Das wird eure Zeit, ihr könnt euch aus zwei Alben bedienen und eine total coole Show abliefern. Eure Proben verliefen alle ohne Probleme. Die Vorbereitung schafft ihr jetzt auch noch.«

Joshua schaute seine Freundin an. Er stand auf und zog sie mit sich. »Ist sie nicht großartig?« Er gab ihr einen Klaps auf den Hintern. »Ohne meine Süße wären wir echt ohne Motor. Aber jetzt hab ich was vor, dass ich wirklich lieber auf dem Zimmer mache.«

»Mensch, Jo …«, Sophie bekam einen roten Kopf.

Doch er klopfte ihr unbeeindruckt weiter auf das Gesäß und schob sie vor sich durch die Küchentür.

Schließlich waren die Jungs zu ihrer Probe aufgebrochen. Da Sophie sich zuhause langweilte, beschloss sie, in die Kölner Innenstadt zu fahren. Sie verließ den Laden mit den Mützen. Es war keine dabei, die ihr gefiel. Sophie war noch immer etwas gekränkt, dass Joshua ihr nicht mit dem Streetteam helfen wollte. Sie hätte sich sehr gefreut, etwas mehr Zeit mit ihm zu verbringen. Da die Tour kurz bevor stand, merkte sie, dass es nicht immer nur schön war, mit einem Rockstar zusammen zu sein. Sie kaufte sich einen warmen Karamell Macchiato und machte sich zu Fuß auf den Heimweg. Bevor ihre Krankheit wirklich schlimm geworden war, hatte sie sich einige Male vorgestellt wie es wohl sein könnte, wenn aus dem E-Mail-Kontakt mit Joshua mehr werden würde. Wie es sein würde, bei einem Konzert in der Halle unter den vielen Fans zu stehen, aber hinterher mit ihm nach Hause zu gehen. Wie es sein würde, wenn er sich nach einem tollen Abend auf der Bühne abends im Bett an sie schmiegen würde. Wie es sich wohl anfühlen würde, seinen Freund in Zeitschriften, Magazinen und im Fernsehen zu sehen. Doch nüchtern musste sie feststellen, dass es nicht unbedingt supertoll war. Josh war nach etlichen Konzerten mit den Jungs und einigen Fans unterwegs. Die Band sollte auf anraten des PR-Coaches weiterhin erreichbar wirken. Sie sollte mit ausgewählten Girls ein paar Bier trinken und Normalität vermitteln. Wenn er nicht mehr ausging, war er so müde, dass er zu Hause fast sofort einschlief. Und Joshua war kein Kuschelschläfer. Lieber wollte er mit einer eigenen Decke, die er sich nach Belieben um die Beine schlingen konnte, auf seiner Seite liegen. Wenn er richtig erschöpft war, schnarchte er.

Zu Hause angekommen drehte Sophie die Heizung im Bad und in der Küche höher. Sie schaltete im Flur und in Joshuas Zimmer die indirekte Beleuchtung ein. Anschließend kochte Sophie für alle Spagetti Bolognese und öffnete eine Flasche Wein. Den Tisch deckte sie für alle fünf ein. Sie suchte einen passenden Sender im Radio und zündete zwei Kerzen an. Die Jungs kamen gut gelaunt von der Probe und freuten sich über das Essen. Über die behagliche Wärme und das angenehme Ambiente verlor niemand ein Wort. Dennoch fühlte Sophie sich wohl und fand es super, mit der Band zusammen zu wohnen. Die Geschichten, die am Tisch ausgetauscht wurden, waren interessant, und sie fühlte sich in dieser Männerunde gut aufgehoben.

Später am Abend, als Sophie und Joshua im Bett lagen, griff sie das Thema um das Streetteam noch einmal auf. »Ich finde es schon schade, dass du das nicht mit mir zusammen machen willst. Wir könnten uns ganz einfach abstimmen, oder es zusammen im Bett erledigen.« Verführerisch schaute sie ihren Freund an.

Doch Joshua ging nicht darauf ein. »Ach, Süße, nicht schon wieder das Thema. Ich habe keine Lust auf noch mehr Berührungspunkte mit Fans. Die Fanpost ist mir echt genug.«

»Das verstehe ich ja, aber …«, setzte sie an, doch Jo unterbrach sie genervt. »Nee, kein Aber. Ich habe darauf einfach keinen Bock. Das wusstest du jedoch auch schon vor drei Monaten, als du das Team gegründet hast. Es ist schön, wenn es gut läuft, weil es für die Band ist, aber lass dir von Nick helfen.«

Er drehte sich müde auf die Seite, und Sophie wusste, dass dieses Gespräch beendet war. Beleidigt lag sie neben ihm und starrte an die Decke. Joshua konnte so ein Sturkopf sein. Außerdem war er immer so direkt. Stur und direkt. Grauenhaft.

»Du bist gemein!«, motzte Sophie.

»Bin ich nicht«, gähnte Joshua. »Ich mache dir halt nix vor. Ich habe auf die Arbeit keinen Bock, und auch dir zu Liebe kann ich mich nicht überwinden. So, Baby, ich schlaf jetzt.« Es folgte ein akustischer Gute-Nacht-Kuss.

Sophie löschte das Licht auf dem Nachttisch und starrte weiter in die Dunkelheit. Sie erinnerte sich an ihre Nächte im Krankenhaus. Dort hatte sie ebenfalls oft in die Dunkelheit gestarrt. Der Tag an dem Joshua sie zum ersten Mal besuchen kam, war nur vage in ihrem Gedächtnis geblieben, doch er hatte ihn hunderte Male erzählt.

Josh war aufgeregt gewesen, als er im Zug nach Frankfurt saß. Da er nicht wusste, wie lange er bleiben würde, hatte er lediglich einen Rucksack dabei, der zwischen seinen Knien stand. Die Übelkeit war neu für ihn. Er wusste, es hatte nichts mit dem Essen zu tun. Es war die Aufregung. Die Vorfreude. Vom Frankfurter Hauptbahnhof fuhr er direkt in die Uniklinik. Sophies Zimmernummer wusste er bereits.

Als er auf dem Gelände der Klinik stand, war er allerdings verloren. Zig Gebäude, teilweise Baustellen, kein Plan in Sicht. Er hielt Ausschau nach jemandem, den er nach dem Weg fragen konnte. Doch die vereinzelten Fußgänger eilten beschäftigt und mürrisch an ihm vorbei. Hätte er doch bloß vorher im Internet nach einem Lageplan geschaut. Josh sah eine Frau auf sich zukommen, die einen langen weißen Kittel trug. Sie müsste sich doch hier auskennen. Schnell trat er auf sie zu. »Verzeihung, aber ich möchte jemanden besuchen, der sich derzeit in der Neurochirurgie aufhält. Im Zimmer Nummer …«

»Oh«, unterbrach sie ihn, »ich bin Laborantin und hab's gerade sehr eilig. Gehen Sie doch ins Hauptgebäude, Haus 23 C, dort ist der Besucherempfang, und die helfen Ihnen bestimmt weiter. Gehen Sie einfach direkt da vorne durch die große Tür.« Und noch bevor Jo etwas erwidern konnte, eilte sie davon. Er schulterte seinen Rucksack und stiefelte auf die Tür zu.

Joshua trat an den Tresen. Er kam sich vor wie in einer der etlichen Arztserien. Die Einrichtung war ganz typisch Krankenhaus. Deprimierende graue, beige und weinrote Farben, dazu ein Linoleum-Boden. Viele Schilder, Treppenauf- und abgänge, Fahrstühle, Menschen in Rollstühlen und geschäftige Pfleger rundeten den Eindruck ab. Der sterile Geruch in der Luft signalisierte sogar Blinden wo sie waren. Jo räusperte sich, und eine rothaarige junge Frau begrüßte ihn freundlich. Er fragte nach dem Weg zu Sophies Zimmer, und sie erklärte ihn ausführlich.

»Kann ich sonst noch etwas für Sie tun?«, hakte sie nach.

»Ähm …, ich glaube nicht.« Jo verstand die Frage nicht.

»Suchen Sie vielleicht noch ein Hotelzimmer oder benötigen Sie später ein Taxi?«, bot sie an.

»Ach so.« Jetzt verstand Josh. »Ich, ähm …, ich glaube ja. Aber ich komme dann einfach später noch mal wieder.«

»Wie Sie meinen. Ich habe heute noch bis 22.00 Uhr Dienst.« Sie zwinkerte ihm zu. »Bezüglich einer Unterkunft könnte ich bestimmt behilflich sein.«

Charmant lächelte Joshua sie an, ohne etwas zu antworten, und machte sich auf den Weg zu Sophie. Im Fahrstuhl schüttelte er den Kopf und dachte: ›Manche Dinge ändern sich wohl nicht so schnell.‹

Er war im richtigen Flur. Außer ihm war niemand auf dem schmalen Gang mit den unpersönlichen Türen. Keine

Namen, nur Nummern. Joshua hatte Krankenhäuser noch nie gemocht. ›Aber wer mag die schon?‹, fragte er sich.

Ihre Zimmertür war geschlossen, unsicher stand er davor. Vielleicht schlief sie gerade. Vielleicht waren ihre Eltern zu Besuch. Vielleicht waren Freunde zu Besuch. Erst jetzt fiel ihm auf, dass er überhaupt nichts für sie mitgebracht hatte. Verdammt, daran hatte er einfach gar nicht mehr gedacht. Hatte Nick ihn erinnert? Er schaute den Flur entlang, doch es gab nichts in Sichtweite, was sein Problem hätte lösen können. Er hob die Hand. Kurz bevor er anklopfte, entschied er, erst zu lauschen. Konnte er Stimmen hören? Er legte sein Ohr an die dicke Tür. Nichts.

»Kann ich ihnen helfen?« Eine junge Schwester stand wie aus dem Nichts neben ihm.

Jo zuckte zusammen. »Uih, na, Sie haben mich aber erschreckt.«

»Tut mir sehr leid, Herr Streta. Das war nicht meine Absicht.« Kokett sah sie ihm in die Augen.

»Oh, Sie … Sie … kennen wir uns?« Irritiert schaute er die Schwester ein zweites Mal an.

»Ja. Ich meine, nein. Wir kennen uns nicht wirklich. Ich bin ein großer Fan von ›Dark Tower Alliance‹. Ich stehe bei Konzerten immer in der ersten Reihe. Einmal habe ich Ihren Stick gefangen. Würden Sie mir ein Autogramm geben?« Sie zückte einen Filzstift.

Jetzt verstand Josh. »Ah, ja, natürlich. Wir können uns gerne duzen. Ich bin Joshua.« Er streckte ihr die Hand hin.

»Ich bin Jessy.« Sie ließ seine Hand nicht los.

Jo fühlte sich unbehaglich. Zum einen stand er hier vor der Tür zum Zimmer seiner Freundin, und zum anderen waren seine Hände vor Aufregung feucht. Er zog sie bewusst zurück und glitschig entglitt sie ihrer.

»Freut mich«, hauchte sie. Während sie langsam ihren Kittel aufknöpfte erklärte sie: »Leider habe ich jetzt kein Papier zur Hand. Vielleicht kannst du mir ja hier eine Unterschrift drauf geben.«

Joshua sprangen zwei, vom Push-up nach oben geschnallte, Brüste ins Gesicht.

»Wow ...«, entfuhr es ihm. »Ich, ähm, ... mir wäre Papier ehrlich gesagt lieber.« Sein Unbehagen wuchs.

Jessy öffnete den Mund, leckte sich über die Lippen und flüsterte: »Ach, bitte!«

Joshua hatte Sophie mehrmals versichert, dass er das Autogramm auf ihren Busen nur deshalb gegeben hatte, damit Jessy zufrieden abzischte. Sophie schüttelte im Dunkeln den Kopf. Jo konnte aber wirklich auch nirgends hingehen, ohne dass er dreist angemacht wurde.

Nachdem Jessy endlich abgedampft war, konzentrierte Joshua sich wieder auf sein Anliegen. Sollte er nun einfach hineingehen? Wenn er noch lange überlegte, war die Besuchszeit vorbei. Zaghaft klopfte er an und wartete. Er hörte ein deutliches »Herein«. Es war eine männliche Stimme, und Joshua befürchtete sofort, dass Sophies Vater vor Ort war. Natürlich war es ihr Vater. Natürlich waren ihre Eltern an diesem Tag hier. Es war schließlich ihre Tochter, die hier lag. Schüchtern, völlig gegen Joshuas Natur, stellte er sich vor.

»Wir haben schon von Ihnen gehört«, sagte Sophies Vater trocken. Josh konnte nicht erahnen, ob es freundlich oder unfreundlich gemeint war. Sophies Mutter saß auf einem Stuhl am Bett und hielt die Hand ihrer Tochter. Sophie selbst schlief.

Als die Mutter Joshua sah, lächelte Sie. »Joshua, wie schön, dass Sie hier sind. Ich freue mich sehr, Sie kennenzulernen.«

»Ganz meinerseits«, antwortete er brav.

»Komm, mein Schatz, wir holen uns einen Kaffee«, sagte sie zu ihrem Mann. An Jo gewandt ergänzte sie: »Wir sind in der Cafeteria. Vielleicht wacht Sophie ja auf, wenn sie merkt, dass Sie da sind.«

Jo bedankte sich höflich. Als die Eltern das Zimmer verlassen hatten, atmete Josh erleichtert auf und setzte sich auf den Stuhl an Sophies Bett. Er war froh, dass niemand weiteres in dem Zimmer lag. Er nahm ihre Hand. Sie war warm und weich. Genauso, wie er ihre Haut in Erinnerung hatte. Er hatte versucht, sich darauf vorzubereiten, dass ihre Haare abrasiert waren. Ihre wunderschönen schwarzen Haare.

»Sie werden nachwachsen«, hatte Sophie ihm bei ihrem letzten Telefonat gesagt. »Oder nimmst du mich nur mit langen Haaren?« Ein neckischer Scherz.

»Ich hoffe sehr, dass du weißt, dass ich diese doofe Frage nicht beantworte«, war damals sein Konter gewesen. Bei Sophie war es ihm in der Tat zum ersten Mal egal. Ob nun langes oder kurzes Haar, blondes oder schwarzes. Hauptsache, sie würde wieder aufwachen. Hauptsache, das Gehör war in Takt.

Sophie litt unter einem Neurinom. Ein gutartiger Tumor in der hinteren Schädelgrube. Er war langsam gewachsen. Die Symptome waren Kopfschmerzen und später Störungen in ihrem Gleichgewichtssinn. Der Chirurg hatte vor der OP darauf hingewiesen, dass Gleichgewichtsstörungen, Störungen des Gehörsinns und Probleme mit dem Kurzzeitgedächtnis postoperative Nachwirkungen sein könnten. Doch er war zuversichtlich gewesen, den kompletten Tumor entfernen zu können und hatte Sophie eine hundertprozentige Heilungschance vorausgesagt.

»Ich liebe dich!«, hatte Joshua ihr am Telefon gesagt. Es hatte ihn selbst überrascht. Noch nie zuvor hatte er das Gefühl gehabt, diese Worte einem Mädchen sagen zu wollen. Und nun, als er es zum ersten Mal ausgesprochen hatte, hatte er seinem Mädchen nicht mal in die Augen schauen können. Sie hatte am Telefon geschmunzelt. »Verabschiedest du dich von mir?«

Irgendeine Flüssigkeit lief unaufhörlich durch eine Venüle in Sophies linken Arm. Ihr Kopf war verbunden. Vorerst musste er ihre Glatze nicht sehen. Gott sei Dank wurde sie nicht auch noch beatmet. Joshua hatte Arztserien im Fernsehen gesehen und sicherlich hätte es ihn umgehauen, wenn um Sophie herum lauter Geräte gepiept und getickt hätten.

Doch es war ganz ruhig. Sie atmete gleichmäßig. Zärtlich strich er ihr mit dem Zeigefinger über die Wange.

»Hi, Schneewittchen«, flüsterte er.

Keine Reaktion.

»Du hast wohl schon von dem Apfel gegessen«, sprach er weiter. Er küsste ihre Nasenspitze. »Hat dich denn niemand vor der bösen Hexe mit dem Korb voller vergifteter Früchte gewarnt?« Zärtlich gab er ihr einen Kuss auf die Lippen. Ihre Hand zuckte leicht. Darin war sich Josh ganz sicher. »Sophie?«, fragte er halblaut.

Jetzt bewegte sich ihre Hand deutlicher. Gespannt wartete Joshua. Ihre Lider flatterten bevor sich ihre Augen öffneten. Er beugte sich über sie und lächelte. Müde erwiderte Sophie sein Lächeln. Sie versuchte, etwas zu sagen, doch es kam kein Ton heraus. Schnell füllte er ein Glas mit Wasser und reichte es ihr. Josh half Sophie, sich ein wenig aufzusetzen, um ein paar Schlucke zu trinken. Er beugte sich wieder vor und grinste. Endlich konnte sie sprechen.

»Wenn ich nicht wüsste, dass du es bist, hätte ich wahrscheinlich vor Angst geschrieen.« Joshua verstand nicht, was sie meinte, und Sophie sah die Fragezeichen in seinem Gesicht. Kraftlos lachte sie und fügte hinzu. »Dein Gesicht. Ich wache auf, und alles, was ich sehe, ist dein grinsendes Gesicht.«

Sophie musste darauf achten, jetzt nicht laut zu kichern. Obwohl sie sich nicht mehr richtig an den Moment erinnern konnte, hatte Joshua ihn so oft und lebhaft erzählt, dass es ihr vorkam, als erinnere sie sich genau. Seine Atmung war nun tief und gleichmäßig. Er war eingeschlafen. Sie entschied, ihn eines Tages morgens auf die gleiche Art zu begrüßen.

Im Krankenhaus waren sie noch zehn Minuten alleine gewesen, bevor Sophies Eltern zurückgekommen waren. Sie war sehr happy, dass Jo gekommen war. Doch er zog sich zurück und überließ ihren Eltern das Feld. Zurück an der Rezeption fragte er die gleiche rothaarige Frau nach einem günstigen Hostel in der Nähe. Sie versuchte erneut, ihn zu sich nach Hause zu locken.

»Das ist wirklich sehr freundlich«, begann er höflich, »aber eine gute Freundin liegt hier, und ich möchte morgen so früh wie möglich wieder hier sein.«

Die junge Frau seufzte und schrieb ihm schließlich eine Adresse auf. »Du kannst morgen ab 14.00 Uhr wieder herkommen.«

»Nicht früher?« Jo war entsetzt.

»Hm, also, sicher schickt dich keiner weg, wenn du schon etwas früher kommst, aber morgens findet immer die Visite statt, und gegebenenfalls werden nötige Untersuchungen gemacht. Da darfst du auf keinen Fall dabei sein.«

Josh nickte betrübt und bedankte sich.

In dem Hostel checkte er gleich für eine ganze Woche ein. Danach informierte er Nicklas und telefonierte auch mit seinen Eltern. Er ging in die Stadt und aß etwas in einer australischen Bar. Er war sehr froh, dass er an dem Abend nur von einer Handvoll Leuten angesprochen wurde. Auf dem Weg zurück in das Hostel lehnte er zum ersten Mal ein Fanfoto ab. Aber er hatte an dem Abend wirklich keine Lust, für ein Bild zu posieren.

Er besuchte Sophie jeden Tag. Ihre Eltern machten es ihm einfach, sich auch in ihrer Gegenwart wohl zu fühlen. Er war sehr froh, dass besonders Inge, Sophies Mutter, ihn herzlich und offen integrierte. Sophies Vater Martin war zwar distanzierter als seine Frau, aber nie unfreundlich. Am zehnten Tag boten sie ihm an, in Sophies Zimmer zu wohnen, solang er noch in Frankfurt bleiben wollte. Er entschied, die Einladung anzunehmen und teilte seinen Bandkollegen mit, dass er noch bis zur Entlassung von Sophie, Mitte April, in Frankfurt bleiben würde. Erst waren sie nicht ganz einverstanden, aber Jo versprach, sich ab Mai in Norwegen voll und ganz auf die Aufnahmen zu konzentrieren. Wie immer hatte er in Nick einen Verbündeten, der die Überzeugungsarbeit in Köln übernahm.

Sophie ging es von Woche zu Woche besser. Auch ihr Arzt war mit ihrer Genesung sehr zufrieden.

»Zu Hause werden sie noch schneller gesund«, pflegte er immer zu sagen. Ihrer Entlassung am 15. April stand nichts im Weg.

Als Sophie sich daran erinnerte, dass Josh alles stehen und liegen gelassen hatte, nur um bei ihr sein zu können, verstand sie nicht, warum sie ihm wegen dieser blöden Sache mit dem Streetteam so einen Ärger gemacht hatte. Was für eine nichtige Kleinigkeit. Er schrieb die Newsletter. Er beantwortete geduldig so viele Fanmails. Außerdem war er für die Homepage und das Fanforum zuständig. Sie fand ihren Frieden und rollte sich zu ihm. Glücklich registrierte sie, dass er seine Beine um ihre knotete.

Als Sophie am Morgen erwachte, war Joshuas Seite bereits kalt. Verschlafen rieb sie sich die Augen und schaute auf den Wecker. Es war erst viertel nach neun. Komisch, dass er schon eine Weile weg war. Sophie drehte sich auf den Bauch und machte die Augen wieder zu. Doch sie fand keine Ruhe für ein weiteres Nickerchen. Warum war Josh schon so früh aufgestanden? Hatte er irgendetwas gesagt? Sie konnte sich nicht daran erinnern. Müde stand sie auf und tapste ins Bad.

In der Küche klapperte jemand mit Geschirr. Sophie putzte ihre Zähne und schaute sich an. Ihre Haare waren gut gewachsen, und sie konnte die schwarzen zwölf Zentimeter mit Wachs gekonnt stylen. Eigentlich gar nicht so übel. Früher wollte sie ausschließlich langes Haar tragen, doch dabei boten Kurzhaarfrisuren so viele Vorteile. Die Zeitersparnis am Morgen war nur ein Beispiel.

In Jos Zimmer zog sie sich einen Pulli über und ging in die Küche. Dort saß Marco alleine am Tisch und frühstückte.

»Morgen, Sophie.« Freundlich begrüßte er sie. »Magst du auch ein Brötchen? Romeo war heute Morgen sogar schon beim Bäcker.«

Nun wunderte sie sich noch mehr.

»Gerne.« Sie holte sich einen Teller, Marmelade und setzte sich zu Marco an den Tisch.

»Saft ist im Kühlschrank. Die Milch ist leider alle. Aber Nicki geht später einkaufen. Sag ihm einfach, was du brauchst«, kauend nahm er sich die Tageszeitung.

»Josh ist heute so früh weg?«, fragend schaute sie Marco an. »Ich dachte, ihr trefft euch erst später mit Mark und der Booking Agentur.«

»Ja, um eins«, stimmte Marco zu. »Aber er wollte mit unserem Manager noch irgendetwas anderes besprechen. Hat er dir das nicht gesagt?«

Sophie dachte einen Moment nach. Sie konnte sich nicht daran erinnern. »Ach egal«, meinte sie, »ich hab's wahrscheinlich vergessen.«

»Tja, schon Scheiße mit der OP und so«, kam es hinter der Tageszeitung hervor.

Sophie sagte nichts weiter. Sie hatte keine Lust auf dieses Thema. Nach dem Frühstück räumte sie Joshuas Zimmer auf und saugte in der gesamten Wohnung Staub.

Um halb eins kam Jo gestresst in der Wohnung vorbei. Sophie lag auf dem Bett und las. Überrascht blickte sie zu ihm auf, als er vor ihr stand. »Huch, ich dachte du musst um eins mit Marco, Mark und …«

»Ja, ja«, unterbrach er sie, »keine Zeit für lange Reden, ich wollte mir nur einen Kuss abholen und meiner Süßen einen schönen Tag wünschen.« Lächelnd beugte er sich zu ihr hinab. Doch Sophie wich zurück. »Wieso warst du denn heute Morgen schon so früh weg?«

Jo kniete sich auf das Bett und kam ihr wieder nah. »Ich hatte dir doch gesagt, dass ich noch einen Solotermin mit Mark habe.« Wieder versuchte er, sie zu küssen.

Doch Sophie wich weiter zurück. »Ich glaube nicht, dass du das gesagt hast. Aber du warst extrem früh weg, und du musst gleich schon wieder weiter. Ich finde …«

Joshuas schmusiger Gesichtsausdruck änderte sich. Er stöhnte. »Also, ich hetze mich total ab, um aus der Stadt schnell noch herzukommen, nur um dich drei Minuten zu sehen, und jetzt diskutieren wir darüber, warum ich am Morgen früh weg bin? Und das nur, weil du dich nicht erinnern kannst.« Er stand vom Bett auf. »Den Weg hätte ich mir wohl auch sparen können. Ich dachte, du freust dich, wenn ich noch einmal herkomme.«

Sophie ärgerte sich. »Natürlich freue ich mich. Ich darf dich aber ja wohl noch fragen, was du den Tag über so machst. Was ist denn daran jetzt verkehrt? Früher haben wir uns doch auch immer abgesprochen.« Gekränkt sah sie ihn an.

»Mann ..., Süße, ich spreche mich noch immer mit dir ab. Ich habe dir schon letzte Woche gesagt, dass ich mit Mark noch einiges zu klären habe, und wenn es sich ergibt, treffe ich mich spontan mit ihm, wenn er Zeit hat. Was ist denn los mit dir?«

Sophie dachte noch einmal nach. Konnte es sein, dass sie seine Aussage vergessen hatte? Oder redete er sich raus?

»Gut, du hättest es gestern Abend aber auch noch einmal sagen können. Ich wache eben nicht gerne ohne dich auf.«

Joshua sah wütend auf seine Uhr. »Ich muss wieder los. Hat sich ja gelohnt, extra herzukommen. Manchmal bist du echt nervig.« Er verließ das Zimmer, ohne noch etwas zu sagen.

Sophie saß auf dem Bett und rieb sich ärgerlich die Schläfen. Wenn sie Stress hatte oder sich aufregte, bekam sie Kopfschmerzen. Streit mit Josh war wirklich das Letzte, was sie wollte. Aber wieso reagierte er so dermaßen empfindlich auf ihre Fragen? Hätte er nicht noch mal wiederholen können, dass er mit Mark verabredet war? War es zuviel verlangt, dass er ein bisschen Rücksicht auf ihren Zustand nahm? Sie war schließlich nicht seine Sekretärin. Sie war seine Freundin. Sophie setzte sich an den PC und surfte lustlos im Internet.

Später am Nachmittag kam Nick bei ihr vorbei und fragte, ob er ihr etwas aus dem Supermarkt mitbringen könnte. Sophie entschloss sich, mit ihm gemeinsam einkaufen zu gehen. Nick freute sich über ihre Gesellschaft. Sophie schüttete ihm ihr Herz aus und erzählte von den kleinen Streitereien.

»Ich möchte dir nicht zu nahe treten, Sophie«, sagte Nick vorsichtig während sie durch die Obst- und Gemüseabteilung schlenderten, »aber hatte der Doc dir nicht gesagt, dass du Probleme mit deinem Kurzzeitgedächtnis haben könntest?«

»Ja, schon«, gab sie langsam zu und nahm zwei Kiwis in die Hände, »aber Josh kann es doch nicht auf meine Krankheit schieben!« Sie legte eine Kiwi in den Einkaufswagen und die andere zurück.

»Das tut er doch gar nicht«, beschwichtigte Nicklas. »Er war sicher nur enttäuscht, dass dich sein Überraschungsbesuch nicht erfreut hat. Stattdessen habt ihr euch gestritten.« Er packte Bananen dazu.

»Ach, Mann«, jammerte sie, »du hast ja recht. Ich bin aber auch manchmal eine blöde Zicke!«

Nick lachte. »Also wenn du eins nicht bist, dann eine blöde Zicke.«

Dankend schaute sie zu ihm rüber. »Ich glaub, ich kauf ihm heute eine Packung Minzschokolade. Die mag er doch so gerne.«

»Na, wenn das kein Liebesbeweis ist!« Er zwinkerte ihr zu. Sie lachte, und die beiden gingen den Supermarkt systematisch ab.

Nick und Sophie entschieden sich, mit den Einkaufstüten durch die Straßen nach Hause zu laufen, anstatt den Bus zu nehmen. Sophie war einmal mehr sehr glücklich darüber, dass sie sich mit Nicklas so gut verstand. Sie scherzten und lachten, und Sophies schlechte Stimmung war wie weggeblasen. Es tat ihr immer gut, mit ihm zu sprechen, da er herrlich objektiv war. Vor einem Schaufenster für Unterwäsche blieben sie stehen und schauten sich die wunderlichen Modelle an.

»Na, Nick, wie wäre es mit dem Lederstringtanga dort?« Sie schubste den Bassisten mit der Schulter an.

»Wohoo, darauf steht ihr Frauen also? Kein Wunder das bisher immer alle schreiend weggerannt sind, wenn sie meine Boxershorts gesehen haben.« Nick blieb ernst und stierte auf den Tanga.

»Echt, jetzt?«, fragte Sophie mit hochgezogenen Augenbrauen. »Dir ist schon mal eine …«

Doch Nick fing an zu grinsen, und sie verstand, dass sie mal wieder auf der Leitung gestanden hatte. »Du Blödi«, motzte sie, »verarsch mich doch nicht immer. Ich kann mir eh nicht vorstellen, dass dir eine wegrennt.« Sie schaute ihn mit klimpernden Wimpern an.

»Na, so ein Glück wie Joshua muss man erst mal haben.« Nick schaute ihr ebenfalls in die Augen. Aus dem Grinsen der Zwei wurde ein Lächeln. Aus dem Lächeln wurde ein tiefer Blick. Aus dem tiefen Blick wurde ein komischer Moment.

»Wenn Josh uns jetzt sehen könnte, würde er mir eine verpassen«, sprengte Nicklas die Stimmung.

Sophie schüttelte leicht den Kopf, um wieder klar zu werden. »Tzz«, stimmte sie zu, »war da gerade ein romantischer Moment zwischen uns?«

Nicklas überlegte. »Da war ein romantischer Moment, aber nicht zwischen uns. Ich find dich super, verstehe mich da nicht falsch, aber du bist Joshis Freundin.« Nick setzte den Heimweg fort, und Sophie folgte ihm. »Ich sag's mal so«, erklärte er weiter, »du bist ein Superkumpel für mich, aber an mehr würde ich nie denken. In Bezug auf dich ist mein Kamerad da unten sozusagen abgeschnitten.«

»Was dich nicht hindert, mir tief in die Augen zu blicken«, neckte sie ihn.

Sie bogen in ihre Zielstraße ein. Vor der Haustür ließ Nick überraschend die Einkaufstüten fallen, schnappte Sophie an den Schultern, wirbelte sie gegen die Hauswand und drückte sie fest und sanft zugleich gegen die Mauer. Mit klopfendem Herzen wusste Sophie nicht, wie ihr geschah.

»Es hindert mich auch nicht daran, das zu tun«, sagte er dabei und kam bis auf zwei Zentimeter an ihr Gesicht heran. Sophie spürte seinen warmen Atem auf ihrer Oberlippe. Instinktiv wollte sie die Augen schließen. Doch der Druck auf ihren Körper ließ nach. Nick drehte sich um, hob seine Tüten wieder auf.

»Aber das heißt nicht, dass ich tatsächlich etwas mit dir anstelle.« Er zog den Schlüssel aus seiner Hosentasche, schloss auf und trat in den Hauseingang. Völlig verwirrt stand

Sophie noch immer an der Hauswand und spürte ihr Herzklopfen.

Nicklas schaute nach ihr. »Kommst du?«

Sprachlos stapfte sie hinter ihm die Treppe nach oben.

Als sie die Tür zu Joshs Zimmer öffnete, erstarrte sie. Überall im Raum brannten Kerzen. Im Hintergrund lief leise Musik. Auf dem Nachttisch stand ein Tablett mit zwei Tellern Rigatoni Pesto und einer offenen Flasche Rotwein. Jo lag auf dem Bett und blätterte in einer Zeitschrift.

»Da ist ja meine Prinzessin.« Freudig stand er auf, umarmte sie und gab ihr einen liebevollen Kuss. Sophie umarmte ihn fest.

»Was machst du denn schon hier?«, wollte sie wissen.

»Na ja, im Groben waren wir durch, und Marco erklärte sich bereit, die letzten Fragen zu beantworten, damit ich schon gehen konnte.« Stolz präsentierte er ihr das Essen. »Habe ich selbst gemacht.«

»Danke, Schatz. Ich habe dir auch etwas mitgebracht.« Sie zückte die Schachtel mit der Minzschokolade.

»Hm, mein Baby weiß genau, was ich brauche.« Stürmisch zog er sie auf das Bett. Die zwei Verliebten kuschelten und tranken Wein.

Später am Abend sagte Sophie unvermittelt: »Nick hätte mich heute fast geküsst.«

Jo trank einen Schluck Wein und meinte unbeeindruckt: »Ich könnte dich nackt auf Nickis Bauch binden und wüsste, dass er keine Erektion bekommt. Wenn es zwischen euch zum Kuss kommt, dann weil du ihn küsst.« Er schaute sie herausfordernd an. »Also? Gibt es etwas, was du mir beichten möchtest?«

Sophie war überrascht. »Aha. Du vertraust ihm also mehr als mir?«

»Absolut«, war seine schnelle und klare Antwort.

Sophie zog eine Schnute. »Nein, da war eigentlich auch gar nix. Er hat nur so getan, als wolle er mich küssen. Wahrscheinlich wollte er mir nur zeigen, dass er mich nie wirklich küssen würde.«

Josh zog die Stirn in Falten. »Das, was du da sagst, ergibt wirklich keinen Sinn.«

»Ich weiß nicht wie ich es erklären soll. Ich glaube, er wünscht sich eine Freundin.« Sophie kam sich blöd vor. Wieso hatte sie versucht, Nick zu verraten?

»Natürlich tut er das. Das tun alle. Und mit Tom würde ich dich nie im Leben nackt zusammensperren.« Josh aß ein Stück der Minzschokolade.

»Ach, nein?« Sophie war geschmeichelt. »Meinst du, er würde es bei mir probieren?«

»Süße, Tom probiert es bei jeder.« Dies klang nun gar nicht mehr so schmeichelhaft.

»Aber lass uns nicht mehr über die Jungs sprechen«, bat er.

»Okay«, stimmte Sophie zu. »Bekomme ich auch von deiner Schoki?«

Jo schaute seine Freundin an. »Vielleicht. Wo wir gerade bei dem Thema nackt waren …«

Wenig später kam Josh in seine Decke gehüllt aus dem Bad zurück und schlüpfte nackt zu ihr. »Brrrr, kalt!«, bibberte er und schmiegte sich an ihren warmen Körper. Eng umschlungen lagen sie da.

»Weißt du noch wie schön warm es letztes Jahr in Norwegen war? Genau in der Woche als ich dich besuchen kam.« Sophie lächelte bei der Erinnerung.

»Klar weiß ich das noch, Prinzessin.« Joshua streichelte ihren Rücken. »Das war eine tolle Überraschung.«

Der Abschied in Frankfurt war besonders Joshua schwergefallen. Sophie blieb bei ihren Eltern. Es warteten eine Menge Nachsorgeuntersuchungen auf sie. Außerdem musste sie in die Reha: Memory spielen und ihr Gedächtnis trainieren.

»Ich werde dich so sehr vermissen«, stellte Josh am Bahnhof fest.

»Du wirst genug zu tun haben. Ihr nehmt euer zweites Album auf. Glaub mir, die drei Monate gehen schneller rum, als du jetzt denkst.«

»Pff!«, motzte er. »Aber wir skypen jeden Tag?«

»Jeden Tag!«, versprach Sophie. Sie rückte ihre Mütze zurecht. »Und jetzt steige lieber ein, bevor der Zug ohne dich losfährt.«

»Ach, soll er doch!« Josh zog sie an sich. Sophie küsste ihn, doch dann schob sie ihn von sich. »Soll er nicht. Du hast den Jungs versprochen, ab jetzt für sie da zu sein.«

Josh drückte ihr einen letzten Kuss auf und hüpfte in den Zug. »Mann, bist du vernünftig. Man sollte meinen, jemand der begriffen hat, wie endlich das Leben ist, ist etwas lockerer drauf.«

Die Aufforderung zurück zu treten, ertönte aus den Lautsprechern. Eine letzte Kusshand von Jo, die Türen schlossen sich. Der Zug fuhr los.

Sophie befand sich im Glücksstrudel. So lange war sie peinlich in einen Typen verknallt gewesen, den sie eigentlich gar nicht kannte. Mit einer Geschichte hatte sie seine Aufmerksamkeit gewonnen und ihn langsam über so viele Monate per Mail erobert. Jetzt war er ihr fester Freund. Joshua Streta, der Schlagzeuger von ›Dark Tower Alliance‹, war ihr fester Freund. Doch jetzt war er erst mal weg. Drei Monate. Konnten sie das aushalten?

Die beiden hielten es aus. Es wurde telefoniert. Über das Internet, Gott sei Dank, kostenlos. Täglich nahm Josh sich die Zeit für sie. Sophie hatte sowieso viel Freizeit. Sie war noch auf unbestimmte Zeit krankgeschrieben. Ihr Chef hatte vollstes Verständnis. Er hatte ihre Stelle befristet neu besetzt, doch er versprach ihr, sie könne jederzeit zurückkommen, wann immer sie sich gesund genug fühle. Ihre Wohnung war schnell weitervermietet. Der Umzug zurück ins Elternhaus unkompliziert. Finanzielle Sorgen hatte sie dank ihrer Eltern auch keine.

Eines Abends bekam sie einen heimlichen Video-Anruf von Nicklas. Sie hatte ihm zuvor eine SMS geschickt und ihn gebeten, sich zu melden.

»Josh spielt mit den Jungs Tischtennis. Was kann ich für dich tun?« Er sah sich um.

Sophie erklärte ihm, dass sie gerne für eine Woche zu Besuch kommen würde. Ginge das zeitlich? Gäbe es eventuell eine Woche, wo ihre Störung nicht so ins Gewicht fallen würde? Konnte Nick ihr bei der Planung helfen?

Das konnte er. Und er machte es. Im Juli fuhr sie für eine Woche nach Norwegen.

Unter einem falschen Vorwand fuhr Nicklas alleine in die Stadt und holte Sophie vom Bahnhof ab. Das Wetter war herrlich.

»Hattest du eine gute Anreise?«, fragte er sie.

»Ja, danke. Hat alles so geklappt wie geplant. Josh ahnt nichts, oder?« Sie trug trotz der Hitze eine Mütze.

»Nö, absolut nichts. Komm, der Mietwagen steht da drüben.« Er ging mit ihr zu einem roten Kleinwagen. Sie nahm auf dem Beifahrersitz Platz und zog die Mütze ab. Nick riskierte unauffällig einen Blick.

Als die beiden vor dem Haus mit eigenem Tonstudio ankamen, war Sophie von der Schönheit der Landschaft überwältigt. Im Prinzip gab es hier nichts außer Berge, Wiesen und einem blauen Himmel.

»Wow«, sagte sie beeindruckt, »hier könnte ich mich auch gut auf etwas Künstlerisches konzentrieren.«

»Ja, es ist traumhaft hier«, bestätigte Nicklas. Er betrat das Haus zuerst. Josh saß mit Tom im geräumigen Wohnzimmer auf einer hellen Ledercouch.

»Ihr glaubt ja nicht, wen ich in der Stadt getroffen habe«, verkündete Nicklas.

Als Josh erkannte, dass Sophie hinter seinem besten Freund stand, sprang er von der Couch und stürmte auf sie zu.

»Sophie!«, jubelte er.

Er drückte sie fest an sich. »Das war die schönste Überraschung überhaupt.«

»Das war die schönste Woche überhaupt«, sagte sie. »Tut mir leid, dass ich dich so blöd angemacht habe, heute Mittag«, entschuldigte sie sich. »Ich glaube, ich bin von meinem löchrigen Gedächtnis genervt.«

»Kein Problem, meine Süße. Das schaffen wir auch.«

Glücklich strahlte sie ihn an. »Bekomme ich nun von deiner Schokolade?«

MÄRZ 2010 Im März startete die Tour. Traditionell fand das Eröffnungskonzert in Köln statt. Während der ersten Songs hielt sich Sophie im Backstagebereich auf. Die Halle war ausverkauft, und von Beginn an herrschte eine tolle Atmosphäre. Die Fans kannten jeden Song auswendig, sie sangen immer mit. Sven ließ den Refrain der bekannten Lieder komplett vom Publikum singen. Sophie wollte gerne mehr von der Stimmung erleben und entschied sich, in den Saal zu schleichen und sich dort unter die Fans zu mischen.

Sie fand einen guten Platz, gleich in der dritten Reihe, hinter zwei Mädchen, die mit roten Köpfen laut mitgröhlten. Nach einer schnellen Nummer legten die Jungs eine kurze Pause ein, tranken Wasser und erzählten dem interessierten Publikum Anekdoten aus dem Bandleben. Sophie kannte schon alle und hörte nicht so konzentriert zu.

Andächtig schaute sie sich um und ließ ihren Blick durch die Halle schweifen. Sie schätzte den weiblichen Fananteil auf 80 Prozent, vielleicht sogar mehr. Es gab auch eine Gruppe Jungs, die auf den rockigen Sound von ›DTA‹ abfuhr, doch die restlichen männlichen Besucher waren eindeutig Begleitpersonen ihrer Freundinnen. Sie standen mit ihnen Händchen haltend oder hinter ihren Mädchen und ertrugen die Show mit Anstand.

Jeder zweite in der Halle hielt einen Fotoapparat oder sein Handy bereit. Es gab einige Pappschilder mit Namen und Herzchen drauf. Immer wieder ertönten Rufe aus dem Publikum. Sophie versuchte, die Mädchen zu sehen, die Joshuas Namen riefen. Plötzlich wurde sie auf das Gespräch der Mädels vor ihr aufmerksam. Sie war sich sicher, dass die eine gerade etwas über Jo gesagt hatte. Sie trat einen halben Schritt auf die beiden zu und konzentrierte sich.

»Im Ernst?«, sagte die Rechte gerade, »Du verarschst mich doch!«

»Nein.« Die Linke hob die Hand. »Ich schwöre es dir, so wahr ich hier stehe. Ich habe die Jungs heute Nachmittag zufällig in der City getroffen. Wir haben ein wenig geschnackt, und Joshua warf mir die ganze Zeit so intensive Blicke zu. Mir war sofort klar, was er wollte.«

Sophies Herzschlag beschleunigte sich. Konnte das wahr sein? Ihr wurde übel. Ihr Gedächtnis versagte total. Was war heute alles passiert? Wann war wer wo gewesen? Ihr Puls schob das Blut ohrenbetäubend laut durch den Körper. Doch Sophie hörte weiter zu.

»Relativ schnell hatte ich seine Handynummer, und daher hab ich ihn dann einfach angerufen, als ich eh schon hier an der Halle war.«

Sophie kämpfte mit den Tränen. Von wegen Solotreffen mit Mark. In ihren Schläfen pochte es brutal.

Doch dann fiel es ihr wieder ein: die Jungs waren heute nicht zusammen in der Stadt, sondern Joshua war die ganze Zeit mit ihr zusammen gewesen. Sie schüttelte den Kopf. Klar, Jo war sogar mit ihr hierher gefahren. Sie zwang ihr Herz, einen Gang runter zu schalten. Das Pochen im Kopf ließ nach. Das Mädel log ihrer Freundin etwas vor. Eine Käpt'n-Blaubär-Story. Sie war eine großgewachsene Blondine. Sie trug Highheels. Auf einem Rockkonzert. Sophie rümpfte die Nase und rollte mit den Augen.

»Er hat mich Backstage geholt, und wir sind schnell auf dem WC verschwunden.« Die log, ohne rot zu werden. Sophie versuchte, sich zu beherrschen.

»Boah, du bist so krass!«, kicherte die andere. »Wen du schon alles hattest. Der macht sich gut auf deiner VIP-Liste, Katja.«

›Träum schön weiter!‹, dachte Sophie.

»Tja, man muss sich halt einfach trauen«, verriet Katja ihrer Freundin. »Und ich sag dir: Es hat sich gelohnt. Der Typ hat so einen geilen Körper und küssen kann der!«

Die Freundin kicherte hinter vorgehaltener Hand. Sophie kochte. Am liebsten hätte sie der blöden Kuh eine geknallt.

»Und? Wie sind die anderen Jungs aus der Band? Hast du die auch kennengelernt?«, fragte die Freundin weiter.

»Ja. Nachdem wir fertig waren, hat Joshua mich den anderen vorgestellt. Ganz süß, sag ich dir. Und die Blicke von den anderen …«, Katja sprach nicht weiter. Doch anscheinend war das unter den Mädchen ein altbewährtes Gesprächsschema. Die andere wusste schon, was gemeint war.

»Die waren alle eifersüchtig. Die wollten am liebsten auch haben, was der Schlagzeuger hatte.« Sie wurde rot und lachte schüchtern. Die Freundin war nicht so eine selbstbewusste Sexbombe.

›Angeberin!‹ Sophie konnte nicht glauben, was sie hörte. Das war eine Unverschämtheit. Jo war ihr Freund. Und dieses Miststück behauptete eiskalt, mit ihm geschlafen zu haben. Wie krank war das denn bitte?

›Und wie krank war es, sich eine Geschichte auszudenken, in der man die feste Freundin des Typen wurde?‹, fragte eine gehässige Stimme in Sophies Hinterkopf und sprach sie damit direkt an.

›Sie hat es ihren Freundinnen wenigstens nicht als wahre Geschichte verkauft‹, verteidigte eine sanftere aus einer anderen Richtung des Hinterkopfes.

Sophie zwang beide zur Ruhe. Sie wollte weiter hören, was diese unverfrorene Göre über ihren Freund erfand.

»Bingo!« Katja schaute arrogant zur Bühne hinüber. »Der Bassist hat mir eindeutig zu verstehen gegeben, heute Abend auf ihn zu warten.«

Jetzt ging's aber los. ›Flittchen!‹, dachte Sophie boshaft. Als Nick in diese absurde und geschmacklose Geschichte involviert wurde, reichte es Sophie. Sie konnte sich das nicht länger anhören. Die Jungs spielten mittlerweile einen Schmusesong. Joshua saß auf seiner neuen Cajón, die Sophie mit ihm zusammen ausgesucht hatte, und schaute ins Publikum. Viele Mädchen aus den ersten Reihen kreischten seinen Namen. Er lächelte hierhin und dorthin. Dann passierte etwas, was noch nie passiert war. Er sah Sophie. Sie stand tatsächlich so günstig im Licht, dass er sie entdeckte. Dass er aus dem Takt kam, fiel kaum jemandem auf. Doch Katja und ihrer Freundin natürlich schon.

»Katja!«, kreischte die Freundin schon fast. »Hast du das gemerkt? Er hat dich gesehen und sich verspielt.«

Sophie hätte ausrasten können, dass diese Hühner nicht gemerkt hatten, dass er in ihre Augen geschaut hatte.

»Was sonst, Laura«, war Katjas billige Antwort.

Joshua konnte nicht anders. Er war überrascht gewesen, seine Süße im Publikum zu sehen. Er dachte, sie würde sich das Konzert von hinten aus in Ruhe anhören. Obwohl Jo versuchte, nicht mehr so oft in ihre Richtung zu schauen, zog Sophies Anwesenheit ihn magisch an. Er lächelte sogar verliebt, als er absichtlich ins Licht blickte. Er wollte sich mit dem Scheinwerfer blenden, damit er das Publikum nicht mehr erkennen konnte. Er musste sich auf den Song konzentrieren. Doch sein Herz war gehüpft, als er Sophie gesehen hatte. Und dem zur Folge auch seine linke Hand. Tom hatte ihn verstohlen angeblickt. Aber das passierte nun mal. Sie waren eben Menschen und keine Maschinen.

Als das Lied zu Ende war, wurde auf der Bühne umsortiert. Es folgten schnellere Titel, und Jo konnte zurück hinter sein Schlagzeug. Doch er machte auf der Bühne einen Schlenker, um Sophie noch einmal sehen zu können. Als er sie erblickte küsste sie unauffällig die Luft. Er zwinkerte ihr zu. Sophie grinste. Diese Heimlichtuerei war aufregend. Sie hatte das Gefühl, sich gerade neu in ihn zu verlieben.

»Ich glaub's einfach nicht.« Schrill drang Lauras Kreischen in Sophies Ohr und machte ihre gute Laune zunichte. »Er hat dir vor all den Leuten zugezwinkert.«

»Mich vergisst Mann halt nicht so einfach.« Katja warf eingebildet ihre Haare nach hinten.

»Joshua, ich liebe dich!« Ein Ruf aus den hinteren Reihen. Es folgten weitere. Die Liebeserklärungen hämmerten plötzlich auf Sophie ein. Laut drangen sie in ihr Ohr. Sie konnte sich kaum auf etwas anderes konzentrieren. Alle wetteiferten um Joshuas Aufmerksamkeit. Sophie wurde bewusst, wie viele Mädchen alles dafür geben würden, ihn näher zu kennen.

Dann waren sie da. Gemeine Kopfschmerzen, die Sophie signalisierten, dass sie sich gerade in einer zu stressigen Situation befand. Ihr wurde auf einmal alles zu viel. Wie gerne hätte sie allen gesagt, dass Jo ihr Freund war. Das sie alle aufhören sollten, ihn anzubaggern. Aber das ging nicht. Diese Heimlichtuerei war aufregend, ja. Doch sie war auch sehr anstrengend.

Auf Katja war sie besonders sauer. Sie wollte wieder in den Backstagebereich und ihre Kopfschmerzen auskurieren. Sie presste sich an Laura und Katja vorbei und achtete genau darauf, auf Katjas Highheels zu treten.

»Aua. Mensch, pass doch mal auf, du fette Kuh!«, zickte diese auch sofort Richtung Sophie.

Sophie drehte sich zu ihr um und sagte dann zu Laura: »Lass dir von deiner dämlichen Freundin nicht so viele Lügen erzählen, die hat noch nie jemanden aus der Band getroffen!«

Die beiden schauten ihr fragend hinterher. Doch dann sahen sie, wie Sophie mit dem Ordner sprach und kinderleicht den abgesperrten Bereich passieren durfte.

»Sophie, meine Hübsche…« Tony begrüßte sie herzlich. »Willst du schon durch?«

»Ja, danke. Ich habe Kopfschmerzen bekommen und kann die Musik nicht mehr richtig genießen.« Sie spürte die neidischen Blicke von Katja förmlich im Rücken brennen. Noch nie hatte sie ihre Beziehung zu Joshua für so einen Zweck ausgenutzt. Doch heute war der perfekte Augenblick dafür. Sie holte sich eine Flasche Wasser und legte sich auf die Couch im Aufenthaltsraum. Kurz die Augen zumachen, einen Schluck trinken und wieder runterkommen. Die Kopfschmerzen würden von selbst verschwinden. Spätestens wenn Joshua sie wegküsste.

Sie driftete in einen Halbschlaf ab. Dösend träumte sie vom letzten August. Diesen Monat hatte sie nach Joshuas Rückkehr aus Norwegen mit ihm in Köln verbracht. Die beiden waren kaum eine Stunde voneinander getrennt gewesen. Ihr fiel wieder ein, dass er sie damals vor die Wahl gestellt hatte, die Beziehung öffentlich zu machen oder nicht.

»Ich glaube, du musst mir das erklären. Also, ich meine, was heißt es, wir machen unsere Beziehung öffentlich? Und was bedeutet es für mich, wenn wir das nicht tun?«

Sophie lag auf seinem Bett und befühlte vorsichtig ihre Narbe, die nun von den allerersten Haaren samtartig bedeckt wurde.

Joshua saß auf einem Stuhl, hatte zwei Schlagzeugstöcke in der Hand und trommelte einen Takt auf seinen Oberschenkeln. Nun sah er sie an und überlegte.

»Also, wenn wir uns entscheiden, es öffentlich zu machen, würden wir als erstes mit unserem PR-Coach sprechen. Er würde uns Tipps geben, wie wir uns in der Öffentlichkeit verhalten, wenn wir von Reportern oder Fans getroffen werden. Die stellen immer alle so viele Fragen. Außerdem würde er mit uns besprechen, wie genau wir das öffentlich machen. Wir könnten zum Beispiel warten, bis irgendein Reporter mich das nächste Mal nach meinem Privatleben fragt. Aber es gibt sicherlich auch Wege, das proaktiv anzugehen. Keine Ahnung.« Er kam zu ihr und setzte sich neben sie auf die Bettkante. »Du müsstest wohl damit rechnen, dass sie recherchieren werden, was es über dich Interessantes zu erfahren gibt. Sie werden dich bestimmt auch mal hier und da fotografieren. Du weißt doch wie das ist. Da müsstest du drüberstehen.«

Sophie schaute ihn unglücklich an.

Er nahm sie in den Arm. »Ich weiß, dass würde dir nicht gefallen. Außerdem werden sie über kurz oder lang deine Krankheit diskutieren. Wie die Fans darauf reagieren, kann ich dir nicht sagen.« Er trommelte gegen den Bettrahmen. »Manche freuen sich vielleicht für uns, aber andere … die werden das sicher nicht so toll finden.«

Sophie musste einen Schluck Wasser trinken. »Das klingt nach einer ganzen Menge Stress.«

Jo nickte. »Nicht gerade das Richtige, aktuell.«

»Und wenn wir es nicht bekannt geben?«, fragte sie ihn.

Er stand auf, ging zum Fenster und klopfte auf dem Fensterbrett herum. »Dann ändert sich eigentlich gar nichts. In dem Fall ist es nur wichtig, dass wir beide damit klar kommen. Ich darf in Interviews nichts von dir erzählen, mein Privatleben bleibt weiterhin ein interessantes Thema. Wir dürfen uns nicht zusammen in der Öffentlichkeit sehen lassen. Zumindest nicht so, dass man sieht, das wir ein Paar sind. Du darfst auch nichts erzählen.«

Sophie nickte verständnisvoll. Sie wusste, wenn sie es ihren Freundinnen oder den Kolleginnen auf der Arbeit erzählen würde, wäre das für alle eine riesen Sache, und jeder würde es irgendwem weitererzählen.

Jo blickte trommelnd weiter aus dem Fenster. »Du müsstest halt auch damit klarkommen, dass ich mit vielen weiblichen Fans Fotos mache, dass sie Autogramme wollen, dass sie mich anmachen und sich was erhoffen. Na ja, so ein Kram halt.« Er zuckte die Schultern und stand weiterhin mit dem Rücken zu ihr.

Sophie antwortete nicht. Darüber hatte sie bisher noch gar nicht nachgedacht. Seit Dezember waren sie ein Paar. Schon acht Monate. Doch ihre Krankheit hatte diese Frage nicht zugelassen. Ihr Krankenhausaufenthalt, Joshs Zeit in Norwegen - sie waren bisher auch nicht wirklich viel zusammen in der Öffentlichkeit gewesen. Doch sollte das nun so bleiben?

Sein Trommeln verstummte, und er kam wieder zu ihr ans Bett. »Du kannst dir das ja in Ruhe überlegen.«

»Nein, das brauche ich nicht. Jo, ich schaffe das jetzt noch nicht. Fotos von mir in der Klatschpresse? Wo sie sich über meine Glatze lustig machen? Oder alle mitleidig von deiner Glatzenfreundin sprechen?« Tränen traten ihr in die Augen. »Und dann die ganzen Fans … die Mädchen mit den schönen langen Haaren. Ich liebe dich, aber …«, sie schluckte die Tränen runter. Sie wusste gar nicht, warum sie weinen musste. Die beiden unterhielten sich doch ganz normal darüber.

»Süße«, zärtlich nahm er sie in den Arm und wischte ihr eine Träne weg, die sich ihren Weg erkämpft hatte, »egal, wie du dich entscheidest, für mich ist es okay. Ich liebe dich. Ich habe noch nie so für ein Mädchen gefühlt. Du hast mich verzaubert.«

Sophie lächelte. Ihre Augen liefen über.

»Und du bist mit Abstand das schönste Mädchen, das ich je gesehen habe. An dem Tag, an dem ich dich der Welt vorstelle, werden sich alle die Finger nach dir lecken.« Jo drückte ihre Hand.

Weinend boxte sie ihm gegen die Schulter. In ihr löste sich etwas, und die Tränen flossen strömend.

Jo nahm sie fest in den Arm und streichelte ihren Rücken. Er wusste, dass das die Anspannung war. Die Anspannung und das Durcheinander, welches die Medikamente verursachten.

»Ich werde immer, in jeder Sekunde die wir voneinander getrennt sind, nur an dich denken. Und ich werde immer wieder zu dir nach Hause kommen«, versprach er. Dabei blickte er ihr fest in die Augen.

Sophie lehnte ihren Kopf an und schluchzte an seiner Schulter. Als sie sich wieder beruhigt hatte, ging es ihr besser. Mit geröteten Augen schaute sie ihn an. »Scheint als wäre das mal nötig gewesen.«

Jo holte ihr frische Taschentücher. »Dann lassen wir es erst mal so?«, fragte er abschließend.

»Wir lassen es so«, bestätigte Sophie. »Ich fühle mich der Aufgabe, deine offizielle Freundin zu sein, derzeit nicht gewachsen. Wir finden noch den richtigen Moment.«

Jo hatte sie geküsst und gesagt: »Du wirst ihn bestimmen. Du wirst fühlen, wenn du soweit bist, und dann sagst du mir Bescheid.«

Sophie öffnete die Augen. Die Jungs waren bereits bei der Zugabe. Sie kannte die Playlist für diesen Abend. Als die Band in den Backstagebereich kam, waren sie total aufgekratzt. Sophie wartete geduldig, bis sie einigermaßen runtergekommen waren.

»Jo, kann ich was mit dir besprechen?« Sie saß im Schneidersitz auf der Couch.

»Klar, Prinzessin.« Er trug noch sein verschwitztes T-Shirt und trank aus seiner Wasserflasche.

»Ich wollte mit dir noch einmal über das Thema …«, setzt sie an.

»Joshua, kommst du?« Tom trat zu dem Pärchen. »Wir wollen jetzt raus, Autogramme geben.«

»Ich komme gleich nach.« Tom ging vor, und Jo schaute seine Freundin an. »So, bin ganz Ohr.«

Doch Sophie merkte, dass dies hier weder der richtige Ort noch der richtige Moment war.

»Ach, lass uns später zu Hause reden. Geh jetzt.« Sie gab ihm einen Kuss, und er ging den anderen hinterher. Sophie saß eine Dreiviertelstunde alleine im Aufenthaltsraum, bis sie sich entschied, in die Halle zu spähen. Es waren nicht mehr viele Leute dort, doch Katja hatte sie nach einer Weile entdeckt. Die Licht- und Tongeräte wurden abgebaut, die Bar schloss, und die Halle wurde gekehrt. Die Jungs würden jeden Moment kommen und nach Hause fahren. Sophie war überrascht, dass sie alle immer noch so aufgekratzt wirkten.

Sie ging wieder zurück, zog Mantel, Schal und Mütze an, und wartete. Weitere fünf Minuten vergingen. Ihr wurde warm. Sie schaute auf die Uhr. Es war bereits nach Mitternacht. Müde rieb sie sich die Augen. Endlich kam Josh nach hinten.

»Sorry, Süße, wir gehen noch was trinken. Kommst du mit oder gehst du nach Hause?« Er klaubte die Jacken der Jungs zusammen.

»Wie, ihr geht noch was trinken?« Sophies Ton war gereizter als beabsichtigt. Sie war viel zu müde für einen Abend, an dem sie bloß einen gefühlsduseligen Fan spielen sollte, um in seiner Nähe sein zu können, ohne aufzufallen. Und dann noch zusammen mit Katja. Josh trug die Jacken über dem Arm und blickte sie erstaunt an.

»Na ja, das war heute so eine geile Show, unser Tour Opener. Ein superwichtiges Konzert. Draußen sind ein paar nette Leute übrig, und du kennst das doch. Nicht immer so unnahbar.«

Sophie rollte mit den Augen. »Nette Leute - nette Tussen, meinst du wohl.«

»Ähm, ja, das ist eine Gruppe von fünf Mädels. Komm doch einfach mit. Das hast du doch schon ein paar Mal gemacht.« Er legte die Jacken auf einen Sessel und ging zu ihr.

»Ja. Hab ich. Wie ein bescheuerter Fan hock ich dann dabei und schau mir an, wie die blöden Mädels dich anhimmeln.«

Solche Töne waren neu. Josh war es nicht gewohnt, dass Sophie ihm eine Szene machte.

»Schatz«, sagte er sachte, »ich kann mir vorstellen, dass es Schöneres für dich gibt. Aber ich fände es toll, wenn du dabei wärst. Ohne dich muss ich mich diesen Weibern ganz alleine stellen. Ich fühle mich sicherer mit dir.« Joshua versuchte alles, um Sophie zu beruhigen und zu überreden. In dieser Stimmung wollte er sie nicht alleine nach Hause gehen lassen.

»Komm doch einfach mit mir nach Hause«, schlug sie vor.

»Wo bleibst du denn?« Marco schaute zu den beiden rein. »Wir wollen los!«

»Ich komm sofort«, rief Jo über die Schulter.

Marco kam und holte die Jacken. »Kommst du mit Sophie?«, wollte er wissen.

Doch die drehte den Kopf zur Seite und antwortete nicht. Marco verstand nichts. An Josh gewandt sagte er: »Mann, die eine ist so geil. Katja. Eine große Blondine.« Grinsend verschwand er mit den Jacken.

Sophies Mund stand offen. »Das ist nicht euer Ernst!« Sie musste sich beherrschen, ihn nicht anzuschreien.

»Was ist denn mit dir los? Lass Marco doch.« Jo verstand nur noch Bahnhof.

»Diese Katja hat vorhin behauptet, sie hätte heute vor der Show Sex mit dir auf der Toilette gehabt.« Sophie war kurz vor dem Ausflippen.

Josh musste lächeln. »Ach, das ist dein Problem. Süße, lass dich doch von solchen Geschichten nicht runterziehen. Das ist Bullshit. Das weißt du! Komm mit, und zeig ihr, dass du mich abschleppst heute Nacht.«

Sophie verschränkte die Arme. In der Tat ein verlockendes Angebot, doch sie konnte nicht nachgeben. Sie spürte, dass sie mit den folgenden Worten den Bogen überspannen würde. »Mit der Schlampe gehe ich sicher nirgends hin.«

»Sophie«, sagte Joshua nun ernst, »reiß dich bitte zusammen. Diese Leute sind unsere Fans. Sie kaufen unsere Musik, unser Merchandise, und sie bezahlen, um auf unser Konzert zu kommen. Dass es Frauen gibt, die manchmal übertreiben, kommt leider vor. Steh doch drüber! ***Du*** bist meine Freundin. Bitte, komm mit.«

»Nur, wenn du heute publik machst, dass wir zusammen sind!« Sophie war zu wütend für eine normale Diskussion.

»Wie bitte?« Joshua traute seinen Ohren nicht. »Ich mach doch jetzt nicht wegen einer blöden Kuh so eine Aktion. Unüberlegt. Unvorbereitet. Zu einem völlig falschen Moment.«

»Das ist kein falscher Moment. Das ist genau der richtige Moment. Du hast mir doch gesagt ich darf ihn bestimmen, wenn ich merke, dass ich soweit bin.« Sophie zischte ihn an.

»Du bist doch verrückt. Du machst das, weil du total eifersüchtig bist und gerade austickst. Am besten gehst du nach Hause und schläfst dich aus. Morgen kann ich dann vielleicht wieder normal mit dir reden.« Jo war im Begriff, sich umzudrehen und zu gehen.

»Wenn du jetzt gehst …«, hörte Sophie sich selbst sagen.

»Stopp!« Josh unterbrach sie. Er drehte sich zu ihr um und sagte sanft: »Bitte sag nicht, was du gerade sagen willst. Ich muss jetzt gehen. Es ist mein Job. Ich muss meine Arbeit machen. Ich liebe dich! Aber bitte sprich jetzt nicht weiter.« Traurig schaute er sie an.

Sophie wusste, sie konnte nicht gewinnen. Druck machen, drohen – das war nicht der Weg. Doch entschuldigen konnte sie sich auch nicht. Dafür war sie gerade zu stolz. Sie sagte einfach nichts.

»Ich werde jetzt gehen«, sagte Josh noch einmal. Er hoffte, sie würde ihr Okay geben. Doch sie starrte mit Tränen in den Augen auf den Boden. Es zerriss ihm das Herz.

»Joshua!«, hörte er Marco rufen.

Sophie blickte ihn nicht mehr an.

»Ich komme nicht so spät«, sagte er zu ihr und ging.

Sophie wartete noch einige Minuten bis sie sicher war, dass sie die Gruppe auch vor der Halle nicht mehr sehen würde und machte sich auf den Nachhauseweg. Sie kochte vor Wut. Sie war sauer auf sich selbst. Das Hauptsächlich. Wo wäre das Problem gewesen, Joshua zu begleiten? Sie hätte mit ihm geflirtet, Nicklas und die anderen vor Katja gewarnt oder die Tussi sogar mit ihrer Lügengeschichte blamiert. Sie wäre dann mit Joshua oder sogar gemeinsam mit allen nach Hause gegangen. Sicherlich wäre der Abend nach ein bis zwei Drinks vorbei gewesen. Doch jetzt dackelte sie alleine durch Köln. Es war fast halb zwei. Sie wusste nicht, ob ihr Bus oder die passende Bahn noch fuhren. Sophie zückte ihr Handy und rief sich ein Taxi. Während sie wartete, fing es an zu regnen.

›Na, das passt ja zu dem beschissenen Abend.‹ Das Taxi kam ewig nicht. Es gab keine Möglichkeit, sich unterzustellen. Natürlich hatte sie keinen Schirm. Die Wut auf Joshua wuchs. Er war schuld daran, dass sie hier im Regen stand.

Es war fast zwei Uhr, als das Taxi endlich kam. Der Fahrer, Sophie tippte auf einen Pakistani, erklärte ihr umständlich, weswegen er so spät dran war. Sie verstand nur die Hälfte, doch es war ihr auch egal. Sie war nass bis auf die Haut und fror. Bei ihrem Glück waren die Jungs bereits vor ihr zu Hause. Und wenn einer diese Katja dabei haben sollte, Sophie würde sie hochkant aus der Wohnung werfen.

Katja! Hoffentlich musste sie dieser blöden Kuh nie mehr über den Weg laufen.

Endlich erreichte sie die Wohnung. Sie zahlte ihre Fahrt und stieg durch das dunkle Treppenhaus nach oben. Kein

Licht, keine Geräusche. Es war niemand da. Sophie verspürte Wut und war gleichzeitig enttäuscht.

Sie zog sich in Joshuas Zimmer aus und entschied, unter die Dusche zu springen. Wieder aufgewärmt machte sie sich ein Käsebrötchen und kuschelte sich ins Bett. Sie schaute auf die Uhr. Es war fast halb vier. Hatte Jo nicht gesagt, er würde schnell nach Hause kommen? Sophie wurde wieder wütend. Er machte, was er wollte. Warum sollte sie hier liegen und ihm seine Seite warm halten? Sie löschte das Licht und schloss die Augen. Pff, sie würde tief und fest schlafen, wenn er käme. Damit sie ihm deutlich signalisierte, dass sie bestimmt nicht auf ihn wartete. Ihm war es egal, wie sie sich fühlte. Dann war ihr auch egal, was er dachte oder machte.

Sie wälzte sich von einer Seite auf die andere. Hm, das Bett war ganz schön groß, wenn Jo nicht da war. Sie versuchte, sich zu sagen, dass das doch super war. Sie konnte sich richtig breit machen. Sollte Josh doch schauen, wie er sich noch zu ihr ins Bett quetschte.

Um fünf hatte sich noch immer keinen Schlaf gefunden. Die Wohnung lag absolut still hinter der Zimmertür. Sie setzte sich auf und machte Licht. Vielleicht hatte Jo ihr ja eine SMS geschickt. Sie suchte ihr Mobiltelefon. Dass sie es nicht hörte, war keine Seltenheit. Bestimmt hatte er ihr geschrieben und erklärt, warum es so spät wurde. Doch sie hatte keine Nachricht. Auf ihrem Handy strahlte ihr lediglich Joshua entgegen. Sie hatte ein Foto von ihm als Hintergrundbild eingerichtet. Liebevoll strich sie mit dem Daumen darüber. Wütend war sie nicht mehr. Sie machte sich nun Sorgen. Was war bloß los? Die Band war selten so lange noch unterwegs. Bestimmt war etwas passiert.

Sophie schlüpfte in ihre Pantoffeln und schlich durch die dunkle Wohnung. Sie prüfte, ob wirklich niemand zu Hause war. Aber sie war alleine. Auf dem Anrufbeantworter im Flur blinkte auch kein Licht. Hm?! Keine Nachricht, nirgends. Instinktiv wollte sie Joshua anrufen. Doch durch die blöde Situation von vorhin, traute sie sich nicht. Bestimmt war er im Pub versackt und deutete ihren Anruf falsch. Sie ging zurück ins Bett und machte das Licht wieder aus. Wahrscheinlich machten die Jungs Party, während sie sich hier den Kopf zerbrach. Sie lag im Dunkeln und starrte an die Decke. Nach einer weiteren halben Stunde entschied sie, ihn doch anzurufen. Es klingelte. Nach dem fünften Mal ging seine Mailbox dran. Sophie runzelte die Stirn und legte auf.

›Vielleicht ist sein Telefon geklaut worden? Quatsch!‹ Er hatte es sicher einfach nicht gehört. Bestimmt würde er sie gleich zurückrufen. Sie legte sich wieder hin und behielt das Telefon in der Hand. Er würde sich sicher melden, sobald er gesehen hatte, dass sie angerufen hatte. Ihre Lider wurden schwer. Sie nickte ein.

Sophie wurde von der Wohnungstür geweckt. Mit pochendem Herzen lag sie augenblicklich hellwach im Bett. Sie rührte sich keinen Millimeter, lauschte auf das Geschehen im Flur. Viel war nicht zu vernehmen. Im Flur wurde geflüstert, doch Sophie konnte nicht erkennen, wer da sprach. Schuhe wurden ausgezogen. Die Küchentür ging auf und wieder zu. Etliche Minuten später ging sie wieder auf. Schritte an ihrem Zimmer vorbei. Gleich würde sicher leise ihre Tür aufgehen, und Jo würde sich reinschleichen. Sie hörte die Klospülung. Doch ihre Zimmertür ging nicht auf. Noch immer klopfte ihr Herz. Sie würde sich schlafend stellen, sollte Jo kommen. Doch in der Wohnung wurde es wieder still, und niemand kam zu ihr. Nun hörte sie ein Kichern. Sie konnte nicht sagen aus welchem Zimmer das kam.

›Hoffentlich hat niemand Katja mitgebracht‹, betete Sophie.

Doch es blieb bei dem einmaligen Kichern. Die wiederkehrende Stille macht sie müde. Sie schaute auf die Uhr. Es war kurz vor sieben. Bisher hatte sie kaum geschlafen. Enttäuscht, wütend und traurig schlief sie wieder ein.

Als Sophie erwachte schien die Märzsonne hell ins Zimmer. Niemand hatte die Rollläden herunter gelassen. Verschlafen blinzelte sie in die Strahlen und rollte sich auf die Seite. Der Wecker zeigte viertel nach elf. Joshua war nicht gekommen.

Sophie wusste nicht, wie sie sich fühlen oder verhalten sollte. Das war noch nie passiert.

Sie horchte, um festzustellen ob in der Wohnung irgendetwas los war. Doch alles war still. Sophie spürte, dass sie auf die Toilette musste. Sie zog sich etwas über und schlich ins Bad. Bei der Gelegenheit putzte sie ihre Zähne. Wieder im Flur schlich sie an allen Türen vorbei, doch es war absolut nichts zu hören. Komisch. Sie war sich sicher, dass irgendwer nach Hause gekommen war. Aber wo war Joshua bloß? Wo hatte er die Nacht verbracht? Mit wem?

Da. Aus Nicks Zimmer drang gedämpft sein Bass. Sophie wusste, dass er über Kopfhörer spielte. Klopfen brachte da nicht viel, also öffnete sie in Zeitlupe seine Tür. Sein Zimmer lag noch im Dunkeln, und Sophie sah nur seine Silhouette auf der Fensterbank. Das dumpfe Geräusch verstummte. Sophie konnte fast nichts erkennen, doch im Bett bewegte sich jemand. Nick stand schnell auf, kam auf sie zu und legte den Zeigefinger auf die Lippen. Er war oben ohne. Sophie verstand. Nick stellte sein Musikinstrument in den Ständer und schnappte sich sein Shirt vom Schreibtischstuhl. Sophie ging rückwärts in den Flur. Nicklas folgte ihr und schloss seine Zimmertür leise. Er deutete ihr mit dem Kopf, in die Küche zu gehen. Nachdem Sophie sich an den Tisch gesetzt hatte, schloss er die Küchentür und machte Kaffee.

Sophie blickte ihn fragend mit großen Augen an. Nicklas sah, dass sie keine gute Nacht hinter sich hatte. Doch er sagte gar nichts. Unbehagen machte sich in ihr breit. Sie merkte, dass Nick zum ersten Mal nicht auf ihrer Seite war. Obwohl, er war bisher immer auf Joshuas Seite gewesen. Warum sollte es diesmal anders sein? Der Unterschied war, dass sie bisher ebenfalls auf Joshuas Seite war.

Als der Kaffee durchgelaufen war, stellte Nicklas zwei Becher auf den Tisch und setzte sich Sophie gegenüber.

»Ich muss es wissen!«, sagte sie zu ihm.

»Er liebt dich, Sophie.« Nick sah müde aus. »Er liebt dich über alles.«

Beschämt schaute sie in ihren Becher. Sie hatte ihre Haare noch nicht gewaschen und zwirbelte die wächsernen Haarspitzen. »Ich weiß, aber …«

»Das ist euer Problem«, unterbrach er sie. »Ihr Frauen wisst angeblich immer alles, und trotzdem tut ihr das, was ihr tut. Sophie«, er trank einen Schluck Kaffee, »warum fragst du mich denn dann?«

»Ich wollte nicht wissen, ob er mich liebt«, entgegnete sie kleinlaut.

»Was willst du denn dann wissen?« Nick war tatsächlich sauer auf sie. Er stand auf. »Euer Streit hat Jo total zugesetzt. Er hat gestern viel mehr getrunken, als gut für ihn war. Er hatte richtige Launen. Das habe ich noch nicht bei ihm gesehen. Er hat getanzt, er hat geflirtet, und er hat am Ende fast geweint. Er hat Angst, dich zu verlieren. Er hat sich nicht mal zu dir nach Hause getraut. Er war sich sicher, du würdest Schluss machen.«

Sophie war schockiert. »Wie kommt er denn auf die schwachsinnige Idee? Was soll ich denn denken? Erst lässt er mich in der Halle stehen, und dann kommt er nicht nach Hause. Hat er jetzt vor lauter Angst bei einer dieser Tussen übernachtet, oder was?«

Nicklas schüttelte den Kopf. »Du hörst mir nicht zu. Und das macht mich echt sauer.« Er ging in der Küche hin und her.

Sophie machte den Mund auf, um etwas zu ihrer Verteidigung zu sagen. Doch sie wusste nicht was, denn sie verstand wirklich nicht, was Nick meinte.

»Du weißt, wir haben dich alle lieb. Aber gestern hat eure Beziehung der Band geschadet.« Er schaute sie nicht an, während er sprach. »Jo kann sich solche Extreme nicht erlauben. Stell dir vor, er knutscht vor Frust mit einem der Weiber in aller Öffentlichkeit rum. Oder er prügelt sich mit jemandem. Und denk mal nicht in erster Linie an dich. Klar wäre es für dich Scheiße, davon zwei Tage später in der Zeitung zu lesen. Aber was wäre mit der Band? Wir bemühen uns immer, einen guten Ruf zu wahren. Wir wollen nicht so ein Image! Jo war gestern total besoffen. Allein das war schon schlimm genug. Ich musste Mark anrufen. Er hat mir geholfen, ihn aus der Bar zu schaffen. Weißt du, was ich mir schon letzte Nacht anhören durfte? Weißt du, was noch kommen wird?« Er wurde immer lauter.

Sophie schüttelte den Kopf. »Tut mir leid, Nicki, ich wollte das alles doch gar nicht.«

»Das wäre ja auch noch schöner«, war seine trockene Antwort. Nicklas strich sich übers Gesicht. »Du weißt doch, wie es läuft. Du weißt, was unser Job ist. Du kannst dich doch von einer Katja nicht völlig umhauen lassen. Hast du denn gar kein Vertrauen zu Jo? Und zu uns? Glaubst du denn wirklich, wir würden zulassen, dass Josh hinter deinem Rücken mit einer anderen rummacht? Wir passen immer alle aufeinander auf. Sogar Tom. Keiner von uns könnte dir noch in die Augen sehen, wenn Jo dich betrügen würde. Du hast als seine Freundin aber nicht nur euch gegenüber eine Verantwortung.« Er atmete tief durch. »Du hast leider uns allen gegenüber Verantwortung. Du bist jetzt Teil der Band. Du musst dich besser unter Kontrolle haben.«

Sophie spürte die Tränen aufsteigen. Sie trank einige Schlucke Kaffee und starrte auf die Mikrowelle.

»Ich weiß nicht, was mit mir los war. Dieses Mädchen hat mir praktisch ins Gesicht gesagt, sie hätte mit Josh Sex gehabt. Ich bin einfach durchgedreht. Es tut mir leid.«

Nick hatte Mitleid und setzte sich neben sie. »Ich denke, du solltest das zuerst mit Joshua klären. Und wenn die anderen nach Hause kommen, werden wir wohl noch einmal darüber reden. Aber Sophie, es ist egal, was sie behauptet hat, letztlich bist du für das, was passiert ist, verantwortlich.«

Sophie nickte.

Nicklas streichelte ihren Rücken. »Und da du es immer noch nicht kapiert hast: Jo liegt in meinem Bett und schläft seinen Rausch aus.«

Sophie strahlte ihn überrascht an. »Ich dachte …«

Nick hob die Hände. »Ach, komm. Ich bin nicht der Typ dafür, hast du das noch nicht gemerkt?«

Sophie umarmte ihn glücklich. »Aber ich hab ein Kichern gehört.«

»Das war Josh. Er hat mir zugeflüstert, dass …, ach, er war einfach total betrunken.«

Während sie ihn hielt, sagte sie: »Es tut mir echt leid. Ich werde mich nie mehr so blöd verhalten.« Sie drückte ihm einen Kuss auf die Wange und stand auf.

»Nimm lieber einen Becher Kaffee mit«, riet er ihr. »Ach so, eine Sache noch. Du erfährst es sowieso früher oder später: Katja hat Jo gestern echt krass angebaggert, und da hat Tom sich erbarmt und sie auf sich fixiert.«

»Oh, wie selbstlos von ihm«, zwinkerte Sophie von der Tür aus.

»Ha, ha, ja.« Nicklas kratzte sich am Kopf. »Jedenfalls ist er mit zu ihr gegangen.«

»Oh, Mann, das ist nicht wahr. Was ist mit euch Typen los, dass ihr immer auf solche blöden Weiber reinfallt?« Sophie konnte es nicht glauben.

»Na ja«, druckste Nick herum. »Was heißt genau reinfallen? Die Frau sieht klasse aus, und du weißt worum es Tom geht. Ist ihm doch egal, ob sie was im Kopf hat oder wie ihr Charakter ist. Also, ich wollte nur, dass du es weißt.«

Sophie nickte ihm zu und ging durch den Flur.

Nicks Zimmer roch muffig nach Alkohol. Jo lag quer im Bett und schlief schnarchend. Sophie schlich sich an ihn heran. Er hatte noch seine Klamotten an. Sie setzte sich auf die Bettkante und streichelte seine Wange.

»Jo?«, flüsterte sie. »Jo, Schatz, … wach auf.«

Joshua stöhnte und drehte sich weg. Sophie ging zum Fenster, zog die Jalousien hoch und machte das Fenster auf.

»Geh weg«, brummte er ins Kissen.

Unschlüssig stand Sophie am Bett. »Ich habe dir einen Kaffee auf den Nachttisch gestellt. Ich gehe rüber und warte in unserem Zimmer auf dich.«

Joshua brauchte eine Dreiviertelstunde im Bad, bis er endlich zu Sophie kam. Er sah furchtbar verkatert aus. Sophie merkte schnell, dass er bockig und noch nicht richtig auf Versöhnung aus war. Diesmal lag es an ihr, alles wieder zu kitten.

Die beiden sprachen über zwei Stunden. Sophie begann reumütig, sie entschuldigte sich mehrmals und versuchte, ihr Verhalten zu erklären. Joshua blieb distanziert. Er verstand natürlich, was sie sagte, doch er konnte es nicht nachvollziehen. Es fiel ihm schwer, ihr einfach zu verzeihen.

»Du kannst doch jetzt nicht immer diese Katja vorschieben.« Er strich sich über die kurzen Bartstoppeln. »Was sie getan hat, war sicherlich blöd, aber eigentlich doch total harmlos. Nach dem Konzert hast du dich aber absolut daneben benommen. Das kotzt mich echt an.«

Sophie ärgerte sich darüber, dass Joshua ihre Entschuldigung nicht annahm.

»Ich versteh dich nicht«, warf sie ihm vor, »egal, was du machst, ich soll immer Verständnis haben und dir alles durchgehen lassen beziehungsweise verzeihen. Jetzt mach ich einmal etwas Doofes, und du machst da einen Staatsakt draus. Nicht gerade fair.« Sie verschränkte die Arme vor der Brust und trat ans Fenster. Sophie hatte sich lange genug entschuldigt. Dass Josh so hart blieb, machte sie wütend.

Joshua dachte einen Moment nach. »Ehrlich gesagt, weiß ich gerade nicht genau, worauf du hinauswillst. Du verzeihst mir immer alles? Wovon reden wir jetzt? Das ich manchmal nach der Probe vergesse, dir etwas aus dem Supermarkt mitzubringen, obwohl ich es dir vorher versprochen hatte? Oder geht's hier darum, dass ich schon mal von einem Reporter länger in ein Interview verwickelt wurde, als gedacht, und daher erst eine Stunde später zu Hause war als angekündigt? Oder das ich einmal während der Radiosendung mein Handy ausschalte und hinterher vergesse, es wieder einzuschalten, und du mich nicht erreichen kannst? Sag mir Sophie, das wirfst du mir jetzt vor? Das setzt du gleich mit deinem Auftritt gestern?« Er war immer lauter geworden.

Sophie blickte weiter aus dem Fenster und kämpfte gegen die Tränen. Sie wollte vor ihm nicht heulen. Vor allem, da er recht hatte. Doch das wollte sie nicht zugeben. Sie konnte es in diesem Moment nicht.

»Ach so«, sagte sie stattdessen. »Das heißt, bei dir hat alles irgendwie Sonderrechte. Ist klar.«

Josh seufzte. »Machst du das jetzt mit Absicht?«

»Was?«, fragte sie zickig.

»Kapierst du wirklich nicht, wovon ich rede, oder stellst du dich nur dumm?«, fragend schaute er sie an.

»Wozu reden wir überhaupt noch? Ich bin dir zu nervig und jetzt auch noch zu dumm.« Sophie war hilflos in ihrer eigenen Sturheit gefangen.

»Mir reicht's jetzt!« Joshua brüllte. Als er seinen Stick voller Wut an die Wand schmetterte, zucke Sophie erschrocken zusammen. So einen Ausbruch hatte sie bei ihm noch nie erlebt. Er verließ das Zimmer und knallte die Tür zu.

Sie blieb am Fenster stehen und war wie erstarrt. Was lief da nur schief zurzeit? Er wollte sie überraschen, und es endete in Streit. Sie wollte ihn um etwas bitten, und es endete in Streit. Jetzt endeten sogar schon die Entschuldigungen in Streit.

Morgen sollte die Band für drei Wochen auf Tour fahren, ohne zwischenzeitlich nach Köln zu kommen. Sophie würde drei Wochen lang mit Joshua auf engstem Raum zusammen sein. Sie könnten sich fast Rund um die Uhr nicht aus dem Weg gehen. Sophie musste den Streit unbedingt heute noch beilegen. Sie sammelte sich und ging in die Küche. Bis auf Tom saßen alle am Küchentisch. Sie lächelte in die Runde, doch niemand lächelte zurück. Jo klopfte mit den Zeigefingern auf die Tischkante und schaute sie nicht mal an. Sophie bekam sofort ein komisches Gefühl im Magen.

»Sophie«, setzte Nicklas an, »setze dich doch bitte einen Moment zu uns. Wir müssen etwas besprechen.«

Gehorsam wie ein Schulmädchen glitt sie auf einen freien Stuhl. Mit all ihrem Mut setzte sie an: »Also, was da gestern passiert ist, tut mir wirklich schrecklich leid. Ich verspreche euch allen heute, dass das nie, nie, nie, nie wieder passieren wird. Und ab morgen, wenn wir auf Tour sind …«

»Du kommst nicht mit!«, unterbrach Marco sie unsanft.

Einen Augenblick schaute sie mit großen, fragenden Augen in die Runde. Wie war das denn gemeint?

»Ich … ich komm nicht mit?«, wiederholte sie fragend und schaute zu Josh. Doch der starrte weiterhin auf die Tischdecke. Seine Zeigefinger trommelten ohne Pause gegen die Kante. Nick strafte Marco mit einem bösen Blick für dieses taktlose Verhalten.

»Weißt du, Sophie, wir – also die Band – wir stimmen immer noch über wichtige Dinge ab, und wenn jemand eine Frage in den Raum wirft, müssen wir das demokratisch angehen.« Er versuchte, es ihr zu erklären.

Sie spürte, dass sie rot wurde. Diese Situation war ihr total peinlich. Sie hatte sich so daneben benommen, dass die Band sie nicht mehr dabei haben wollte. Doch wie sollte sie mit Joshua die Probleme wieder in den Griff bekommen, wenn sie ihn jetzt drei Wochen nicht sehen durfte? Wieder stiegen Tränen auf, ein brennender Kloß erschwerte das Schlucken. Auf keinen Fall wollte Sophie sich jetzt die Blöße geben und vor den Jungs weinen. Sie goss sich ein Glas Wasser ein und nippte viele kleine Schlucke. Es half ein wenig. Doch sie sagte lieber nichts, ihre Stimme würde mit Sicherheit kippen. Daher nickte sie Nick zu und versuchte zu lächeln.

»Versteh das nicht als Entscheidung gegen dich.« Nick hatte Mitleid mit Sophie.

Sie schüttelte den Kopf und nippte weiter an ihrem Glas. Als sie sich sicher war, dass sie gefahrlos etwas sagen konnte meinte sie: »Ich werde gleich packen und noch heute Abend den Zug nach Hause nehmen. Dann könnt ihr morgen alles in Ruhe erledigen.« Sie hatte bewusst »nach Hause« gesagt, um auch Joshua zu zeigen, dass das hier in Köln noch nicht ihr Zuhause geworden war. Nun schaute er sie endlich an. Doch er rollte mit den Augen, stand auf und zog sie unsanft mit sich.

»Komm mal mit«, war sein schroffer Kommentar.

Sophie folgte ihm in sein Zimmer und setzte sich aufs Bett. Ihr war klar, dass sie Verständnis zeigen musste, wenn sie die Beziehung retten wollte.

»Ist schon okay, Schatz«, sagte sie sanft. »Wahrscheinlich ist das besser so. Du kannst dich auf die Tour konzentrieren, und die Jungs sind nicht mehr so sauer auf mich.« Sophie hatte den Kampf gegen die Tränen gewonnen. Ihre Stimme war fest und ruhig. »Ich werde mich in der Zeit weiter um das Streetteam kümmern, dann habe ich auch etwas mehr Zeit dafür.«

Joshua war überrascht, dass sie so reagierte. »Das ist wirklich kein Problem für dich?« Konnte er dieser Stimmung trauen?

»Wirklich«, bestätigte sie.

»Eine Sache sollst du noch wissen«, fügte er hinzu, »die Abstimmung ist drei zu zwei ausgegangen.« Er ging auf sie zu. Glücklich nahm sie ihn in den Arm und küsste sie.

»Ich möchte nicht mehr so oft mir dir streiten«, flüsterte Sophie zärtlich in Joshuas Ohr.

Er küsste ihren Hals und meinte: »Bleib heute Nacht noch hier. Es reicht doch, wenn du morgen fährst.« Er kniff in ihren Po.

»Überredet«, murmelte sie froh.

Josh ließ sie los, ging zum Fenster und ließ die Jalousien herunter. Im nächsten Augenblick flog die Zimmertür auf und Katja stand darin. Tom musste sie reingelassen haben.

»Was macht die Kuh denn hier?«, fragte die Blondine entgeistert, als sie Sophie erblickte. »Oh, bitte, Joshua, du kannst doch viel bessere haben. Sag mir nicht, du hast gestern noch dieses Trampeltier abgeschleppt.«

Unsicher, was er sagen sollte, blickte Joshua Katja an. Er wusste, dieses Mädchen war eine wandelnde Klatschpresse. Er konnte ihr auf keinen Fall die Wahrheit sagen. Sophie registrierte, dass Joshua zu überlegen schien, was er sagen sollte. So stemmte sie die Hände in die Hüften und schaute ihn auffordernd an.

Tom betrat nun ebenfalls den Raum und rettete die Situation. Jedenfalls seiner Meinung nach.

»Ah, Sophie. Hier bist du. Das ist Katja. Katja, das ist Sophie. Eine gute Freundin der Band, die für uns wäscht und die Wohnung in Ordnung hält.« Er grinste breit und feierte seine Kreativität.

»Ach, Gott, eine Putze! Ja, das erklärt alles.« Selbstbewusst machte Katja eine Runde durch Jos Zimmer und schaute sich alles an. Mit den Fingerspitzen strich sie über seinen Schreibtisch, seinen Fernseher, schaute sich die Fotos an der Wand an und zog sogar eine Schublade auf. Verführerisch sah sie ihn abschließend an. »Ich bleib die ganze Nacht hier.«

Sophie schnappte nach Luft. Dieses blöde Mädchen war … boah, ihr fiel kein Gedanke ein, der das beschreiben konnte. Katja zwinkerte Tom zu. »Nimm es mir nicht übel, falls ich heute Nacht auch woanders mein Glück versuche.«

»Du bist so ein Flittchen!«, platzte es aus Sophie heraus.

»Na, na, nur keinen Neid, kleine Putzfrau. Hast du hier nicht noch was zu erledigen, damit du endlich gehen kannst?«, fragte Katja herablassend und zwirbelte die Staubrückstände zwischen Daumen und Zeigefinger.

Joshua hatte die ganze Zeit geschwiegen.

»Allerdings«, presste Sophie durch die Zähne. Sie schnappte sich ihren Rucksack und stopfte wütend ihre Klamotten hinein.

»Schmutzwäsche. So viel Schmutzwäsche. Ich muss alles mitnehmen, damit ich es dann waschen kann.« Wie eine wilde Furie fegte sie durch das Zimmer und packte so viele ihrer persönlichen Sachen ein, wie in den Rucksack passten.

»Jetzt kommst du aber erst mal mit zu mir.« Tom zog Katja aus dem Raum und verschwand mit ihr in seinem Zimmer.

Josh schloss die Tür. »Du kannst aufhören zu packen. Tom wird sie sicher in Schach halten.«

Sophie konnte nicht fassen, dass er dachte, sie würde tatsächlich über Nacht bleiben.

»Ich bleib doch mit dieser Person nicht zusammen hier in der Wohnung. Die schleicht sich heute Nacht hier rein und legt sich zu uns ins Bett.«

»Das ist doch Quatsch!«, wandte er ein.

Sophie hielt inne und schaute ihn an. »Ja, ok. Vielleicht ist das Quatsch, aber nach der Nummer … ich bin eure Putzfrau? Sag mal, geht's noch?«

»War doch eine gute Ausrede«, fand Jo.

Sie packte weiter. Keiner sagte mehr etwas. Als Sophie der Meinung war, dass sie alles Wichtige verstaut hatte, sagte sie zu ihm: »Wahrscheinlich ist das jetzt erst mal das Beste. Ein bisschen Abstand und sich Gedanken darüber machen, was wie laufen soll. Das gilt für uns beide. Ich will, dass du weißt, dass ich dich liebe. Du bist mir unglaublich wichtig, aber zurzeit bin ich wirklich unglücklich.«

»Das tut mir leid, dass du dich so fühlst.« Jo meinte es ehrlich. Auch er wollte diese ständigen Streitereien nicht mehr. »Kann ich dich wenigstens zum Bahnhof begleiten?«

APRIL 2010 Inge weckte Sophie an diesem Freitagmorgen gegen halb neun.

»Kind, willst du nicht mal wieder in deiner Firma vorbeischauen? Die anderen würden sich sicher sehr freuen.«

»Hmm«, knurrte Sophie unter der Bettdecke hervor. »Mal sehen.«

Als sie später mit Ihren Eltern am Frühstückstisch saß, brachte ihr Vater das Thema auf Joshua. »Ich habe mir von Anfang an gedacht, dass er dir eines Tages so einen Kummer machen wird.«

»Ach, Papa. Ich habe dir doch schon gesagt, dass ich nicht unschuldig bin. Wenn ich mich an dem Abend nicht so blöde benommen hätte, hätten sie mich bestimmt mit auf die Tour genommen.«

»Und so haben wir dich endlich wieder bei uns«, freute sich ihre Mutter.

»Wenn du heute in deine Firma fährst, dann sprich doch mit deinem Chef«, schlug Martin, ihr Vater, vor. »Frag ihn, wie schnell du in deinen Job zurückkehren könntest.«

»Ich habe aber nicht vor zurückzukehren«, antworte Sophie motzig.

Ihr Vater stöhnte. »Kind, wie soll das weitergehen? Du hast deinen Job aufgegeben, deine Wohnung, deine Freunde, diene Familie, … alles nur, um zu diesem Typen zu ziehen. Diesem Rockstar. Der schon bei der erstbesten Gelegenheit vergisst, was du alles für ihn getan hast und mit einer anderen in die Federn hüpft.«

»Ist er gar nicht«, schaltete Inge sich ein.

»Ja, noch nicht«, gab Martin zu bedenken.

Der Arzt hatte Sophie dringend geraten, wieder bei ihren Eltern einzuziehen, sollte das möglich sein. Es war sehr unkompliziert. Ihre Wohnung vermietete sich fast von selbst weiter. Kein Wunder, Lage und Mietpreis waren phantastisch. Sie war auf unbestimmte Zeit krank geschrieben. Ihr Chef war sehr verständnisvoll und zuvorkommend. Nach ihrer Norwegenreise war sie bei ihm gewesen und hatte darum gebeten, sie freizustellen.

»Wissen Sie, ich will den Job nicht kündigen. Aber ich kann mir im Moment einfach nicht vorstellen wieder, Vollzeit zu arbeiten. Können wir da nicht ein Arrangement treffen?« Mit ihrer Wollmütze saß sie ihm bei 28 Grad gegenüber.

»Natürlich, das ist doch kein Problem. Ich muss die Stelle zwar wieder besetzen, aber das werde ich befristet machen. Kurieren Sie sich erst mal richtig aus, und wenn Sie wieder auf dem Damm sind, dann melden Sie sich bei mir. Sicherlich wird eine Eingliederung nach drei Monaten möglich sein. Schließlich gilt es, die Kündigungsfrist einzuhalten. Besser, wir reden früh genug miteinander, wenn es soweit ist.«

Alles hatte sich richtig angefühlt. Alles hatte zusammen gepasst.

»Und was möchtest du nun mit deinem Leben anfangen?« Ihr Vater holte sie wieder an den Frühstückstisch zurück.

»Wie meinst du das?« Sophie hatte ihr Brötchen aufgegessen.

»Na ja, wie ist denn so das Jahreseinkommen eines hauptberuflichen Groupies?«

Genervt antwortete sie: »Vielleicht suche ich mir in Köln einen Job.«

»Wir wollen doch nicht streiten«, schlichtete ihre Mutter. »Die Entscheidung hat noch Zeit.«

Sophie ging mittags tatsächlich in ihre alte Firma und besuchte ihre Kolleginnen. Das Gespräch mit ihrem Chef suchte sie allerdings nicht. Sie fand, das wäre ein Schritt in die falsche Richtung. Als würde sie die Beziehung zu Joshua bereits als gescheitert ansehen. Sobald er von der Tour zurück war, würde sie mit ihm über die Option sprechen, in Köln eine Arbeitsstelle zu finden. Ihr Vater hatte in einem Punkt recht: Mit dem Geld konnte das so nicht weitergehen. Sie beteiligte sich nicht an der Miete und lebte davon, dass ihre Eltern ihr das Kindergeld und ein bisschen Taschengeld zahlten. Sie war gespannt, wie Jo darauf reagieren würde.

Am Abend saß sie vor dem Laptop und versuchte herauszufinden, ob das Konzert in Mönchengladbach schon vorbei sein könnte, als ihr Handy klingelte. Es war Joshua. Glücklich nahm sie das Gespräch an. Er erzählte ihr von der Show, von der Stadt, von der Fahrt und wie sehr er sie vermisse. Sophie registrierte freudig, das dieses Telefonat ähnlich wie die Gespräche während Joshuas Zeit in Norwegen war. Liebevoll, sehnsüchtig, aufrichtig, harmonisch und ehrlich. Er war begeistert von ihrer Idee, in Köln nach einem Job zu suchen.

»Vielleicht suchen wir uns auch eine gemeinsame Wohnung. Was meinst du, Prinzessin?«

Sophie konnte nicht glauben, was er da gerade gesagt hatte. Überschwänglich setzte sie sich nach dem Gespräch zu ihren Eltern ins Wohnzimmer und erzählte von dem Telefonat.

»Du hast recht gehabt, Papa, ich brauche wieder ein eigenes Einkommen.«

»Und bist du dir sicher, dass dich das glücklich machen wird, Schatz?« Inge war skeptisch.

»Mensch, Mama, sonst bist du doch auf meiner Seite. Wieso zweifelst du denn nun?« Sophie zog eine Schnute. Das war nicht, was sie gerne hören wollte.

»Tja, wie soll man sich das vorstellen? Du arbeitest den ganzen Tag. Sein Tagesablauf ist ständig anders. Ob es dir wohl Spaß machen wird, jeden Morgen bei Wind und Wetter ins Büro zu fahren, wenn er noch im Bett bleibt?« Inge äußerte ihre Bedenken.

»Josh ist oft vor mir wach. Die Jungs müssen manchmal schon ganz früh zu ihren Terminen.«

»Und wenn er drei Wochen auf Tour ist, bleibst du alleine in eurer Wohnung«, fragte ihre Mutter weiter.

»Dann fahre ich mit«, grinste Sophie. »Und wenn ich dafür meinen ganzen Urlaub nehmen muss.«

»Und wenn er drei Monate auf Tour geht?«, warf Martin ein.

Nun verstand Sophie worauf ihre Eltern hinauswollten. Egal, was sie unternahm, es würde sich weiterhin alles um Joshua und ›DTA‹ drehen. Sie konnte sich ihren Platz in seinem Schatten einrichten, oder … ja, oder was? Die Beziehung beenden? Das kam auf keinen Fall in Frage.

»Wie würde es dir gefallen, wenn Joshua jeden Tag mit zu dir ins Büro kommen und dir beim Arbeiten zuschauen würde?«, fragte ihr Vater.

»Was für eine doofe Frage, Papa. Das würde mein Chef natürlich nicht erlauben«, gab Sophie zu.

»Wie kommst du dann auf die Idee, du könntest ihn ständig zu seiner Arbeit begleiten?« Martin zog die Augenbrauen hoch.

Sophie biss sich auf die Unterlippe. ›Toll! Eltern schaffen es immer, aus den schönsten Nachrichten eine totale Katastrophe zu machen.‹

»Vielen Dank für eure Unterstützung«, zickte sie ironisch. »Ich geh jetzt ins Bett.« Sophie stand auf und ging in ihr Zimmer. Schmollend lag sie auf dem Bett und konnte nicht leugnen, dass ihre Eltern berechtigte Gedanken in Gang gebracht hatten. Sie würde das Thema mit Jo bei nächster Gelegenheit detaillierter besprechen. Müde schaltete sie das Licht aus, als ihr Handy piepste. Eine Gute-Nacht-SMS von Josh. Sie drehte sich auf die Seite und schlief mit einem Lächeln ein.

MAI 2010 Obwohl der erste Teil der Tour vorbei war und die Jungs für einige Tage wieder in Köln waren, blieb Sophie noch in Frankfurt. Sie sortierte ihre Unterlagen, die sie für eine Bewerbung brauchen würde. Scannte Zeugnisse, bat ihren Chef um ein Arbeitszeugnis und aktualisierte ihren Lebenslauf. Das Streetteam wuchs weiter und bedeutete jede Menge Arbeit, besonders jetzt, da Nicklas ihr nicht half.

›Dark Tower Alliance‹ würde in zwei Tagen in den Süden Deutschlands aufbrechen und Konzerte in Bayern geben. Von München aus ging es dann weiter nach Salzburg. Von Salzburg aus über Innsbruck nach Zürich. Abschließend von Zürich über Basel nach Luxemburg und wieder nach Köln.

Sophie und Joshua verabredeten, sich Ende Mai in Köln wiederzusehen. Es war unglaublich, dass sie sich nun fast sechs Wochen nicht gesehen hatten. Am Hauptbahnhof ergatterte Sophie sogar noch eine vergünstigte Fahrkarte nach Köln und reservierte glücklich darüber einen Sitzplatz.

Endlich war es soweit! Freitagnachmittag stand sie pünktlich am Bahnsteig und wartete auf ihren ICE. Im Wagon verstaute sie ihren Koffer über sich auf der Ablage und legte ihre Tasche auf den Schoß. Gewohnheitsmäßig wollte sie ihre Mütze zurechtrücken, als sie merkte, dass sie heute keine trug. Stimmt, anlässlich des Wiedersehens hatte sie tatsächlich 35 Euro beim Frisör ausgegeben und ihre Haare professionell föhnen und frisieren lassen. Dezentes Make-up-Styling war inklusive. Sophie war beeindruckt gewesen, wie gut sie aussah. Ungeduldig stöpselte sie ihre Kopfhörer ins Ohr, beschallte sich mit der Musik ihres Freundes und machte die

Augen zu. Sie wollte unbedingt schlafen, dann würde die Fahrt noch schneller vorbei sein.

Sophie wurde etwas später von einem Stoß gegen den Ellenbogen geweckt. Verschlafen öffnete sie die Augen und registrierte, dass ihr Sitznachbar sie absichtlich angestoßen hatte. Er sagte etwas zu Sophie, doch die Musik übertönte ihn. Als sie wieder richtig bei sich war, riss sie sich die Stöpsel aus dem Ohr.

»Oh, entschuldige, ich konnte dich gerade nicht hören. Was hast du gesagt?« Sie duzte den Fremden, er sah nicht älter aus als sie.

»Also, ich wollte dir nur sagen, dass dein Handy schon gefühlte 20 Mal geklingelt hat. Vielleicht ist es ja wichtig.« Er schaute wieder in seine Zeitschrift.

Sophie kramte ihr Handy aus der Tasche und bemerkte, dass sie vergessen hatte, es auf lautlose Vibration zu schalten. »Oh, sorry, falls es dich genervt hat. Habe vergessen, es umzustellen.«

»Kein Ding«, meinte er bloß und blätterte um.

Sophie sah, dass ihre Mutter neun Mal angerufen hatte. Das war merkwürdig, also rief sie zurück.

»Hi, Mama, du hast … was? Moment, nicht so hastig. Nein ich bin noch nicht in Köln. Es gibt was? Mann, die Verbindung ist so schlecht. Ich höre dich kaum, … wo ich bin? Na im Zug.« Sophie rollte die Augen.

Der Typ neben ihr las weiter.

»Ich weiß nicht genau, … wir stehen hier. Moment mal …« Erst jetzt fiel Sophie auf, dass der Zug mitten im Grünen stand. Sie drehte sich zu dem Typ um. »Weißt du warum wir hier stehen?«

Er schaute von seiner Zeitschrift auf.

»Die Durchsage kam schon fünf Mal. Es gibt Probleme auf der Strecke, wir können den nächsten Bahnhof nicht passieren.«

»Oh …, Mama? Ja, hast du das gerade gehört? Das ist ja wohl mal … was? Wer wer ist? Ach so, ähm …, keine Ahnung …«, Sophie dämpfte ihre Stimme und drehte sich mit dem Oberkörper zur Scheibe. »Das war der Typ, der neben mir sitzt.«

»Roman«, stellte dieser sich ungefragt vor.

Sophie drehte sich wieder zu ihm um, doch er hatte nicht mal aufgeschaut.

»Du, Mama, … ich muss Schluss machen. Ich melde mich wieder, wenn ich in Köln bin. Bis dann.« Sie legte auf und schielte unschlüssig zu Roman.

»Sophie«, stellte sie sich vor.

Er blickte sie an und grinste. »Sehr erfreut.«

Sophie lächelte zurück. Sie konnte seinem grinsenden Blick nicht standhalten, und so huschten ihre Augen unstet hin und her. Roman sagte nichts weiter.

›Was für eine komische Situation‹, fand Sophie. Wollte der Typ Smalltalk? Wollte er sie nur weiter anstarren? Verlegen schaute sie auf seine Zeitschrift. Er las die neueste Ausgabe der ›Visions‹. Roman bemerkte ihren Blick.

»Wenn du willst, kannst du die Zeitung gleich haben. Da ist auch ein Artikel über ›DTA‹ drin.« Freundlich bot er ihr die Zeitschrift an.

»Wie kommst du denn darauf, dass mich das interessieren könnte?« Sophie wurde rot, und ihr Herzschlag beschleunigte sich. Sie ärgerte sich darüber, dass das Thema ›Dark Tower Alliance‹ sie immer aus der Fassung brachte. Sie fühlte sich, als wäre sie ohne Fahrkarte in die Bahn eingestiegen und sah sofort, einen Kontrolleur auf sich zukommen.

»Du hast sechs Pins auf deiner Tasche«, Roman stupste einen mit dem Zeigefinger an, »und du hast die letzte Stunde die Musik der Jungs auf Repeat gehört. Ich habe nur eins und eins zusammen gezählt.« Sein Ton war freundlich.

»Oh.« Mehr brachte Sophie nicht hervor. Sie konnte den Typen nicht einordnen. Machte er sich über sie lustig?

»Ich finde die Typen auch gut. Also, ich meine, ich finde deren Musik auch gut. Auf die Typen stehe ich nicht, in dem Sinne von anziehend finden, wenn du verstehst, was ich meine.« Er biss sich auf sein Lippenpiercing.

»Ok.« Sophie war selten so einsilbig.

Roman verstand ihr Verhalten als diskrete Abwehr. Scheinbar hatte das schöne Mädchen keine Lust, sich mit ihm zu unterhalten. Das machte ihm allerdings nichts weiter aus. Er war mit diesen Situationen vertraut. Frauen reagierten auf Roman oft gleich. Sie hielten ihn für einen rebellischen Taugenichts. Er trug seine Haare länger, hatte ein Piercing in der Augenbraue, zwei in der Lippe, eins in der Zunge und trug Ohrringe. Wer genauer hinschaute, entdeckte Tattoos, die man am Hals und den Armen erahnen konnte. Auf der Fahrt nach Köln trug Roman seine Lieblingsjeans, die an etlichen Stellen bereits löchrig war, ein verwaschenes T-Shirt auf dem man den Print aus vergangener Zeit nur noch erahnen konnte, ausgelatschte Turnschuhe und eine dunkle Kapuzenjacke. Mehr als einmal hatte er von aufgetakelten Schicksen abfällige Blicke oder gar abwertende Kommentare bekommen. Das süße Mädchen neben ihm hatte während der gesamten Fahrt bisher nicht einmal wahrgenommen, dass es ihn gab. Da sie auf sein Angebot nicht weiter reagierte, las er den Artikel zu Ende.

Sophie betrachtete ihn genauer. Er trug eine Wollmütze, die sie auf jeden Fall total stylisch fand. Blonde Haarspitzen lugten hervor, was ihr verriet, dass er es länger trug. Roman hatte faszinierende blaue Augen, allerdings lenkte das ganze Metall in seinem Gesicht von ihnen ab. Seine Haut war makellos, wenn auch etwas bleich. Er schien nicht oft in der Sonne zu sein. Sie sah einige schwarze Stellen an seinem Nacken und vermutete ein größeres Tattoo. Sein Klamottenstil deutete auf einen Skater hin. Irgendwie fand sie ihn ganz süß. Ihn umgab eine extrem positive Aura. Sophie stellte die Empfindung verwundert fest. Bisher hatte sie dies nur bei Joshua so deutlich gespürt. Sie war verwirrt, Roman hatte es mit nur wenigen Sätzen geschafft, sie durcheinander zu bringen. Hm, ihr fiel die merkwürdige Situation mit Nick wieder ein, als er sie vor dem Hauseingang fast geküsst hatte. Das hatte sie ebenfalls ganz schön verwirrt, zumindest für einen kurzen Moment.

Nein, diesmal hatte nicht Roman es geschafft. Es war seine Aussage zu ›DTA‹. Der Gedanke an Joshua hatte sie aus dem Konzept gebracht.

»Wenn du fertig bist, würde ich den Artikel gerne lesen«, sagte sie zu ihm.

Amüsiert schaute er auf. »Okay. Ich bin gleich fertig.«

Sophie lehnte sich in ihrem Sitz zurück und stöpselte einen Ohrstecker ein. Die wunderbaren Klänge von Joshuas Schlagzeug füllten ihren Gehörgang. Als Roman ihr die Zeitung reichte, fragte er höflich: »Kann ich denn als Gegenleistung ein bisschen Musik mithören?«

»Ähm, klar.« Sophie wollte ihm ihren Mp3-Player überreichen, doch noch bevor sie handeln konnte, rutschte Roman näher an sie heran und stöpselte sich den freien Stecker ins Ohr. Da die Kabel nicht sonderlich lang waren, kam er Sophie plötzlich ziemlich nah. Sie war perplex und blätterte ziellos in der Zeitschrift umher. Ihr stieg ein angenehmer Duft in die Nase. Roman trug ein Männerparfüm, welches Sophie beinahe dazu veranlasste, wie ein Hund an ihm zu schnuppern. Sie konnte sich überhaupt nicht auf die Zeitschrift konzentrieren. Auch beim zweiten Mal des Durchblätterns fand sie den Artikel nicht. Roman achtete gar nicht auf sie. Er hatte die Augen geschlossen, und sein Fuß wippte im Takt der Musik.

Sophie atmete tief durch, riss sich zusammen und suchte im Index nach der richtigen Seite. Endlich bei dem Artikel angekommen, lachte ihr Joshua von einem Gruppenfoto entgegen. Ihr Herz hüpfte vor Freude. Sie vermisste ihn schrecklich. Lächelnd strich sie mit dem Finger über sein Gesicht. Sie konnte kaum erwarten, ihn endlich wieder in den Arm zu nehmen, ihn zu küssen. Dümmlich grinsend bemerkte Sophie, dass Roman sie verstohlen anblickte. Sie wurde rot. Gott, war das peinlich.

»Ich, ähm …«, setzte sie zu einer Erklärung an.

»Kein Ding«, unterbrach Roman sie sachlich. »Der Typ hat schon was. Meine Schwester findet ihn auch am besten.«

Sophie klappte die Zeitschrift zu. Sie musste wie ein völlig bescheuerter Fan wirken. Doch sie konnte diesem fremden Kerl ja schlecht die Wahrheit sagen.

»Du hast also eine Schwester«, sagte sie stattdessen.

»Japp. Sie wohnt in Köln. Ich fahre sie besuchen. Anne.« Roman zog sich den Stöpsel aus dem Ohr. Vielleicht würde sich das nette Mädchen nun doch mit ihm unterhalten. Er ignorierte seine innere Stimme, die ihn davor warnte, dass sie ohne Zweifel ein durchgeknallter Fan von ›DTA‹ war.

»Und du«, fragte er nach, »wohnst du in Köln?«

»Ja, ich wohne in Köln. Meine Eltern allerdings in Frankfurt. Ich war bei ihnen zu Besuch.«

Zwischen den jungen Leuten entwickelte sich ein reges Gespräch. Sophie erzählte so viel sie konnte aus ihrem Leben, ohne Joshua oder den Krebs zu erwähnen. Roman hörte unentwegt grinsend zu und beantwortete alle ihre Fragen. Er war gelernter Kfz-Mechatroniker, hatte nach der Ausbildung keinen Job gefunden, arbeitet nun als Lagerist und träumte davon, sein Hobby zum Beruf zu machen.

»Du schreibst?« Sophie war erstaunt, das hätte sie nicht erwartet.

»Ja. Ich schreibe. Allerdings keine Romane oder so. Ich schreibe Gedichte.« Roman nickte bekräftigend. »Ich weiß, das sieht man mir auf den ersten Blick nicht an. Aber ich bin Texter.«

»Das habe ich auch auf den Zweiten nicht gesehen«, gab Sophie zu.

»Du hast mich schon zweimal angeschaut?«, hakte Roman nach.

»Klar.« Sophie blieb ganz normal. Ihr kam gar nicht in den Sinn, dass Roman versuchen könnte, mit ihr zu flirten.

»Wie kann man denn als Texter am besten Geld verdienen?«

»Tja, sehr schwer nur. Mein Traum wäre es, für eine Firma zu arbeiten, die Texter für Grußkarten braucht. Kennst du die? Zu verschiedenen Anlässen ein paar poetische Zeilen.« Roman kaute wieder auf dem Piercing.

»Ah, ja. Cool.« Sophie hatte Romans Zungenpiercing aufblitzen sehen. Bisher kannte sie niemanden mit so einem Schmuckstück. Unwillkürlich fragte sie sich, wie sich dieses Ding wohl beim Küssen anfühlen würde. Es kribbelte ein bisschen.

»Ja, ich weiß. Ist nicht so cool wie Drummer einer Rockband.« Roman neckte sie.

Sophie lächelte. Doch sie wollte das Thema nicht wieder auf Joshua bringen. »Du besuchst also deine Schwester in Köln.«

»Genau. Sie studiert da, und mein Besuch ist überfällig.« Roman war glücklich darüber, dass sein Kommentar das Gespräch nicht beendet hatte.

Die Strecke war zwischenzeitlich wieder passierbar, und der Zug kam mit zweistündiger Verspätung in Köln an. Sophie und Roman hatten sich die gesamte restliche Zeit unterhalten. Als der ICE anhielt, wunderte Sophie sich darüber, dass Joshua sich nicht einmal gemeldet hatte. Wollte er denn nicht zum Bahnsteig kommen?

»Und? Wirst du von jemandem abgeholt?«, fragte Roman. »Sonst könnten wir uns vielleicht ein Taxi in die gleiche Richtung teilen.« Er klang überhaupt nicht aufdringlich, und Sophie wäre gerne noch eine Weile mit ihm zusammen geblieben, doch als sich der Bahnsteig leerte, erblickte sie Jo. Er stand abseits und trug ebenfalls eine Kapuzenjacke. Die Kapuze hatte er sich tief ins Gesicht gezogen, damit er nicht erkannt werden konnte. Sophie erspähte ihn sofort, die Jacke hatte sie ihm zu Weihnachten geschenkt.

»Ich kann leider nicht.« Auf einmal wollte Sophie so schnell wie möglich von Roman weg, er durfte Josh auf keinen Fall sehen. »Ich wohne ganz in der Nähe und kann zu Fuß gehen. Aber ich wünsch dir viel Spaß bei deiner Schwester und eine gute Zeit hier in Köln. Mach's gut.«

Roman war irritiert darüber, dass sich die Stimmung so schnell gewandelt hatte. Aber so waren sie halt, die Frauen.

»Ja klar. Du auch. Vielleicht sieht man sich ja mal wieder.« Er überlegte, nach ihrer Handynummer zu fragen, als sie sich ihren Koffer schnappte und davonlief. Sie zog ihn hastig hinter sich her und verschwand in der Menge.

Roman nahm seine Tasche und verließ kopfschüttelnd den Bahnhof in entgegengesetzter Richtung.

»Prinzessin!« Josh nahm Sophie in die Arme und wirbelte sie einmal um sich herum. »Du siehst ja atemberaubend schön aus.« Er setzte sie ab und betrachtete sie strahlend. »Wow, Baby. Los, ab nach Hause.«

Sophie freute sich unglaublich. Joshua schaffte es immer in Sekunden, sie in Verlegenheit zu bringen. Mit roten Wangen antwortete sie: »Du Schelm! Immer nur das Eine im Kopf.«

»Ja, manchmal aber auch Sex.« Er flüsterte es in ihr Ohr, und sein Atem kitzelte ihren Hals. Jo schnappte sich ihren Koffer, nahm sie in den Arm, und die beiden machten sich zu Fuß auf den Weg in die WG. Als sie in die Nähe des Doms kamen, löste Joshua sich von Sophie. Er zog noch immer ihren Koffer, ging aber einfach neben ihr her. Ernüchternd registrierte Sophie, dass die sechs Wochen Trennung die Probleme nicht gelöst hatten. Es dauerte nicht mehr lange, und Jo wurde erkannt. Dezent ging sie einige Schritte weiter, ließ ihn mit den Fans alleine. Er posierte für Fotos und gab Autogramme. Warum er einen Koffer zog, fragte niemand. Es dauerte 25 Minuten, bis er weiter gehen konnte. Unauffällig deutete er seiner Freundin vorauszugehen. Sophies gute Stimmung verfinsterte sich.

Doch als die beiden die Zimmertür hinter sich schlossen und küssend aufs Bett fielen, schob sie die trüben Gedanken weit von sich. Sie gab sich den Gefühlen für Jo hin. Diesen Moment wollte sie vollkommen genießen.

»Wann willst du dir einen neuen Job suchen?« Jo brachte das Gespräch am Abend auf ihre neuen Pläne.

»Ich habe alles dabei, was ich brauche. Ich kann morgen loslegen.« Sophie war zuversichtlich, dass sich alles finden würde. »Wollen wir parallel schon nach einer Wohnung suchen?«

Josh küsste ihre Nase. »Erst mal wissen, wie viel du verdienst, und dann können wir anfangen.«

Sophie runzelte die Stirn. »Du willst erst anfangen, eine Wohnung zu suchen, wenn ich einen Job gefunden habe? Aber wir müssen vielleicht Wochen oder sogar Monate suchen. Wenn wir erst dann anfangen, während ich in der Probezeit bin, täglich auf die Arbeit muss … wäre es nicht schlauer, jetzt schon den Markt zu checken?«

Josh öffnete eine Dose Cola. »Nee. Wir wissen doch gar nicht in welcher Preisklasse wir eine Wohnung suchen können. Wir haben auch keine Möbel, brauchen vielleicht eine Küche. Wir sollten erst mal die Finanzen klar aufstellen und dann gucken. Ist doch logischer, Baby.«

Das war schon die zweite Enttäuschung an diesem Tag. Sophie war noch keine zwölf Stunden wieder mit Jo zusammen, und schon lief es nicht so, wie erhofft.

»Aber Schatz, ist es nicht stressfreier schon mal zu suchen, so lange man Zeit dafür hat? Wenn ich erst wieder arbeite, wie soll ich denn dann noch nebenbei renovieren oder Möbel aussuchen?« Sie versuchte, Argumente zu finden.

»Und von welchem Geld sollen wir renovieren oder Möbel aussuchen? So viel verdiene ich nun auch wieder nicht.« Er trank einen Schluck und schaute ihr tief in die Augen. »Nicht das du dir falsche Hoffnungen machst, aber mal eben eine Wohnung komplett einrichten, ist selbst nach der geilen Tour nicht drin.«

Sophie lachte. »Als ob ich so teure Möbel will.« Sie küsste ihn. »Komm, lass uns über etwas anderes sprechen. Ich möchte drei Zimmer.«

»Drei Zimmer? Das wird nicht günstig. Uns reichen doch auch Zwei. Am Besten irgendwo in Domnähe.« Verträumt schaute Jo aus dem Fenster.

»Am Dom?« Sophie war entsetzt. »Da ist doch viel zu viel los. Ständig der Lärm. Und drei Zimmer können wir uns dort sicher nicht leisten.«

Josh trank seine Dose leer und warf sie gekonnt in den Mülleimer.

»Siehst du? Deswegen sollten wir erst die Finanzen checken und dann eine Wohnung suchen.« Zufrieden grinste er seine Freundin an. Er hatte gerne recht.

JUNI 2010 Sophie war nun seit zehn Tagen wieder in Köln und hatte drei Bewerbungen verschickt. Doch außer einer Bestätigung, dass ihre Schreiben eingegangen war, war noch nichts passiert. Sie kümmerte sich voller Elan um das Streetteam. Nick unterstützte sie, so gut er konnte. Von Katja war nie mehr die Rede gewesen, und auch die anderen Jungs behandelten Sophie wie früher. Die Wochen der Trennung hatten den Zorn verpuffen lassen. Sophie ging es gut. Mit Joshua lief es auch wieder rund. Sie hatte ihren Rhythmus gefunden und konnte akzeptieren, mit der Wohnungssuche noch zu warten. Aktuell waren die Vorstellungen sowieso sehr unterschiedlich.

An einem schönen Samstagnachmittag hatten die Jungs die Genehmigung für einen Straßengig in der Innenstadt. Beim Mittagessen besprachen sie die Playlist. Sogar Sophie durfte ihre Meinung frei äußern.

»Kommst du später mit?«, erkundigte sich Sven. »Wäre schön, dich mal wieder dabei zu haben.« Aufrichtig lächelte er sie an.

Sophie freute sich darüber. »Och, wenn du mich so fragst, ich komme gerne.«

Die Band verließ die Wohnung eine Stunde früher als Sophie. Sie mussten ihr Equipment mitschleppen und aufbauen. Es war verabredet, dass Sophie in der Fußgängerzone auf die Band stoßen würde. Sie zog sich das nagelneue türkise Sommerkleid an. Joshua persönlich hatte es in einer kleinen Boutique entdeckt und sprachlos vor der Kabine gestanden, als sie es anhatte. Das Kleid hatte einen tollen Schnitt: schmale Träger, einen eleganten V-Ausschnitt, enge Taille, luftig um die Beine. Es war knielang und hatte um den Ausschnitt herum feine Strasssteine. An Sophie sah es umwerfend aus.

Nick hatte ihr für dieses Outfit zu schwarzen Ballerinas geraten.

Glücklich schlenderte sie die Straße entlang, bis sie die Band hören konnte. Sie spielten den dritten Song, und es hatte sich bereits eine kleine Menschenmenge um sie herum versammelt. Das Wetter spielte ebenfalls mit. Der Himmel war blau, kaum Wölkchen am Himmel, und die Sonne spendete schöne Temperaturen. Sophie blieb im Hintergrund und hörte zu. Beim fünften Song wechselte sie ihre Position, um Jo besser sehen zu können, da entdeckte sie Katja!

Das konnte ja wohl nicht wahr sein. Katja stand mit ihrer Freundin Laura in der ersten Reihe und schmachtete Joshua an. Als die Band nach dem Song eine kurze Pause einlegte ging die Zicke selbstbewusst auf Sophies Freund zu. Jo begrüßte sie freundlich, und auch die anderen Jungs waren nicht abweisend. Für die anderen Zuschauer auf der Straße sah es so aus, als würden die Mädchen die Band sehr gut kennen. Sophie versuchte, ihre Eifersucht im Keim zu ersticken. Es war sein Job. Er machte seine Arbeit. Ungehemmt baggerte Katja Joshua an.

›Warum soll ich mich hier verstecken?‹ Sophie entschied zu handeln. Sie trat nach vorne und schaute sich die CDs an, die zum Verkauf aufgestellt waren. Lächelnd kam Nicklas auf sie zu.

»Na, alles okay?« Unmerklich nickte er zu Katja rüber.

»Geht so«, knurrte Sophie aufrichtig. »Die nervt mich echt.«

Verständnisvoll nickte der Bassist. »Aber einfach cool bleiben. Die hat keine Chance. Du weißt schon, wir müssen nett sein.« Aufmunternd flüsterte er: »Du siehst übrigens wunderschön aus.«

»Danke. Was kostet die?« Sophie hielt fragend eine CD hoch. Nun traten noch andere Interessenten nach vorne. Nicki nannte den Preis, und Sophie bezahlte. Mit der CD in der Hand ging sie zu Joshua. »Kann ich ein Autogramm bekommen?«

Als Jo seine Freundin in dem Kleid erblickte, stockte ihm der Atem. Sie sah zauberhaft aus.

»Aber natürlich, Prinzessin«, sagte er ohne nachzudenken. Außer Katja hatte es niemand gehört.

»Prinzessin?«, mischte diese sich auch sofort ein. »Aschenputtel passt wohl besser. Die Kuh ist doch eure Putzfrau, wenn ich mich richtig an den Trampel erinnere.«

Vor Wut kochend fiel Sophie nichts Schlagfertiges ein. Auch bei dieser Begegnung schwieg Joshua. Er unterschrieb die CD und hielt sie Sophie lächelnd hin. Sie gab ihm noch eine Chance, schaute ihn auffordernd an, zog die Augenbrauen hoch. Jo hielt ihrem Blick stand, reagierte jedoch nicht.

Sophie riss ihm die CD aus der Hand und ging. Ziellos, erst mal die Straße weiter. Weg von ihrem blöden Freund. Weg von dieser dummen Zicke. Doch Katjas gehässiges Lachen war nicht zu überhören. Kopfschmerzen setzten hämmernd ein. Ihr wurde richtig übel. Während sie davonstürmte, kramte sie in ihrer kleinen Handtasche nach Schmerztabletten. Als sie eine fand, betrat sie das nächste Eiscafé und ging auf die Toilette. Mit der Hand schöpfte sie Leitungswasser in den Mund und schluckte die Pille. Krampfhaft hielt sie sich am Waschbecken fest. Außer ihr war niemand dort. Sie atmete tief durch, um sich zu beruhigen und die Kopfschmerzen zu lindern. Die Tablette würde erst in einigen Minuten wirken.

Warum war sie jetzt weggelaufen? Es war doch klar, warum Joshua so agierte. Er konnte nicht anders. Aber diese blöde Frau brachte Sophie völlig aus der Ruhe. Sie überlegte, ob sie wieder zurückgehen sollte. Sie wollte Jo gerne zeigen, dass sie dazugelernt hatte. Sophie betrat den Verkaufsraum und stellte sich in die Schlange. Wenn sie schon hier war, konnte sie sich genauso gut auch ein Eis kaufen. Während sie wartete, studierte sie die Geschmackssorten.

»Wenn du auf Kokos stehst, empfehle ich dir Raffaello.«

Sophie erkannte die Stimme nicht sofort, doch der Duft, der ihr in die Nase stieg, verriet ihr, wer hinter ihr stand.

Sie drehte sich um. »Roman«, sagte sie freudig. »Das ist ja ein Zufall.«

»Ein schöner«, stimmte er ihr zu. Seine blauen Augen leuchteten. »Aber nicht so richtig ein Zufall.«

»Wie meinst du das?« Sophie runzelte die Stirn.

»Ich bin mit meiner Schwester in der Stadt. Sie hatte gelesen, dass ›DTA‹ heute in der City spielt und wollte unbedingt hin. Ehrlich gesagt, ich hatte gehofft, dass du auch da sein würdest und bin mitgekommen. Als ich sah, dass du hier ins Café gehst, bin ich hinter dir her.« Er war ehrlich und schämte sich nicht. Unverblümt strahlte er sie an.

»Oh.« Ihre Einsilbigkeit war zurück. Dann hatte Sophie einen furchtbaren Gedanken. »Deine Schwester heißt doch nicht Katja, oder?«

»Nein. Ihr Name ist Anne, warum?« Er kaute auf seinem Piercing.

Sophie registrierte das amüsiert. »Ach vergiss es«, sagte sie stattdessen.

Die Verkäuferin forderte sie auf, ihre Bestellung aufzugeben, und Sophie probierte tatsächlich Raffaello. Roman bestellte sich Vanille und Schokolade und fragte Sophie geradeheraus: »Katja ist also ihr Name.«

»Wessen Name?« Sophie verstand seine Frage nicht.

»Na, der Name der Frau, die dir gerade den Drummer streitig gemacht hat.« Roman war echt direkt.

Sophie spürte Hitze aufsteigen. Bei der ganzen Wut auf Jo hatte sie noch gar nicht darüber nachgedacht, wie die Situation auf Fremde wirken könnte. Jetzt wusste sie es. Es sah aus, als wäre sie gerade total abgeblitzt. Die Situation war ihr unendlich peinlich. Ohne noch etwas zu sagen, drehte sie sich um und ging weg. Sie ließ Roman einfach stehen, da sie sich schämte, ihm noch in die Augen zu schauen. Erst dieses peinliche Groupie-Gehabe im Zug, und nun war sie vor seinen Augen von Katja blamiert worden. Eilig lief sie die Fußgängerzone entlang.

»Der Typ hat sie nicht alle!«, brüllte Roman ihr hinterher.

Abrupt blieb sie stehen. Langsam drehte Sophie sich zu Roman um. Er stand vor dem Eiscafé und rief: »Der hat doch was an den Augen!«

Sie musste grinsen.

Roman kam auf sie zu. »Ehrlich. Dieses Mädchen vorhin bei dem Drummer, die Blondine … also Katja, ja?«

Sophie nickte und leckte am Eis.

»Diese Katja … tzz, vergiss sie. Also, der Typ, Joshua, der ist beknackt. Wenn ich die Chance hätte, mit dir ein Eis zu essen, ich würde diese sofort ergreifen.« Er leckte ebenfalls am Eis, und Sophie sah sein Zungenpiercing erneut. »Und wenn ich dir dafür hinterher schleichen müsste.«

»Ist das so?«, fragte sie ihn neckend.

»Das ist so«, bestätigte er trocken.

Die Kopfschmerzen waren wie weggeblasen. Das Eis schmeckte super. Der Tag war sonnig und warm. Roman war auf eine unerklärliche Weise anziehend und interessant.

»Wie viel von Köln hast du in den letzten zehn Tagen gesehen, Roman?« Sophie folgte einer spontanen Eingebung.

»Geht so. Einiges. Manches. Sicher nicht alles.«

»Hast du jetzt ein bisschen Zeit?«, fragte Sophie weiter.

Er antwortete nicht, sondern fummelte mit der linken Hand sein Handy aus der Hosentasche. Mit dem Zeigefinger bedeutete er ihr, kurz zu warten. Er wählte eine Nummer.

»Schwesterherz. Noch am Schmachten? … Ja, ich dich auch. Du bist doch noch bissl beschäftigt, oder? … Na ja, ich werde noch was unternehmen. Wir sehen uns dann einfach später. … Ei ja, ich unternehme halt noch was. … Sei nicht so neugierig. Schmachte du mal weiter. Bye bye.« Er wollte schon auflegen, als seine Schwester noch etwas in den Hörer brüllte.

»Wie bitte?«, fragt er nach.

Anne wiederholte ihre Aussage. Roman grinste Sophie neckisch an.

»Doch, lohnt sich.« Er legte auf und steckte sein Mobiltelefon wieder ein. »Zufällig hab ich jetzt ein bisschen Zeit. Warum?«

Sophie musste lachen. »Ich wollte dir eigentlich nur einige sehenswerte Plätze empfehlen. Ich muss nämlich leider wieder zurück auf dieses Straßenkonzert.«

Romans Gesicht drückte augenblicklich unendliche Enttäuschung aus. Sophie fand die Aktion plötzlich selbst nicht witzig. Woher sollte der arme Kerl wissen, dass sie scherzte?

»War ein Spaß. Ein schlechter, ja. Aber ein Spaß. Ich würde dir gerne einige meiner Lieblingsplätze zeigen, wenn du Lust hast.«

»Wie schon gesagt: Ich habe zufällig gerade Zeit.« Er hatte sein Eis aufgegessen.

»Super, dann los.« Sophie stupste ihn mit dem Ellenbogen an.

Es war fünf Uhr am Nachmittag, als Sophie sich mit Roman auf den Weg machte. Um Viertel nach sieben schaute sie das erste Mal überhaupt wieder auf die Uhr. Die Genehmigung der Band war seit 15 Minuten abgelaufen. Sicherlich packten die Jungs im Moment alles zusammen. Sophie hatte Roman viele Orte gezeigt, die sie gerne mochte und über die sie etwas erzählen konnte. Roman war interessiert und machte mit seiner Kamera etliche Fotos. Nun standen sie auf der Hohenzollernbrücke über dem Rhein, betrachteten erst die vielen Schlösser und sahen sich anschließend die Schiffe an. Sophie dachte einige Sekunden daran, Jo zu sagen, dass sie nicht mehr auf ihn böse sei und sich nun auf den Heimweg machen würde.

Doch genau in dem Moment fragte Roman: »Und? Wohin auf ein Kölsch?«

Sophie war unentschlossen. Sollte sie wirklich noch weiterhin mit Roman Zeit verbringen?

»Ähm …«, noch bevor sie antworten konnte piepste ihr Telefon. Eine SMS war gekommen.

»Oh, entschuldige kurz.« Die Nachricht war von Jo. Er schrieb ihr, dass er sie sehr lieb habe und mit den Jungs noch zum Italiener gehen würde. Wenn sie Lust hätte, könnte sie dort auf die Band treffen. Er betonte, dass Katja nicht dabei sein würde.

»Oh, hey, das war jetzt etwas zu viel.« Roman versuchte, das Tempo rauszunehmen. »Das war sicher dein Freund und, na ja, vielen Dank für die coole Zeit gerade. Ich glaub ich mach mich heim.«

Sophie nickte und wusste nicht genau, was sie sagen sollte. »Mir hat es auch viel Spaß gemacht. Sorry, wäre gerne noch was mit dir trinken gegangen. Wie lange bleibst du noch in Köln?«

»Ich fahre morgen wieder nach Frankfurt. Mein Urlaub ist zu Ende. Ich muss Montag wieder arbeiten.« Roman versuchte, seine Enttäuschung zu verbergen.

»Ach, schade.« Sophie meinte es ehrlich.

»Ein Schnappschuss zum Abschluss?«, fragte Roman und hielt seine Kamera hoch.

Lächelnd nickte Sophie. Entschlossen trat Roman auf sie zu, zog sie an sich, drückte seine Wange gegen ihre, hielt die Kamera am ausgestreckten Arm nach vorne und machte ein Bild.

Sophie wollte es sehen. »Och, buh, ich hab ja die Augen zu. Komm, noch eins.«

Es entstand eine ganze Fotoserie. Die beiden machten Grimassenfotos, ernste Bilder, lachende Bilder und zum Abschluss ein sehr schönes. Arm in Arm, Wange an Wange, mit leuchtenden Augen, romantisch mit den Schlössern im Hintergrund.

»Danke Sophie, das war ein ganz toller Nachmittag mit dir.« Roman streckte ihr die Hand hin.

Sie ergriff diese und bedankte sich ebenfalls. »Fand ich auch. Komm gut nach Hause.«

Er drehte sich um und ging über die Brücke davon. Sophie holte ihr Handy aus der Tasche und wollte Josh Bescheid sagen, dass sie zum Italiener kommen würde. Doch sie hatte urplötzlich überhaupt keine Lust dazu. Die Band war bei dem Italiener Stammgast. Es gab immer viel Trubel um die Jungs und viele Fans, die Fotos und Autogramme wollten. Sophie würde einen Fan unter vielen spielen müssen. Mal wieder. Sie blickte noch einmal Roman hinterher. Er war schon fast nicht mehr zu sehen. Sie öffnete den SMS-Editor. Was war das denn auf einmal für ein Gefühl? Wehmut? Sie steckte ihr

Handy ein und lief Roman hinterher. Er war noch nicht sehr weit gekommen, sondern stand an einer Bushaltestelle. Außer Atem fragte sie ihn: »Hast du zufällig noch ein bisschen mehr Zeit?«

Freudig grinste er sie an. »Ich bin eigentlich auf dem Weg in eine Bar.«

»Wohin genau?« Sophie grinste zurück.

Er hielt ihrem Blick stand. »Ja, wohin genau?«

»Ins Conolly's!« Sophie hakte sich bei ihm unter und zog ihn mit sich.

Sophie hatte schon lange nicht mehr so viel Spaß wie an diesem Abend. Die beiden tranken eine Menge Bier und lernten eine Gruppe von Backpackern aus Australien kennen. Es wurde gelacht, getrunken, erzählt. Es war sehr angenehm, nicht darauf achten zu müssen, was man sagte oder tat. Es war eine willkommene Abwechslung, nicht von fremden Leuten unterbrochen zu werden, weil diese Fotos oder Autogramme haben wollten. Es war einfach sehr schön.

Sophie bemerkte trotz leicht erhöhtem Alkoholspiegel sehr wohl, dass Roman ihr den einen oder anderen intensiven Blick zuwarf. Sie genoss das. Es war schön, wenigstens einmal der Begehrte zu sein. Sonst war es immer Joshua. Einer der Australier, Finn, brachte die erste Runde Tequila ins Spiel. Sophie lehnte dankend ab. Doch die australischen Jungs wollten das nicht akzeptieren. Hilfesuchend blickte sie zu Roman, der jedoch trank Schulter zuckend den ersten Tequila. Sophie grinste und fühlte sich angestachelt.

›Was soll's!‹ Einer würde sie schon nicht umbringen. Die Stimmung erreichte einen neuen Höhepunkt. In dem Pub wurde es voller und lauter. Roman tanzte Sophie auffordernd an. Zuerst zierte sie sich, doch als auch Jake zappelnd auf sie zukam, nahm sie die Aufforderung an. Sie konzentrierte sich auf Roman, und die beiden tanzten, bis der Schweiß in Strömen floss. Er erzählte ihr eine witzige Geschichte von der Arbeit, und der Alkohol verursachte bei Sophie einen regelrechten Lachanfall. Obwohl die Geschichte so witzig gar nicht war. Sie konnte nicht aufhören zu lachen.

»Ich ersticke«, japste sie mit rotem Kopf.

Ebenfalls lachend nahm Roman sie in den Arm und schob sie in die frische Nachtluft aus dem Irish Pub hinaus. Es dauerte noch einige Minuten bis Sophie sich wieder unter Kontrolle hatte. Da sie keine Jacke dabei hatte, fröstelte es sie leicht. Roman entschuldigte sich kurz und holte seine Kapuzenjacke von drinnen. Er legte ihr diese um die Schultern.

»Sehr aufmerksam, der Herr.« Sie lächelte ihn an.

»Keine Ursache, die Dame.« Romans Haare waren total verschwitz, und da er keine Mütze trug, standen sie teilweise wild vom Kopf ab. Sophie fand, er sah wie ein wahnsinniger Professor aus. Darüber brach sie erneut in Gelächter aus. Da sie ihm vor Lachen nicht erklären konnte, was so witzig war, trat sie kurzerhand auf ihn zu und strich ihm die nassen Haare einigermaßen glatt. Sie registrierte, dass er, obwohl er schwitze, immer noch verführerisch duftete.

»Was ist das für ein Geruch?«, fragte sie ihn, als ihr Gesicht wenige Zentimeter von ihm entfernt war.

Erschrocken trat er sofort einen großen Schritt zurück. Er hob die Arme und schnupperte unter seinen Achseln. »Was? Was für ein Geruch?«

Lachanfall Nummer drei wurde bei Sophie ausgelöst. Sie setzte sich auf eine Bank in der Nähe und versuchte, sich zu beruhigen. Roman setzte sich neben sie. »Du riechst gut, Blödi«, gab sie von sich.

»Na, hoppla. Blödi? Ich schätze, so etwas sagst du nur zu deinen engeren Freunden. Da fühl ich mich aber geehrt. Und wenn es gut riecht, dann sag doch Duft und nicht Geruch.«

Ohne etwas zu sagen, boxte sie ihm gegen den Arm.

»Anne hat es mir geschenkt. Ich habe es anlässlich der Kölnreise ausgepackt und aufgelegt.« Erklärte er schließlich.

»Gute Entscheidung.« Sophie lallte plötzlich. Die frische Luft war für diesen Schub verantwortlich. Sie spürte, dass die Lider schwer wurden. Die Welt schwankte. Ihr Magen fand das gar nicht lustig.

Roman merkte, dass es ihr nicht gut ging. »Alles okay?«

»Joa. Geht.« Sie lehnte ihren Kopf an seine Schulter. »Ich muss nur mal kurz ausruhen.«

Roman bewegte sich keinen Zentimeter. Es fühlte sich gut an. Nach einiger Zeit traute er sich noch mehr und legte ihr einen Arm um die Schulter.

Sophie war stark angetrunken, doch sie bekam mit, dass Roman sie im Arm hielt. Sie konnte nicht leugnen, dass es sich gut anfühlte. Es war schön gewesen, mit ihm unbeschwert die Stadt anzuschauen. Es war auch toll gewesen, so unbeschwert mit ihm zu feiern. Und nun war es möglich, ganz ungestört hier zu sitzen und zu schweigen. Keine Fans. Keine Reporter. Keine Regeln.

Sie spürte seine Lippen auf ihrer Schläfe. Er hatte ihr einen sanften Kuss gegeben. Ihr Puls schnellte in die Höhe. Nein, nein. Das war nicht ok. Es gab Regeln. Sie hatte einen festen Freund. Ach du Scheiße! Joshua, den hatte sie ja total vergessen. Sie richtete sich pfeilschnell auf. »Wie spät ist es?«

»Es ist halb drei.« Roman nahm den Arm weg und rückte einige Zentimeter von ihr ab.

»Oh, mein Gott!« Sophie kramte ihr Handy aus der Tasche. Es war aus. »Oh, verdammt. Mein Akku ist leer. Mann, Mann, Mann, Mann. Ich muss dringend nach Hause.« Ihr Verstand war plötzlich glasklar. Der Schwips war durch den Schock vernichtet.

»Wenn du jemanden anrufen willst, kannst du mein Handy nehmen.« Roman hielt es ihr hin. Sophie kannte Jos Nummer auswendig, doch sie konnte ihn unmöglich um diese Uhrzeit von einem fremden Handy anrufen. »Danke, ich brauche ein Taxi.«

»Kommt sofort.« Roman fragte nicht nach. Er rief ihr ein Taxi, wartete, bis sie eingestiegen war, und winkte ihr nach. Ihm war klar, dass sie einen Freund haben musste, mit dem sie zusammen wohnte. Ihm war nur nicht klar, warum sie so viel Zeit mit ihm verbracht hatte. Er versuchte, sich einzureden, dass es ihm egal war. Es waren sehr schöne Stunden gewesen.

Als er die Wohnung seiner Schwester betrat, saß sie am Küchentisch und aß Kuchen. »Na, kleiner Bruder, schönen Abend gehabt?«

»Huch, du bist ja noch wach.« Müde rieb er sich die Augen.

»Bin selbst erst vor 20 Minuten heimgekommen. War mit Markus noch etwas trinken.« Anne bot ihm auch Kuchen an.

Roman lehnte ab. Er setzte sich mit seiner Kamera an den Tisch und schaute sich die Bilder von Sophie an. Anne aß die letzte Gabel und stellte sich hinter ihn.

»Wow, hübsches Mädchen. Sieht aus, als hättet ihr viel Spaß gehabt.«

»Ja«, lächelte Roman in Gedanken versunken. »Aber das war's auch.«

»Wie, das war's? Guck doch mal das letzte Bild hier, ihr seht absolut glücklich verliebt aus.« Anne spürte sofort die Traurigkeit bei ihrem Bruder. »Oder wollte sie dich nicht wiedersehen?«

»Keine Ahnung. Wie vom Affen gebissen ist ihr eingefallen, dass sie nach Hause muss. Ich vermute, sie hat einen Freund. Aber eigentlich ist das egal. Ich weiß nicht, wo sie wohnt, oder wo sie arbeitet, ich kenne nicht mal ihren Nachnamen. Außerdem wohnt sie hier, ich in Frankfurt. Die sehe ich also eher nie mehr wieder.« Er schaltete die Kamera aus.

Anne dachte einen Moment nach. »Na ja, du kannst es beim nächsten ›DTA‹-Konzert in Köln versuchen. Dann kommst du her, pennst bei mir, und wir gehen gemeinsam hin. Du hast sie heute doch auch zufällig dabei getroffen.«

Die Idee war gar nicht so doof. »Und wann spielen die wieder in Köln? War nicht gerade erst letzten Monat ein Konzert?«

»Stimmt«, musste seine Schwester eingestehen. »Ich mach mich mal schlau und dann sehen wir weiter. So, komm, wir gehen schlafen.«

 Fieberhaft überlegte Sophie, was sie Joshua sagen sollte. Wie sollte sie ihm erklären, dass sie mit einem fremden Typen zehn Stunden verbracht hatte? Wie sollte sie ihm erklären, dass sie weder auf SMS reagiert noch ihn im Laufe des Abends informiert hatte, wo sie war und was sie machte? Verhielt man sich so in einer Beziehung? Er musste krank sein vor Sorge.

Ihr fielen einige absurde Ausreden ein. Sie könnte ihm sagen, sie hätte zufällig eine Freundin getroffen und die Zeit vergessen. Der leere Akku war ein günstiger Zufall. Aber es gab Telefonzellen! Jo wusste außerdem, dass sie keine Freundinnen in Köln hatte. Und wenn sie ihm die Wahrheit sagte? Dass sie Roman aus Frankfurt kannte und ihn zufällig getroffen hatte? Okay, das war die halbe Wahrheit, so richtig kannte sie ihn ja nicht.

Oh, Mann, das würde direkt den nächsten Stress geben. Wahrscheinlich saß er in seinem Zimmer im Bett und trommelte auf irgendetwas herum.

Vor der Wohnungstür hielt sie inne. Lauschte ins Innere, doch sie konnte absolut nichts hören, es war kurz vor drei. Leise drehte sie den Wohnungsschlüssel und schob die Tür vorsichtig auf. Nicht eine einzige Lampe brannte. Typisch! Wenn sie zuerst zu Hause war, ließ sie immer die kleine Lampe im Flur brennen, damit die Jungs nicht in die völlig dunkle Wohnung stolpern mussten. Da kam sie einmal später nach Hause, und niemand tat ihr den Gefallen.

Sie tastete nach dem Lichtschalter im Flur und schloss die Wohnungstür hinter sich. Sophie zog ihre Schuhe aus und schlich auf Joshuas Zimmertür zu. Am Schalter gegenüber löschte sie das Licht im Flur und lauschte einen Moment an der Tür. Doch auch aus seinem Zimmer konnte sie keinen Mucks hören. In Zeitlupe drückte sie die Klinke herunter und drückte gegen die Tür. Sie wollte so wenig Lärm wie möglich machen. Auch in seinem Zimmer gab es keine einzige Lichtquelle. War überhaupt jemand zu Hause? Auf Zehenspitzen ging sie zum Bett und machte die Nachttischlampe an. Sophie war überzeugt, Joshuas Seite leer vorzufinden, doch er lag dort und schlief seelenruhig. Einen Moment hatte sie regelrecht gehofft, er wäre noch unterwegs gewesen, dann hätte sie sich eine Erklärung sparen können. Doch hier war er.

»Licht aus«, brummte er und zog sich die Decke über die Augen. »Bin gerade erst eingeschlafen.«

»Entschuldige.« Sophie drehte den Dimmer herunter. Eilig zog sie sich aus und schlüpfte in Dessous unter ihre Decke.

Wollte Joshua überhaupt nicht wissen, wo sie war? Sie schmiegte sich an ihn. »Bist du sauer?«

Er drehte sich zu ihr, legte eine Hand auf ihren Po und murmelte: »Lass uns morgen reden. Ich will schlafen.«

Sophie verspürte gemischte Gefühle. Auf der einen Seite war sie froh, ihm jetzt nicht Rede und Antwort stehen zu müssen, und auf der anderen Seite war sie enttäuscht, dass es ihm anscheinend egal war, wie sie die letzten zwölf Stunden verbracht hatte. Unglaublich, er war einfach ins Bett gegangen, ohne sich Gedanken um sie zu machen. Wäre ihr etwas passiert, hätte er es wohl erst morgen früh festgestellt.

Schwere Müdigkeit überkam sie. Enttäuschung gewann die Oberhand. Ihre Augen fielen zu. Joshua fing an zu schnarchen. Gestört davon drehte Sophie sich von ihm weg. Sie spürte den Alkohol wieder im Magen, und die Müdigkeit verflog. Da Joshua fest eingeschlafen war, stand sie noch einmal auf und ging in die Küche. Sophie setzte sich an den Küchentisch und trank ein Glas Wasser. Sie bekam Hunger und machte sich zwei Toasts mit Käse, Schinken, Mayo und Ketchup. Sie fühlte sich besser, als sie ihren Snack verputzt hatte. Unvermittelt musste sie an Roman denken. Sie dachte an die Tanzerei, lustige Trinkerei und lächelte. Doch dann fiel ihr wieder ein, dass er am nächsten Morgen nach Frankfurt zurückfahren würde. Sie wusste nicht, wo er wohnte, nicht wo er arbeitete und kannte nicht einmal seinen Nachnamen. Bei dem Gedanken daran, ihn wohlmöglich nie mehr wiederzusehen, wurde sie traurig.

Als Sophie am nächsten Morgen erwachte, war Joshua bereits aufgestanden. Sie ging unter die Dusche und machte sich fertig. In der Küche erfuhr sie von Nick, dass Jo zu einem Termin aufgebrochen war. »Ich soll dir ausrichten, dass er gegen 13 Uhr zurück sein wird.«

Sophie schaute auf die Uhr. Es war halb zwölf.

»Weißt du, was das für ein Termin ist? Heute ist Sonntag.«

»Nee, sorry. Hab ihn nicht gefragt, ich dachte du wüsstest Bescheid.« Nick trank einen Becher Kaffee.

Sophie war sich nicht sicher, ob Jo etwas erwähnt hatte. Doch sie wollte vor Nick ihr Unwissen nicht zugeben.

Pünktlich um eins kam Josh nach Hause. Sophie schaute TV. Er betrat das Zimmer, schloss die Tür und schaltete das Gerät aus. »So, Baby. Jetzt reden wir.«

Sophie war dermaßen überrumpelt, dass sie ihn abwartend und schweigend anblickte.

»Also, wo warst du gestern? Warum hast du mich nicht angerufen? Wir haben lange in der Bar auf dich gewartet.« Er setzte sich auf seinen Drehstuhl und drehte sich im Kreis wie ein kleines Kind.

»Ich war im Conolly's. Und mein Akku war leer. Das habe ich aber leider erst spät festgestellt. Sorry, Schatz, aber irgendwie habe ich verpeilt, mich zu melden.« Sie war gespannt, wie er reagieren würde.

»Ach, cool. Schade, dass du mir nicht Bescheid sagen konntest, auf das Pub hätte ich auch Bock gehabt. Dann wäre ich dort vorbeigekommen.«

Sophie war irritiert. War Jo überhaupt nicht sauer? Wollte er denn gar nicht wissen, mit wem sie dort war?

»Ja, das wäre sicher toll gewesen. War super Stimmung dort.« Na, das war ja einfach, Jo machte gar keinen Stress.

Er nickte abwesend und starrte sie dabei an. Sophie lächelte ihn an und fragte: »Und wo warst du heute morgen?«

»Mit wem warst du gestern unterwegs?« Anstatt zu antworten, stellte er die Gegenfrage. Fixierte sie weiterhin mit seinem Blick. Sophie schluckte. Ganz so einfach war es dann wohl doch nicht.

»Mit Roman. Einem Kumpel aus Frankfurt, den ich zufällig in der Stadt getroffen habe. Er war mit seiner Schwester bei eurem Gig in der City. Wir sind dann zu dritt ins Pub und haben dort eine lustige Gruppe Australier getroffen.« Sie log ihn zum ersten Mal an, fühlte sich unwohl und war dennoch überrascht, wie leicht ihr das über die Lippen ging.

Eine Minute sagte keiner von beiden etwas. Jo schaute ihr direkt in die Augen. Sophie hielt seinem Blick stand. Sie kam sich wie bei einem Verhör vor, und nun prüfte der Beamte ihre Aussage in ihren Augen. Log sie, oder konnte er ihr trauen?

»Okay. Nice. Wir sollten bei nächster Gelegenheit mal wieder alle ins Conolly's gehen.« Er stand auf und schaltete den Fernseher wieder ein.

»Du bist also nicht sauer?«, wollte Sophie sichergehen.

Verblüfft schaute er sie an. »Warum sollte ich?«

»Na ja«, druckste sie herum, »vielleicht weil ich mit einem anderen Typen zusammen war«, brachte sie ihr Anliegen in die richtige Richtung.

Joshua schnaubte arrogant und verdrehte übertrieben die Augen.

»Baby, also erstens: Du kannst unterwegs sein, wann und mit wem du willst, du bist ja nicht meine Leibeigene. Zweitens: Roman, Ramón, Rudolf, es ist relativ unwahrscheinlich, dass ein Typ daher kommt, der auch nur annähernd so gut aussieht wie ich, dazu noch so einen geilen Job hat wie ich und obendrein ein perfekter Lover ist.« Er legte sein Telefon neben den Fernsehapparat. »Außerdem verstehe ich deine Frage nicht richtig. Meiner Meinung nach guckt man sich nur nach Alternativen um, wenn der eigene Partner nicht mehr richtig bei der Sache ist. Aber ich behandele dich doch vorbildlich, du bist meine Lady. Du hast meine Aufmerksamkeit. Warum sollte ich mir wegen irgendeinem Kumpel aus Frankfurt Gedanken machen?« Er sah sie fragend an. »Wieso sollte ich mir überhaupt wegen anderen Typen Gedanken machen?« Sophie wusste darauf keine Antwort. Das wollte er also. So sollte sie anscheinend ebenfalls reagieren, wenn er die ganze Nacht fort blieb.

»Und wo warst du?«, wiederholte Sophie ihre Frage.

»Mit Mark was besprechen. Nichts Besonderes.« Er warf sich aufs Bett und zappte durch die Kanäle. Sophie war mit seiner Antwort zwar ganz und gar nicht zufrieden, jedoch hatte sie auch keine Lust, einen weiteren Streit vom Zaun zu brechen. Sie ließ das Thema auf sich beruhen. Wenn er sagte, er war bei Mark, dann war er auch bei Mark. Seit wann traute sie ihm denn nicht mehr? Jo war zu jedem Zeitpunkt hundert Prozent ehrlich zu ihr gewesen.

»Hast du Lust auf Kino?« Jo lächelte Sophie an und wechselte geschickt das Thema.

»Wann?« Sie war von seiner Frage überrascht. Er war noch nie mit ihr im Kino gewesen.

»Na, heute. Im Fernsehen kommt nur Mist, und ich finde, wir sollten ein wenig Zeit zu zweit verbringen.« Er strich sich durch die Haare.

Sophie war überglücklich, er würde mit ihr etwas in der Öffentlichkeit unternehmen. »Klar, sehr gerne.«

»Gut, dann hüpfe ich mal unter die Dusche. Vielleicht gehen wir vorher noch was essen?« Er stand auf und ging zur Zimmertür. Sophie konnte nur glücklich nicken. Vielleicht war ihm das mit Roman ja doch nicht ganz egal.

»Supi.« Josh verließ das Zimmer. Wenige Minuten später vibrierte sein Handy. Normalerweise ging Sophie niemals an Joshuas Handy, doch als sie im Zimmer saß und auf ihn wartete, zog das blinkende Signallicht sie magisch an. Sie ging zum Schreibtisch und entsperrte den Bildschirm. Es war eine Nachricht über einen Chat eingegangen. Hm, was konnte Jo schon dagegen haben, wenn sie diese las. Sie bestätigte und erstarrte. Sie war in eine Unterhaltung mit Sonja geraten. Jedoch hatte sie noch nie im Leben von einer Sonja gehört.

Sie las: *Das war sehr schön heute Morgen. Bin froh, dass du gekommen bist. Bis Morgen!*

Geschockt setzte sie sich aufs Bett und scrollte weiter zurück. Es war immer das gleiche: Jo und Sonja verabredeten sich, er bedankte sich bei ihr, sie fand die Zeit mit ihm super. Bei einer Zeile wurde ihr richtig schlecht. Jo hatte geschrieben: *Wenn Sophie das rausbekommt wird sie ausflippen!*

Joshua betrog sie! Und er schaffte es, ihr eiskalt ins Gesicht zu lügen. Tränen traten in ihre Augen. Das konnte einfach nicht wahr sein.

Unruhig tigerte sie im Zimmer auf und ab. Sollte sie ihn damit konfrontieren? Wie sollte sie erklären, dass sie die Nachricht gelesen hatte? Konnte man so eine blöde Nachricht löschen? Wieso benutzte man nicht die guten alten SMS von früher, da passierte es schon hin und wieder mal, dass eine Nachricht nicht zugestellt wurde. Ihr Magen drehte sich im Kreis. Joshua betrog sie. Sophie konnte nur schwer ihre Gedanken ordnen. Und dennoch redete er so selbstbewusst daher, dass es sowieso niemals einen Besseren für sie geben konnte. Niemand war für ihn Konkurrenz. Doch der Herr konnte sich nehmen, was er wollte. Sonja. Was war das denn bitte für ein billiger Name? Joshua betrog sie.

Das Rauschen des Wassers verstummte. In wenigen Minuten würde ihr fremdgehender Freund das Zimmer betreten. In ihrer Verzweiflung schaltete sie sein Handy einfach aus. Vielleicht würde ihm so nicht auffallen, dass die Nachricht bereits angeschaut und der Hinweis verschwunden war. Das Display erlosch in dem Moment, wo er die Tür öffnete. Mit pochendem Herzen überspielte Sophie ihre Fassungslosigkeit.

Es fiel Joshua nicht auf, dass die Nachricht bereits gelesen war. Er merkte an keinem Tag, dass Sophie von Sonja wusste. Sophie konnte es niemandem erzählen. Ihre Freunde wussten nichts von Josh, und ihre Eltern wären mit ihren Hab-ich-doch-gesagt-Reden gekommen. Das war keine Hilfe. An manchen Tagen war sie überzeugt, dass es sich um ein Missverständnis handeln musste. Er gab sich so viel Mühe, die Beziehung harmonisch und frisch zu halten. Doch an den Tagen, wo er ihr vorlog, sich mit Mark zu treffen und stattdessen bei Sonja war, konnte sie ihre Wut und Eifersucht kaum bändigen. Hundertmal hatte sie sich vorgenommen, es ihm zu sagen. Ihm ihre Wut an den Kopf zu schmettern. Sie wollte ihm die Augen auskratzen. Wollte dieser Sonja die Augen auskratzen. Doch dann? Sie müsste in diesem Falle zurück nach Frankfurt und vor ihren Eltern kapitulieren. Ja, die Beziehung zu dem Rockstar war gescheitert. Ja, er hatte sie gedemütigt und war fremdgegangen. Ja, sie hatte viel Zeit für ihn verschwendet. Ja, sie war in ihrem Leben kein Stück vorangekommen. Diese Gedanken machten sie krank. Sie konnte und wollte nicht aufgeben. Doch wie steckt man verdammt noch mal seinem Freund, dass man weiß, dass er fremdgeht?

Sie quälte sich bereits seit sieben Wochen mit dem Geheimnis. Sophie entschied, mit Nicklas zu sprechen. Joshua hatte ihr gesagt, Nick würde nichts anstellen, selbst wenn sie nackt auf seinen Bauch gebunden wäre. Nick hatte ihr versichert, dass die Band niemals zulassen würde, dass Jo sie betrog. So, dann mal Butter bei die Fische.

An einem Donnerstag Ende Juli ergab sich die Gelegenheit, mit Nick alleine einkaufen zu gehen. Vorsichtig spielte sie, natürlich nur aus Spaß, diverse Situationen mit Joshua und anderen Frauen durch. Sie fragte Nick lediglich, wie er, wenn er davon wüsste, wohl reagieren würde. Auch den Namen Sonja brachte sie ins Spiel, doch Nick verzog keine Miene. Er versicherte ihr, dass die Gedanken absolut absurd waren, Jo ein treuer Hund war und er es ihr natürlich sofort stecken würde. »Jo würde auch voll eine verpasst kriegen.« Er zwinkerte ihr zu.

Sophie war nicht schlauer als vorher. Entweder wusste Nick von nichts, oder sie hatte diese Unterhaltung missverstanden. Alles sprach dafür. Joshuas Verhalten, Nicks Aussagen. Sie beschloss, die Sache zu vergessen und konzentrierte sich wieder auf die wichtigen Dinge. Nicht ein Vorstellungsgespräch hatte sie in der Zwischenzeit gehabt. Sie verdiente noch immer kein Geld.

»Du könntest doch mal eine andere Branche testen«, schlug Nick ihr vor. »Ich meine, die ganzen Cafés und Bars haben doch jetzt gerade Hochsaison. Die sind bestimmt besonders an Aushilfen interessiert. Du würdest ein bisschen Geld verdienen und könntest dich trotzdem weiterhin bewerben.«

Sophie war von der Idee begeistert und klapperte am nächsten Tag zu Fuß etliche Locations in der Innenstadt ab. Als sie bei dem Eiscafé ankam, wo sie Roman getroffen hatte, fiel ihr auf, dass sie einige Wochen überhaupt nicht an ihn gedacht hatte. Aber nun trat der Abend ihr wieder in allen Einzelheiten vor Augen. Sie war so sauer auf Josh gewesen und hatte unerwartet viel Spaß mit Roman gehabt. Sie grinste unwillkürlich und wurde von einigen Passaten amüsant betrachtet. Es kam nicht oft vor, dass Menschen fröhlich grinsend in der Stadt herumstanden.

›Wie es ihm wohl geht?‹ überlegte Sophie. ›Ob er ab und zu an mich denkt?‹

Ausgerechnet in diesem Café wurde ihr ein Aushilfsjob angeboten. Von da an kam Sophie nicht umhin, täglich an Roman erinnert zu werden.

AUGUST / SEPTEMBER 2010 Im August änderte sich schlagartig die Gesamtsituation. Sophie arbeitete täglich vier bis fünf Stunden in dem Eiscafé, sechsmal die Woche. Die Band hatte jedes Wochenende Gigs bei verschiedenen Festivals. Für die Jungs war es eine stressige und schöne Zeit. Es gab einen weiteren Bekanntheitsschub, und daraus resultierten sogar zwei Einladungen ins Fernsehen. Sophie war bei keinem Auftritt von ›Dark Tower Alliance‹ dabei. Sie arbeitete, schrieb weiter Bewerbungen und hielt die Wohnung in Schuss. Sie hatte mit der Band über das Streetteam gesprochen, und gemeinsam hatten sie entschieden, es aufzulösen. Sven hatte die Idee, dass man allen Membern einen persönlichen Brief schickt, sich für deren Arbeit bedankt und einfach jedem Fan erlaubt, Werbung für die Band zu machen.

»So eine Art offenes Streetteam?«, hakte Marco nach.

»Das ist eine gute Idee!« Sophie war begeistert.

»Legen wir den Briefen doch noch eine Kleinigkeit bei«, brachte sogar Joshua sich ein.

»Kondome?« Tom war in seinem Element.

Sie entschieden sich für Pins und Sticker. Der Brief wurde von den Leuten sehr gut aufgenommen. Es gingen eine Vielzahl an Dankesmails ein, und letztenendes war Sophie froh, diese Arbeit nicht mehr an der Backe zu haben.

Manchmal musste sie an Katja denken und fühlte sich tatsächlich nur wie eine Putzfrau, doch Joshua führten ihr wieder vor Augen, wofür sie das alles tat. Noch immer kämpfte sie um die Beziehung. Sophie hatte es nicht lassen können und zweimal Joshuas Handy kontrolliert, doch der Kontakt zu Sonja war seit Anfang August abgebrochen.

Am Montag, dem 30. August, wurde Sophie von der Band in die Küche gerufen.

»Wir müssen etwas besprechen, was uns alle betrifft.«

Sophie hatte sofort einen Kloß im Hals. Das letzte Mal, als ein Gespräch so anfing, ging es nicht gut für sie aus. Sie setzte sich zu Jo, und der nahm sie gut gelaunt in den Arm. Schnell merkte Sophie, dass es diesmal überhaupt nicht um sie ging.

»Also«, begann Nicklas zaghaft, »ich habe euch heute alle zusammen gebeten, um eine Sache zu bereden.« Er schaute von einem zum anderen. »Es betrifft auch dich Sophie, daher danke ich dir, dass du dich dazugesetzt hast.« Sie nickte ihm freundlich zu.

»Was ist denn los, Alter?« Marco fühlte sich unbehaglich. Was hatte Nick zu sagen?

»Anfang des Monats«, erzählte Nick weiter, »bei dem Mini Rock Festival, wart ihr ja noch lange Autogramme geben.« Die anderen dachten kurz nach und nickten. »Ich hatte Kopfschmerzen und bin viel früher als ihr zurück zum Tourbus.« Wieder zustimmendes Nicken. »Als ich vor dem Bus stand und mich noch mit Mike unterhielt …«

»Mike ist der Fahrer«, klärte Jo seine Freundin auf.

»Ja, genau. Also ich sprach mit Mike, da er wissen wollte, wann ihr ungefähr kommt, und da wurde ich von einem Mädchen angesprochen.«

Tom machte anzügliche Geräusche und Gesten.

»Du vielleicht«, konterte Nick und schilderte weiter. »Wie gesagt hatte ich Kopfschmerzen und würgte sie relativ schnell ab. Sie wollte ein Foto und ein Autogramm, und ich sagte ihr, dass es mir nicht gut ginge und ich mich hinlegen wollte. Sie war total sympathisch, entschuldigte sich verlegen und machte sich vom Acker. Aber am nächsten Tag hatte ich eine ziemlich süße E-Mail von ihr …«

»Nicht schon wieder!«, stöhnte Tom.

»Jetzt lass ihn doch mal«, freute sich Sophie. Sie hatte eine Ahnung, wohin dieses Gespräch führen würde.

»Wir haben uns ein wenig hin und her geschrieben, sie war bei ›Rock den Deich‹, und wir haben uns hinterher auch getroffen. Sie heißt Linda.«

Die Jungs stimmten im Chor ein einleuchtendes »Aaahh« an. »Ach, die kleine süße Blonde, die dich den ganzen Abend so verliebt angeschaut hat.« Sven erinnerte sich.

Nick wurde rot und nickte. »Ich habe mich auch verliebt.« Es kostete ihn Mut, das so offen zuzugeben.

Sophie freute sich total und sprang auf, um ihn zu umarmen. »Das finde ich ja toll. Willst du sie uns vorstellen?«

Nick bedankte sich und sah seine Kumpels an. »Das ist die Frage. Ich würde sie euch gerne vorstellen. Ich möchte gerne mit ihr zusammen sein.«

»Ist doch kein Problem. Wann kann sie herkommen?« Jo blieb neutral.

»Sie ist Studentin. Wir haben schon über die Optionen gesprochen, ihr Studium nach Köln zu verlegen, und ich werde ihr auch die Möglichkeiten erklären, wie wir mit der Beziehung umgehen …«

Nick wurde von Joshua unterbrochen. »Wohoho, Nicklas. Kurze Pause. Ihr kennt euch keinen Monat und habt schon darüber gesprochen, dass sie hier herzieht? Dass ihr eure

Beziehung eventuell öffentlich macht. Ist das nicht alles etwas zu schnell?«

»Manche Leute wissen eben, was sie wollen!«, zickte Sophie ihren Freund an. Verständnislos schaute er sie an.

Nick hob schlichtend die Hände. »Na ja, es hört sich jetzt vielleicht überstürzt an, aber wir haben nur die Möglichkeiten diskutiert. Natürlich wird erst mal nichts Unüberlegtes passieren, aber wenn sie ihn Köln studieren könnte und wir uns dadurch einigermaßen regelmäßig sehen könnten …, na ja, das wäre doch vorteilhaft.«

Jo machte ein skeptisches Gesicht. Nick wurde wütend. »Von Tom hätte ich das erwartet, aber von dir? Ich war immer auf deiner Seite bei Sophie. Außerdem: Wer hat denn bereits nach wenigen Wochen überschwänglich herausposaunt, die Frau fürs Leben gefunden zu haben? Wer hat denn von heiraten gesprochen?«

Sophie war wie vom Donner gerührt. Das hatte Jo getan?

»Du hast …«, setzte sie an.

»Ach, papperlapapp!« Josh würgte das Thema schnell ab. »Wann lernen wir Linda kennen?«

Es klingelte an der Tür. Nick grinste. »Jetzt.«

Linda und Sophie verstanden sich auf Anhieb super. Linda war ein offener, herzlicher, unkomplizierter, bescheidener und liebenswerter Mensch. Alle kamen gut mit ihr klar. Nick freute sich darüber, dass gerade die beiden Mädchen schnell Freundinnen wurden. Linda war Sophie sehr dankbar, dass sie ihr mit unendlich vielen Geschichten aus dem Leben einer Bandfreundin zur Seite stand. Nach dem Sommersemester hatte Linda fest vor, das Studium in Köln weiterzuführen. Bis dahin waren es nur noch sechs Wochen.

Für Sophie ging der Alltag weiter. Sie jobbte im Café und überließ Josh dem Bandleben. Die Anfragen an die Band blieben konstant, und die Jungs waren überglücklich. Lediglich Nick wirkte nach einiger Zeit abwesend und unglücklich. Sophie vermutete, dass Linda ihm fehlte. Aktuell sahen sich die beiden sehr unregelmäßig und oft nur für wenige Tage am Stück.

»Sie wird doch bald hier wohnen«, versuchte sie, ihn eines Abends aufzumuntern.

Zustimmend nickte Nicklas unglücklich. »Das wird sie wohl bald.«

»Bedrückt dich irgendetwas?« Sophie spürte, dass mit Nicklas nicht alles in Ordnung war. Ihn schien etwas zu beschäftigen. Ging es nur um Linda? Quälte ihn noch etwas anderes? Das Wissen um Joshuas Affäre vielleicht?

»Alles okay, lass uns das Thema nicht vertiefen.« Er stand auf und ging in sein Zimmer. Sophie blieb verwundert in der Küche zurück. Zu gegebener Zeit würde sie Joshua fragen, ob er wusste, was mit seinem besten Kumpel los war.

Es war Mitte September, und Sophies Aushilfsjob würde in zwei Wochen enden. Sie lag mit Josh im Bett und schaute Fernsehen. Als der Film zu Ende war, drehte er sich zu ihr um. »Und, Süße, wie sieht es an der Arbeitsfront aus?«

»Ach, hör mir damit auf. Ich hätte nicht gedacht, dass es so schwer wird, hier etwas Vernünftiges zu finden.« Sie kuschelte sich an ihn.

»Vielleicht sind deine Ansprüche zu hoch?« Er versuchte zu helfen.

Sophie dachte einen Moment nach. »Nee, eigentlich nicht. Aber scheinbar haben die hier etwas gegen Hessen.«

»Das muss es sein!«, lachte er, als sein Handy vibrierte. Josh ignorierte es. »Wenn du magst, gehen wir an deinem letzten Arbeitstag zusammen in deinem Café ein Eis essen. Als Abschied oder so. Ich könnte dich von deiner Schicht abholen.«

»Oh, ja, das ist eine schöne Idee.« Sophie war einmal mehr darüber erstaunt, wie romantisch er sein konnte. Von nebenan drang dumpf Nicks Bass herüber. Sophie schaute zur Wand. »Ich glaube, er vermisst Linda.«

»Wie kommst du denn darauf?«, wollte Jo wissen.

»Na ja, er wirkt so melancholisch. Traurig. Oder hat er irgendetwas anderes?« Sie schaute ihren Freund fragend an.

Josh lächelte sie an und strich ihr zärtlich über die Wange. »Du bist so süß. Aber Nicki ist nicht traurig, weil sie ihm fehlt.«

»So?« Sophie war ehrlich überrascht. »Weißt du, was er hat?«

Jo nickte, sprach aber nicht weiter.

»Ah, ich verstehe, du darfst es mir nicht sagen.« Sophie wusste, dass Josh am ehesten ein Geheimnis preisgab, wenn man es gar nicht wissen wollte. »Dann soll es auch unter euch bleiben.«

Sophie stand vom Bett auf und holte Joshuas Handy. »Du hast eine Nachricht bekommen.«

»Er will sich von Linda trennen und weiß nicht wie«, platzte es aus ihm heraus.

»Was?« Sophie konnte nicht glauben, was sie da hörte. Sie legte das Handy verstört aufs Bett, und Jo schob es unauffällig unters Kopfkissen.

»Das kann nicht wahr sein. Warum will er sich denn trennen? Linda plant doch schon längst den Umzug. Ich glaube, sie ist schon von der Uni abgemeldet und, mein Gott, er muss es ihr sofort sagen!« Sie war völlig aus dem Häuschen.

»Das ist doch das Problem, Süße. Nick fühlt sich jetzt schon zu schuldig. Es ist schon so viel ins Rollen geraten, er weiß nicht, wie er es machen soll.« Josh stand vom Bett auf und holte eine Flasche Wasser aus der Küche. Sophie überlegte fieberhaft wie sie Nicklas helfen könnte.

Doch da half nur die Wahrheit und zwar schnell. Zusammen mit Joshua überredete sie Nick, Linda anzurufen und ihr die Wahrzeit zu sagen. Es fiel ihm schwer, und Linda brach es das Herz. Nick ging es jedoch besser, und Sophie erhielt am nächsten Tag einen Anruf von einer völlig aufgelösten Linda, die ihr Herz ausschüttete. Sophie half so gut es ging, doch die Entscheidung von Nicklas war endgültig.

Sophie war traurig, denn der Kontakt zu Linda brach ab. Gerne hätte sie eine Freundin in Köln gehabt. Doch manchmal sollen die Dinge eben nicht so sein.

Drei Tage nach der Trennung war sie mit Nicklas alleine zu Hause. Joshua war mal wieder auf einem Termin mit Mark und die anderen Jungs ausgeflogen. Auf Dates, einen Trinken, Sophie hatte keine weitere Ahnung.

»Ich mache gleich Hähnchen und Reis, möchtest du mitessen?« Sie steckte ihren Kopf in sein Zimmer, und er nickte ihr freundlich zu.

»Sehr gerne. Kann ich dir beim Kochen helfen?«

»Klaro.« Sophie freute sich über seine hilfsbereite Art. Jo wäre im Leben nicht auf die Idee gekommen, seine Hilfe anzubieten. Eher hätte er mit großen Kulleraugen gefragt, ob sie ihm das Essen im Zimmer servieren könne.

Nicklas schnippelte die Zwiebeln klein, während Sophie sich um das Fleisch kümmerte.

»Sag mal Nicki, ich muss dich das einfach fragen, warum hast du dich gegen Linda entschieden? Für mich kommt deine Entscheidung so plötzlich, ich dachte, ihr wärt glücklich.« Sophie stellte eine Pfanne auf den Herd und erhitzte Öl.

Nick schnitt unbeirrt weiter.

»Du musst es mir natürlich nicht erzählen«, bot Sophie an.

»Doch, ich kann es dir erzählen. Warum ich nicht sofort geantwortet habe, liegt daran, dass ich nicht genau weiß, wie ich es erklären soll. Wenn ich es laut ausspreche, hört es sich sogar für mich absurd an.«

Sophie warf das Fleisch ins heiße Öl und schaute ihn mit einem Fragezeichen im Gesicht an. Das Fleisch zischte. Nicklas gab die Zwiebeln dazu. »Ich habe mich immer mehr in sie verliebt.«

Sophie wendete die Zutaten und goss einen Schluck Wasser auf den Reis in einem anderen Topf. »Okay, du hast recht, es klingt absurd.«

Nick holte die indische Currysauce aus dem Schrank und naschte von den bereits klein geschnittenen Cashewkernen. »Ich fand Linda super. Als ich euch von ihr erzählt habe und wollte, dass ihr sie kennenlernt, war ich total verknallt. In dem Moment konnte ich mir alles mit ihr vorstellen. In der Fantasie war es schön. Linda würde ebenfalls in Köln wohnen, vielleicht irgendwann hier einziehen. Ich habe viel an dich und Joshua gedacht.«

Sophie nickte und wendete das Fleisch und die Zwiebeln in der Pfanne.

Nick fuhr fort. »Als es sich nicht sofort umsetzen ließ und wir uns nur wenig sahen, vermisste ich sie schrecklich. Meine Fantasie hat mir die zukünftige Situation anders aufgezeigt: sie studiert, ich habe die Band. Dass wir in derselben Stadt oder sogar in derselben Wohnung wohnen …, weißt du Sophie …, ich kann das so nicht. Ich möchte das so nicht. Es ist bewundernswert, dass du und Joshi, also, wie ihr das hinbekommt. Sogar wenn ihr euch mehrere Wochen nicht seht.«

Sophie hörte ihm aufmerksam zu und öffnete eine Flasche Wein. Während Nick weiter sprach, nahm er zwei Gläser aus dem Schrank und goss ein.

»Ich bin der älteste aus der Band. Ich denke sogar manchmal schon an ein Leben danach, na ja, okay das klingt hart, aber an ein Leben daneben. Ich möchte heiraten, ich möchte auch Kinder haben.«

Sophie lächelte.

»Ich konnte mir das alles mit Linda vorstellen, aber was ich mir nicht vorstellen konnte, waren die Trennungen, die einsamen Nächte, und all die vielen Situationen in denen sie hätte Rücksicht nehmen müssen. Dir brauche ich das nicht sagen, du weißt doch, was ich meine. Was du für Jo alles in Kauf nimmst.« Nick stieß mit ihr an und trank einen Schluck.

Nachdenklich trank Sophie ebenfalls einen Schluck, sagte jedoch nichts.

»Wie gesagt, ich wollte es so nicht. Es war nicht der richtige Moment für uns. Ich möchte meine Freundin nicht so sehr vermissen, und ich möchte ihr auch nicht so viel zumuten. Ich denke, was ich möchte wird erst gehen, wenn ›DTA‹ den Zenit überschritten hat.« Nick probierte den Reis. »Der braucht noch ein paar Minuten.«

»Dir ist aber schon klar, dass das noch zehn Jahre dauern kann, oder?« Sophie verstand, was Nick meinte, jedoch konnte sie es nicht so richtig nachvollziehen. Immerhin durchlebte sie genau das mit Josh, und es funktionierte prima. Oder nicht?

»Ja, ich weiß das. Das ist es ja. Ich kann Linda nicht jetzt Hoffnungen machen und von ihr verlangen, ihr Leben die nächsten zehn Jahre nach mir zu richten. Ich habe so starke Gefühle für sie entwickelt. Ich meine, was ist, wenn wir vielleicht mal auf Europatournee gehen, oder sogar nach Asien oder in die USA? Monatelange Trennung? Ich kann das einfach nicht.«

Sophies Stimmung wandelte sich enorm. Sie dachte an sich und Joshua. Bisher hatten die beiden noch nie ein Gespräch in diese Richtung geführt, Jo schien sich darüber im Gegensatz zu Nick keine Gedanken zu machen.

»Sorry, Sophie, bitte, projiziere das nicht auf dich und Jo. Ihr seid schon viel länger zusammen. Euch kann nichts auseinander bringen.« Zärtlich drückte er ihren Arm.

Sophie gab die Sauce über das Hähnchen und die Zwiebeln und dachte nach. Waren sie wirklich so eng verbunden?

»Weißt du, Nick, was du da gerade alles gesagt hast, ist wirklich sehr reif und absolut liebenswürdig. Hast du Linda das ebenso gesagt?« Sie stellte zwei Teller auf den Tisch.

»Nein, habe ich nicht. Ich habe sie belogen und behauptet, meine Gefühle hätten sich geändert. Ich dachte, es wäre für sie so einfacher, die Trennung zu verarbeiten.« Nick schaltete die Platte für den Reis aus.

»Mal abgesehen davon, dass das total blöde war, finde ich, dass du da eine Entscheidung für sie mitgetroffen hast.«

»Wie meinst du das?« Nicklas verstand nicht.

»Na ja, ich meine, dass du entschieden hast, dass du ihr eure Beziehung nicht zumuten willst. Aber sie konnte nicht selbst entscheiden, ob sie es nicht vielleicht ertragen möchte. Jo hat mir doch auch die Wahl gelassen. Wir haben uns darüber unterhalten, was es zu ertragen gibt, und täglich entdecke ich neue Dinge, die mich nerven. Aber ich hatte die Wahl, und ich tue es. Ich mache es mit, weil ich ihn liebe.« Sie schnitt eine Gurke in schmale Scheiben und gab sie in eine große Schüssel.

Nick trocknete gewaschenen Salat, schnitt die Hälfe davon in kleine Streifen und vermischte ihn mit den Gurkenscheiben. Während er ein fertiges Dressing aus dem Kühlschrank darüber goss, stimmte er ihr zu.

»Ja, da hast du recht. Ich habe das alleine entschieden. Das liegt aber daran, dass es mir anders nicht gut gehen würde.«

»Tja, und nun geht es ihr nicht gut. Verstehst du, was ich meine? Ich denke, irgendwann solltest du noch mal mit ihr reden. Sie hat vielleicht eine eigene Sichtweise auf die Dinge, die dich überraschen würde.« Sophie testete den Salat und stellte die Schüssel ebenfalls auf den Tisch.

Nick seufzte. »Das kann sein.« Er setzte sich auf seinen Platz. Sophie servierte das Essen.

»Hm, schmeckt gut«, grinste Nick. »Wir sollten den anderen etwas übrig lassen.«

»Für alle reicht es ohnehin nicht.« Sophie goss Wein nach.

Nach dem Essen ließ Nick den Wein in seinem Glas kreisen. »Du hast wirklich recht Sophie. Ich werde noch einmal mit Linda reden.«

Sophies letzter Arbeitstag war ein Donnerstag. Mit Joshua war verabredet, dass er sie um 16 Uhr dort treffen sollte. Er kam fünf Minuten zu spät. Mit einer roten Rose in der Hand und seiner dunklen Kapuzenjacke suchte er sich einen Ecktisch. Sophie rechnete ihre Kasse ab, verabschiedete sich von den Kollegen und ging zu ihrem Freund.

»Und, Baby? Wie fühlst du dich wieder in Freiheit?« Er gab ihr einen Kuss. Das war völlig ungewohnt, denn normalerweise war er in der Öffentlichkeit immer distanziert. Er bestellte ein Spaghettieis, und Sophie wählte einen Himbeerbecher. Die beiden waren mit ihrem Eis noch nicht fertig, als Joshua von drei Mädchen erkannt wurde. Aufgeregt kamen sie an den Tisch und baten um ein Autogramm. Jo blieb höflich und erfüllte die Wünsche. Dann wollten sie noch Fotos. Erst ein Gruppenfoto. Dann jedes Mädchen einzeln ein Foto.

Dann noch mal nur Joshua. Sophie löffelte ihr Eis und wartete geduldig ab.

»Gott, es ist wirklich so krass, dich hier zu treffen«, plapperte das eine Mädchen drauf los und quetschte sich neben Joshua auf die Sitzbank. »Weißt du, wir sind eigentlich aus Hamburg und … ach, was nerve ich dich mit den Geschichten. Voll cool, wir sind schon ewig Fans von ›DTA‹. Wo sind denn die anderen Jungs?«

Nun setzten sich auch die anderen beiden Mädchen ungefragt an den Tisch.

»Die haben zu tun«, war Joshuas knappe Antwort.

»Was machst du denn heute noch? Vielleicht hast du ja Lust, uns die Stadt zu zeigen?« Das Mädel neben Jo knöpfte ihre Bluse ein Stück auf.

Sophie rang um Beherrschung. Sie kannte das. Sie durfte sich nicht aufregen, doch es fiel ihr immer wieder schwer. Im Hinterkopf fing es an zu pochen. Ihr Becher war leer, und auch Josh hatte mittlerweile aufgegessen.

»Ich habe heute leider keine Zeit. Aber ihr könnt ja zu unserem Konzert kommen. Wir gehen bald auf die Herbst-Winter-Tour. Wir kommen auch nach Hamburg.« Er verlangte die Rechnung.

»Ach, Sophie, du bist ja noch da«, freute sich die Bedienung. »Geht das zusammen?«

Josh übernahm das. »Ja, das geht zusammen, bitte.«

In dem Moment schienen die drei Hamburgerinnen zum ersten Mal zu bemerken, dass noch eine Person am Tisch saß. Stumm und abwertend schauten die drei Sophie an.

»So, Ladys, hat mich gefreut. Ich muss leider los. Komm, Sophie.« Joshua schob das Mädchen neben sich von der Bank und reichte Sophie seine Hand. Sie nahm die Rose, die neben ihr auf der Bank lag in die eine und griff mit der anderen nach Joshuas. Er zog Sophie hinter sich aus dem Café und ging die Straße entlang. Sophie bemerkte, dass er zügig ging.

»Warum beeilst du dich denn so?« Wenn er so große Schritte machte, musste sie schon im Laufschritt mithalten.

»Komm einfach schnell weiter, Schatz. Ich kenne solche Mädchen. Die lassen nicht locker und …«, er drehte sich um und sah, dass die Mädels ihn tatsächlich verfolgten. Jo legte noch einen Zahn zu und ließ Sophies Hand nicht los. Sophie musste nun fast rennen, und die Kopfschmerzen wurden stärker. Sie schaute ebenfalls nach hinten und sah, dass diese Mädchen ihnen hinterher joggten.

Josh bog in eine kleinere Gasse ein, doch die Fans legten ebenfalls einen Zahn zu.

»Das geht so nicht!«, keuchte Sophie. »Können wir nicht mit denen reden?«

»Lieber nicht.« Joshua joggte locker und zog Sophie weiter mit sich. »Die wollen nicht reden, jetzt wollen sie dich.«

Sophie bekam Angst. Das, was Jo da sagte, klang aber nicht gut. Doch sie war überhaupt nicht im Training, hatte keine Kondition. Die Mädchen ließen sicht nicht abschütteln, und so blieb Sophie irgendwann stehen. Sie stütze die Hände auf die Oberschenkel und atmete schwer. »Ich kann nicht mehr!«

»Bitte, Sophie, komm weiter!« Jo drängelte, doch es war zu spät. Die Fans aus Hamburg holten das Paar ein und stellten sich um sie herum.

»Ist das deine Freundin?«, fragte eins der Mädchen provokant und zog sofort ihr Handy aus der Tasche. Sie hatte sich in dem Café neben ihn gesetzt und schien die Anführerin der Gruppe zu sein.

»Hört mal«, begann Josh, »das, was ihr gerade macht, geht ein bisschen zu weit. Ich fände es super…«

Doch weiter kam er nicht. Eins der Mädchen hatte sich hinter Sophie gestellt und sie ruckartig an den Haaren gezogen. Seine Freundin schrie auf. Joshua wollte ihr sofort zur Hilfe eilen, doch die Anführerin schubste ihn mit ihrer ganzen Kraft nach hinten. Mit so einer Heftigkeit hatte er nicht gerechnet und taumelte etliche Schritte rückwärts. Nun schubsten die anderen beiden Mädchen Sophie hin und her, zogen sie an den Haaren, boxten ihr sogar gegen die Arme und den Oberkörper. Die Rose fiel auf den Boden, und die dicke Anführerin trampelte sie platt.

»Hört auf!«, kreischte Sophie und versuchte, sich zu verteidigen.

Joshua hatte sein Gleichgewicht wiedergefunden und ging auf die Gruppe zu.

»Lasst sie sofort in Ruhe!«, brüllte er.

»Sonst was?«, fragte die Anführerin bösartig und hielt ihr Handy weiter in der Hand. »Ich hab schneller die Kamera an, als du »Piep« sagen kannst. Ich könnte ein Video ins Netz stellen, auf dem der Drummer von ›DTA‹ unschuldige Fans blöd anmacht. Willst du das?« Die zwei anderen hielten Sophie fest, und Jo blieb tatsächlich stehen.

»Oder wir könnten hier vor deinen Augen deine Schnecke verprügeln und das ins Netz stellen?« Das bösartige Mädchen kicherte.

Bei Jo brannten die Sicherungen durch. Blitzschnell trat er auf die Tussi zu, schlug ihr mit aller Kraft das Handy aus der Hand und trat darauf. Das zweite Mädchen schaffte er wegzuschieben, doch das dritte verpasste Sophie zum Abschluss eine schallende Ohrfeige. Böse lachend und vor Aufregung kreischend liefen die Hamburgerinnen davon. Sophie wurde ohnmächtig, und Joshua schaffte es gerade noch, sie aufzufangen.

OKTOBER 2010 Josh rief mit seinem Handy sofort einen Krankenwagen und musste gehörig mit sich kämpfen, vor Angst nicht zu weinen. So etwas Absurdes war ihm ja noch nie passiert. Wie waren diese Weiber bitte drauf gewesen? Sophie so etwas anzutun. Unglaublich.

Als nächstes rief er Nick an und bat um Unterstützung. Er war mit den anderen sofort ins Krankenhaus aufgebrochen und leistete Beistand.

»Meinst du, sie lassen dich zu ihr?«, fragte Tom. »Im Fernsehen dürfen das immer nur Familienmitglieder.«

Doch Joshua durfte zu ihr, als die Untersuchungen abgeschlossen waren. Glücklich nahm er sie fest in den Arm.

»Ich kann schon mit dir nach Hause«, klärte sie ihn auf. »Das war wohl nur eine Panikattacke und, na ja, mit meiner Vorgeschichte, dem Stress …! Der Doktor sagt, es ist alles okay, aber ich soll in naher Zukunft einen Termin bei meinem Arzt ausmachen.«

Joshua küsste sie. »Ja, wir machen sofort einen Termin aus. Oh, Süße, es tut mir so unendlich leid, was da passiert ist.«

»Mir auch«, entgegnete sie, »aber das war nicht deine Schuld, hörst du? Du kannst nichts dafür.«

Jo nickte. Dennoch blieb in ihm das Gefühl haften, für das Geschehene verantwortlich zu sein.

Nur kurze Zeit später bekam Sophie einen Untersuchungstermin, und Jo fuhr mit ihr nach Frankfurt. Zwischenzeitlich startete der Ticketverkauf der anstehenden Herbst-Winter-Tour. Geplant war eine kleine Club-Tour, nicht wieder so etwas Großes wie im Frühjahr. Sogar Frankfurt stand auf dem Konzertplan, was Sophie sehr freute.

Ihr Arzt bestätigte, dass es Sophie gut ging. Jedoch riet er ihr dringend dazu, unnötigen Stresssituationen vorerst aus dem Weg zu gehen.

Am Abend saß Jo mit ihr in Sophies Zimmer im Elternhaus. »Hör mal, Baby, uns ist doch beiden klar, dass du nicht auf die Tour mitkommen kannst, oder?« Er streichelte ihr Bein.

Instinktiv wollte Sophie protestieren. Doch ihr war bewusst, wie viel Stress die Tour mit sich bringen würde. Schweigend nickte sie. Es war der erste Montag im Oktober. Die Band gab bereits am kommenden Wochenende das erste Konzert.

»Am 6. November spielen wir in Frankfurt. Spätestens dann sehen wir uns. Bis dahin verordne ich dir Ruhe und Entspannung.« Josh sah sie eindringlich an.

»Das ist erst in gut einem Monat!« Sophie zog eine traurige Schnute. »So lange von dir getrennt, soll ich mich erholen?«

Er zog sie an sich. »Ja. Und das wirst du auch. Versprich es mir!«

»Ich verspreche es.« Sophie legte ihre Finger aufs Herz als Joshuas Telefon klingelte. Er schaute aufs Display und wurde nervös. »Oh, ich muss da rangehen.«

»Kein Problem. Ich gehe kurz zu meinen Eltern runter.« Sophie verließ das Zimmer.

Auf der Treppe fiel ihr ein, dass sie ihrer Mutter ein Buch ausleihen wollte und kehrte um. Wahrscheinlich hätte sie das Zimmer einfach betreten und Joshuas Telefonat ignoriert, doch er sprach bereits so leise und gedämpft, dass Sophie vor der Tür neugierig wurde. Er schien sich zu streiten, das aber – so gut es ging – im Flüsterton. Sie legte ein Ohr an das Holz und versuchte, sein Gespräch zu verstehen.

»Versteh doch bitte, dass ich nicht kommen konnte. Ich habe vergessen, dir abzusagen, weil Sophie im Krankenhaus war. Ja, es tut mir leid, dass du so lange auf mich gewartet hast und dir ein anderer Kunde durch die Lappen gegangen ist. Ich, … nein, natürlich nicht, … Sonja, bitte …«

Ruckartig zog Sophie den Kopf zurück. Er hatte wieder Kontakt mit Sonja. Das klang ja, als sei sie eine Prostituierte. Wie in Trance ging Sophie die Treppe herunter und setzte sich zu ihren Eltern ins Wohnzimmer. Als Joshua sich dazugesellte, hatte sie sich wieder unter Kontrolle. Noch immer wollte sie ihn nicht mit ihrem Wissen konfrontieren.

Der Abschied von ihm fiel ihr schwer. Lieber hätte sie ihn derzeit an ihrer Seite gehabt. Aber sie sollte sich ausruhen. In den knapp fünf Wochen ohne Jo ging Sophie nur wenig aus dem Haus. Sie besuchte ihre alte Firma und sprach sogar mit ihrem alten Chef. Er eröffnete ihr, dass er sie gerne wieder einstellen würde. Ihre alte Arbeitsstelle sei noch bis Dezember besetzt, doch ab Januar könne sie wieder anfangen.

»Sophie, Sie könnten auch erst mal halbtags kommen, wenn Ihnen das hilft. Ich wäre einfach froh, Sie wieder bei uns an Bord zu haben.«

Sophie bedankte sich für das großzügige Angebot und erzählte es beim Abendessen ihren Eltern.

»Das ist aber nett von ihm«, freute sich Inge.

»Denkst du denn ernsthaft darüber nach?«, fragte der Vater vorsichtig, er wusste wie empfindlich seine Tochter auf das Thema reagieren konnte.

»Keine Ahnung«, gab Sophie lustlos zurück. »Wäre das denn ein Schritt in die richtige Richtung? Ich meine, würde ich Joshua damit denn nicht signalisieren, dass ich nicht mehr an unsere Beziehung glaube?«

»Ach, Kind, das kannst du doch so nicht sehen«, antwortete ihre Mutter. »Du musst doch auch an dich und dein Leben denken. Bist du denn glücklich in Köln? Läuft dort alles so, wie du es dir wünschst?«

Sophie aß schweigend weiter und dachte darüber nach. Wie glücklich konnte man schon in einer fremden Stadt ohne Job sein? Natürlich lief nicht alles so, wie sie es sich vorgestellt hatte. Aber wann lief im Leben schon alles problemlos?

»Eine Fernbeziehung kann durchaus auch funktionieren«, mischte ihr Vater sich sachlich ein. »Aber du wärst hier näher bei uns. Könntest dir wieder ein eigenes Zimmer oder eine Wohnung suchen, du hättest deine alten Freunde hier.«

Sie war gerührt, dass ihr Vater sich solche Gedanken um sich machte. »Die Wahrheit ist, dass ich gar keinen Kontakt mehr zu den alten Leuten habe. Keiner darf das von Jo und mir wissen.«

»Das ist schade«, meinte Martin. »Eine Beziehung sollte Freundschaften nicht kaputt machen.«

»Es ist ja nicht die Beziehung«, verteidigte sich Sophie, »es ist das Geheimnis darum.«

»Kommt für mich irgendwie aufs Gleiche raus.« Ihr Vater blieb sachlich.

»Was sagt Joshua denn, wenn du mit ihm über das Thema Zukunft sprichst?«, wollte Inge wissen.

»Hm, wir sprechen nicht so richtig darüber. Er macht viele Entscheidungen von anderen Dingen abhängig, die für ihn zuerst kommen sollten. Und solange diese Dinge nicht eintreten oder geklärt sind, macht er sich auch keine Gedanken über die weiteren Schritte«, erklärte Sophie.

Ihr Vater lachte verächtlich und murmelte: »So kann man es natürlich auch machen.«

Sophie widersprach nicht. Sie hatte keine Lust auf einen Streit.

Abschließend riet ihre Mutter: »Du solltest ihn einmal ganz offen bitten, mit dir darüber zu sprechen. Sag ihm, was du dir wünschst. Bis dahin kannst du dir ja Gedanken über das Jobangebot hier machen.«

Joshua meldete sich, so oft er konnte und berichtete ihr, dass fast jedes Konzert ausverkauft war. Die Stimmung war toll, und der Rubel rollte. »Süße, so langsam wirft das ganze richtig Profit ab.«

»Toll für euch.« Sophie konnte nicht aufhören, an Sonja zu denken. Ob er diese Tussi wohl traf?

»Ist irgendwas nicht in Ordnung, meine Süße? Hast du Schmerzen oder Beschwerden?« Seine Sorge war aufrichtig.

»Nein, alles okay. Ich bin heute einfach ein wenig müde. Ich habe nicht so viel Lust zu telefonieren.« Sie war wirklich müde und froh, ihn nicht wieder anlügen zu müssen.

»Okay, Schatz, wir sehen uns dann nächsten Samstag.« Er schmatze einen Kuss ins Telefon und legte auf.

NOVEMBER 2010 Das Konzert in Frankfurt war gekommen. Obwohl Sophie wütend über Joshuas Affäre war, kribbelte die Aufregung, ihn heute wiederzusehen, angenehm in ihrem Körper. Der Auftritt war in der ›Batschkapp‹. Es war ausverkauft, doch Sophie stand auf der Gästeliste und hatte Zugang zum VIP-Bereich. Sie entschied sich allerdings dagegen, dort hineinzugehen. Sie würde sich einen guten Platz vor der Bühne sichern und die Show genießen. Immerhin war sie ja wirklich ein Fan der Musik.

Der Einlass begann um 19 Uhr, und die Band sollte ab 21 Uhr spielen. Davor würde Jacob Brass, ein gutaussehender Musiker aus München, die Stimmung anheizen. Sie kam gegen 19.40 Uhr. Sophie hatte es nicht eilig und wollte nicht wie die verrückten Fans schon ewig in der Schlange stehen. Der Laden war voller, als sie gedacht hatte, und ein guter Platz vor der Bühne nicht mehr zu bekommen. Doch sie fand eine Lücke seitlich mit guter Sicht. Der Müncher machte schöne Gitarrenmusik, und Sophie war von seinen selbst geschriebenen Songs sehr angetan. Zwischen den Songs erzählte er sympathische Anekdoten und brachte die Leute zum Schmunzeln. Sophie fasste den Plan, sich die CD von ihm später noch am Merchandise-Stand zu kaufen. Sie konnte nachvollziehen, dass die Jungs sehr froh gewesen waren, ihn als Tourbegleiter gewinnen zu können.

Die Jungs von ›DTA‹ kamen wie eh und je nacheinander auf die Bühne. Joshua als erster. Er ging ans Schlagzeug und imitierte mit der Basedrum einen Herzschlag. Es folgten Tom, Nicklas, Marco und Sven. Jedes Mal kreischten vor allem die weiblichen Fans. Ohne Begrüßung legten sie los. Der erste Song war eine rockige Nummer und brachte das Publikum sofort zum Tanzen. Sophie freute sich über die gute Stimmung und feierte verhalten mit. Sie stand nun so dicht an der Wand, dass sie sich anlehnen konnte. Sie wippte mit dem Fuß und nickte mit dem Kopf im Takt. Sie konnte ihre Augen nicht von Joshua abwenden. Wie so oft waren seine Augen die meiste Zeit geschlossen. Er war in seinem Element. Doch Sophie entging nicht, wie viel Spaß die Jungs hatten. Nick grinste Tom an, Tom lächelte Marco zu. Sven sang lächelnd und gefühlvoll, ging auf der Bühne hin und her, berührte einige ausgestreckte Hände. Das war ihr Ding. Die Mädchen schrien, wenn Sven an ihnen vorbei ging, überall hingen Fotoapparate und Handys in der Luft, die Leute filmten und fotografierten. Sie sangen mit, klatschten, lachten. Es herrschte Bombenstimmung im Club. Sophie gab sich Mühe, Spaß zu haben. Sie konzentrierte sich regelrecht darauf.

Verdrängt war die Tatsache, dass sie bei manchen Liedern sogar dabei gewesen war, als sie geschrieben wurden. Verdrängt war die Tatsache, dass sie die Bandmitglieder kannte, wusste, was sie gerne aßen und wie ihre Socken stinken konnten. Sie tanzte mutiger, sang lauter und hatte mehr Spaß. Nach dem vierten Song bekam sie Durst. Die Temperatur in dem Laden schien auf 40 Grad geklettert zu sein. Auch den Jungs rann der Schweiß in Strömen. Sie kämpfte sich zur Bar durch und bestellte ein Wasser.

»Macht drei Euro.« Die Bedienung hielt ihr die Plastikflasche hin.

»Ich übernehme das. Plus zwei Bier, bitte«, hörte Sophie, und schon wurde ein Zwanzigeuroschein an ihrem Kopf vorbei nach vorne gereicht. Sie nahm die Flasche entgegen, und ein angenehmer Duft stieg ihr in die Nase. Konnte das sein? Sie drehte sich überrascht um und schaute tatsächlich in Romans strahlende Augen.

»Roman!« Sophie fiel ihm überschwänglich um den Hals. Steif klopfte er ihr auf den Rücken. Mit so einer großen Freude hatte er nicht gerechnet.

»Hi, Sophie, na, das ist aber ein netter Zufall.« Er nahm das Wechselgeld und die roten Pfandchips entgegen und verstaute alles lose in der rechten Hosentasche.

»Ja, ein wirklich schöner Zufall. Das ist doch ein Zufall?« Sie sah ihn mit hochgezogenen Augenbrauen an.

Roman steckte beide Hände in die Hosentaschen, wippte auf den Füßen hin und her und grinste schelmisch.

»Das ist wirklich Zufall. Keine Sorge, ich hatte keine Ahnung das du hier sein könntest. Aber alle guten Dinge sind drei!«

»Ja, ich bin gerade bei meinen Eltern zu Besuch. Und da hat sich das angeboten.« Sophie musste unentwegt lächeln. Sie kam sich selbst albern vor.

»Wo ist deine Begleitung? Ich bin mit einem Kumpel hier, der steht irgendwo da hinten und wartet. Vielleicht möchtet ihr euch zu uns stellen?« Roman zeigte grob in eine Richtung.

»Ich, ähm …, ich bin alleine hier. Ich komme gerne mit, wenn's deinen Freund nicht stört.« Sie drehte ihre Flasche auf und trank einen Schluck.

»Cool.« Roman nahm die zwei Bier und ging voran. Sophie quetschte sich durch die Menge und blieb dicht hinter ihm. Je näher die beiden der kleinen Bühne kamen, desto enger wurde es. Erst geriet ein Typ zwischen Sophie und Roman, und sie reckte den Kopf, um ihn im Auge zu behalten. Doch dann versperrte ihr ein weiteres Mädel den Weg, und Sophie kam nicht weiter.

»Entschuldige, dürfte ich mal?«, versuchte sie es, doch das Mädchen zickte sie sofort an und wollte sie nicht durchlassen. Sophie hasste diese Leute, bloß keinen Zentimeter Platz machen, man könnte ja etwas verpassen. Doch auf Stress hatte sie auch keinen Bock. Sie stand planlos in der Menge und kam weder vor noch zurück. Plötzlich packte sie jemand am Handgelenk.

»Lass doch mal meine Freundin hier durch, du egoistische Kuh!« Roman war zurück gekommen und hatte durch die zwei Störenfriede hindurch Sophie am Arm gepackt. Nun zog er sanft. Der störrische Fan machte mosernd Platz, und Sophie konnte an ihr vorbei. Roman ließ ihr Handgelenk nicht los und zog sie mit sich, bis er bei seinem Kumpel ankam. »Sophie, das ist Nils. Nils, das ist Sophie.« Höflich machte er die beiden miteinander bekannt.

»Freut mich«, nickte Nils. Sophie nickte zurück. Sie spürte einen kleinen Stich. Irgendwie hätte sie sich gefreut, wenn Nils anders reagiert hätte. Wenn er vielleicht gesagt hätte: »Ach, ***du*** bist Sophie!« Wenn sie gemerkt hätte, das Roman von ihr erzählt hatte. Aber das war nicht der Fall. Nils schien noch nie auch nur ein Sterbenswörtchen von ihr gehört zu haben. ›DTA‹ begann, eine weitere rockige Nummer zu spielen, und alle Aufmerksamkeit wendete sich der Bühne zu. Sophie drehte sich ebenfalls dorthin und dachte: ›Was auch sonst. Alle Augen auf ›DTA‹.‹

Roman und Nils feierten zu den schnellen Songs der Band. Sie tranken ihr Bier und hatten richtig Spaß. So hatte Sophie noch kein Konzert erlebt. Entweder war sie sonst alleine hinter der Bühne oder vor der Bühne damit beschäftigt, die anderen Fans anzuschauen und nach den Mädchen zu gucken, die Joshuas Namen riefen. Die gute Laune von Roman und seinem Freund übertrug sich auf Sophie. Sie hüpfte und tanzte nun ebenfalls wild und grölte nach Belieben die Songs mit. Romans Grinsen war Dauerzustand, und ihm gefiel, dass Sophie lockerer wurde. Sie war gar nicht so eine Schickse, wie er damals im ICE gedacht hatte. Bei dem ersten Treffen saß ihre Frisur wie betoniert, und das Make-up verlieh ihrem hübschen Gesicht zu perfekte Züge. Doch seither hatte er sie nicht mehr so gestylt und geschminkt gesehen. Vielleicht war ihr Freund in Köln ja der Anlass zu dem Outfit gewesen. Doch da sie heute ohne Begleitung hier war, witterte er seine Chance. Bei ihrem letzten Treffen war sie Hals über Kopf nach Hause gefahren. Wahrscheinlich hatte ihr Freund richtig Stress gemacht, und die Beziehung war in die Brüche gegangen. Okay, er bremste seine Gedanken. Zuviel Hoffnung wollte er sich nicht machen - gerade jetzt, wo er doch ein vielversprechendes Vorstellungsgespräch in Köln hatte.

Roman nahm sich vor, das Mädchen heute auf keinen Fall ohne ihre Handynummer gehen zu lassen. Eigentlich wollte er sie am liebsten überhaupt nicht gehen lassen. Er war froh, dass Nils sie so cool begrüßt hatte. Roman hatte gefühlte 1.000 Stunden nur von ihr gesprochen und gerade erst heute Abend aufgeregt hundertmal gesagt: ›Boah, stell dir mal vor, ich treffe sie heute Abend.‹ Nils hatte abgewunken. Wie groß war schon die Wahrscheinlichkeit? Tja, manchmal muss man eben auch Glück haben.

Sophie kam nicht umhin zu bemerken, welche Gefühle Roman in ihr auslöste. Sie sah ihn heute erst zum dritten Mal in ihrem Leben. Zweimal musste sie sich hastig und überstürzt von ihm verabschieden. Beide Male war Joshua schuld.

›Nicht schuld, der Grund‹, sagte ihre innere Stimme.

Sie schielte zu Roman rüber. Er war wirklich einfach er. Sogar heute, in dem heißen Club, trug er eine Mütze, eine zerschlissene Jeans, Turnschuhe und ein bedrucktes T-Shirt. Wahrscheinlich würde sie ihn sogar in 20 Jahren noch erkennen. Und wenn nicht am äußeren, dann an seinem Geruch.

›Duft‹, verbesserte wieder ihre innere Stimme.

Sophie musste grinsen. Roman schaute in diesem Moment zu ihr und grinste sie ebenfalls an.

»Alles klar?«, schrie er, damit sie ihn verstehen konnte.

Glücklich nickte Sophie.

Die nächste Nummer war langsamer. Die beiden Jungs nahmen Sophie in ihre Mitte und legten ihr die Arme um die Schultern. Fröhlich schunkelten die drei im Takt, den Joshua auf seinem Schlagzeug trommelte. Sie bemerkte, dass Josh versuchte, die Gäste im Publikum anzuschauen. Sie war sich sicher, dass er sie suchte. Sie war immerhin nicht hinter die Bühne gekommen, also musste sie irgendwo davor sein. Zwar stand sie nicht so günstig zur Bühne, doch sie wollte auch nicht, dass Jo sie im Arm dieser Jungs sehen konnte. Unwohl löste sie sich von ihnen.

Roman schaute sie an und zog die Augenbrauen fragend in die Höhe.

»Ich muss kurz Pipi«, war die erste Ausrede, die Sophie in den Sinn kam. Sie drehte sich um und kämpfte sich zu den Toiletten durch. ›Pipi!‹, schoss es ihr durch den Kopf. ›Wie alt bin ich? Fünf?‹

Als sie den Raum betrat, war sie die Einzige. Sophie ging zum Waschbecken und schaute sich im Spiegel an. Von dem Getanze war sie ganz schön ins Schwitzen gekommen. Rote Wangen strahlten ihr entgegen. So ein normaler Abend war wirklich eine nette Abwechslung. ›Ich muss heute unbedingt nach seiner Handynummer fragen.‹

Doch wie sollte sie das tun? Ihr fiel ein, dass sie nach dem Konzert mit Joshua verabredet war. Roman durfte das auf keinen Fall erfahren. Wie sollte sie sich von ihm verabschieden? Wie sollte sie ihm das verheimlichen?

›Ich könnte so tun als müsse ich jetzt schon gehen?‹ Sophie überlegte fieberhaft. Sie könnte auch einfach nicht mehr zu ihm und Nils zurückgehen. Aber dann würde sie auch seine Handynummer nicht erfahren. ›Mist. Böse Falle.‹

Ein anderes Mädchen betrat das WC, und Sophie wusch sich die Hände. Sie verließ den Raum und stellte sich an die

Bar. Ihr war noch keine gute Lösung eingefallen, als Nils plötzlich neben ihr stand.

»Möchtest du auch ein Bier? Ich hole uns gerade eine neue Runde.«

Sophie fand das sehr nett. »Gerne, danke.«

Nils orderte die Getränke, zahlte und hielt ihr eine Flasche hin.

»Was bekommst du?«, fragte Sophie, doch noch bevor sie ihr Geld aus der Tasche kramen konnte, lehnte Nils das Angebot ab. »Gar nichts. Du bist eingeladen.« Er hielt ihr seine Flasche zum Anstoßen hin.

»Oh, danke.« Sophie stieß mit ihm an. »Und, woher kennt ihr euch, du und Roman?« Sie begannen eine Unterhaltung, da Nils keine Anstalten machte, Roman umgehend sein Getränk zu bringen. An der Theke war ein Gespräch einigermaßen möglich.

»Wir kennen uns schon aus der Grundschule.« Nils schaute zur Bühne. »Haben nie den Kontakt verloren.«

»Oh, wow. Beneidenswert, so eine lange Freundschaft ist wirklich etwas Besonderes.« Sophie war in der Tat neidisch darauf. Sie hatte keine Sandkastenfreundin, und seit sie mit Jo zusammen war, waren auch die wenigen Freundschaften auseinander gegangen, die sie sich nach der Schulzeit mühsam aufgebaut hatte.

»Arbeitest du auch im Lager, so wie Roman?«, fragte Sophie weiter.

»Nee.« Nils trank noch einen Schluck und schüttelte den Kopf. »Ich bin Polizist.«

»Wow.« Sophie fand sich selbst schleimig, wie sie auf alles, was er sagte, so übertrieben reagierte, aber sie war wirklich beeindruckt. Nun schaute sie ein zweites Mal hin.

Nils war 1,80 Meter groß, trug seine dunkelblonden Haare kurz und schien gut trainiert zu sein. In Uniform musste er umwerfend aussehen.

Sophie schüttelte den Kopf und trank ebenfalls einen Schluck Bier. Was machte sie sich hier denn bitte für Gedanken? Erst, wie sie an die Nummer von Roman kommt, und nun, wie sein bester Freund in Uniform aussah? Chaos! Sie hatte Jo mehrere Wochen nicht gesehen, dass musste der Grund für ihr Verhalten sein. Liebesentzug. Genau, das war es. Sobald sie heute Abend in seinen Armen liegen würde, werden Roman und Nils eine schöne Erinnerung an einen lustigen Abend sein.

»Ich gehe wieder rüber. Roman verdurstet sicher schon. Kommst du noch mal mit, oder bleibst du hier?« Nils stützte sich von der Theke ab, auf die er sich mit einem Ellbogen gelehnt hatte.

Sophie traf ihre Entscheidung. »Ich komme mit.« Dicht hinter Nils quetschte sie sich erneut durch die Masse.

»Ah, da bist du ja wieder.« Roman nahm sein Bier. »Ach, und du bist auch noch mal mitgekommen. Ich dachte schon, du hast dich heimlich aus dem Staub gemacht, wäre ja nicht das erste Mal.« Er zwinkerte Sophie zu.

»Habe kurz drüber nachgedacht.« Konterte sie schlagfertig.

»Hab sie mit einem Bier noch mal herlocken können«, schaltete Nils sich ein.

Roman lachte und stieß mit beiden an. Die Band spielte noch drei Songs und verabschiedete sich.

»Die kommen wieder.« Sophie wusste es natürlich am besten. »Wahrscheinlich spielen sie dann ›Explosion‹ und ›Raff dich auf‹. Dann kommt noch die Danksagung, da müsst ihr mal aufpassen, ob Sven wirklich Frankfurt sagt, und dann wird natürlich noch ›Weltenbummler‹ zum Abschluss gespielt.« Die Hitze im Club und das Bier machten Sophie geschwätzig.

Die Jungs schauten sie an. »Na, du bist ja wohl ein richtiger Fan. Auf wie vielen Konzerten warst du denn schon, dass du das ganze Programm auswendig kennst?«, fragte Nils belustigt.

Ups. Jetzt hatte sie etwas zu viel geplaudert. Sophie erwiderte nichts. Was hätte sie auch noch sagen können, dass sie nicht wie einen superduper eingefleischten Groupie aussehen ließ? ›DTA‹ kehrte auf die Bühne zurück und erfüllte zu

Sophies Ärger zu 100 Prozent ihre Voraussage. An dem Eindruck konnte sie nichts mehr ändern.

›Dark Tower Alliance‹ verließ letztlich endgültig die Bühne. Im Club wurden einige Lichter eingeschaltet, und Sophie registrierte, dass ihr die Zeit davon lief.

»Sorry, Leute, ich muss mich leider auch direkt verabschieden. Morgen habe ich Frühdienst.« Nils sprengte als Erster die Runde. »Sophie, hat mich sehr gefreut. Vielleicht sieht man sich ja mal wieder. Einen schönen Abend noch.«

»Ciao, Nils, hat mich auch gefreut. Und danke noch mal für das Bier.« Sophie schüttelte ihm zum Abschied die Hand.

»Aber … Alter, ich dachte du hast extra die Frühschicht getauscht?« Roman verstand nicht ganz. Der Konzertbesuch war länger geplant, und Nils wollte doch extra …

»Das hat doch nicht geklappt.« Nils drückte Romans Hand fester.

»Ach so. Ach, Mist. Okay, mach's gut.« Bei Roman fiel endlich der Groschen. »Musst du auch los, Sophie? Nils ist mit dem Auto da, steht hier direkt um die Ecke, vielleicht kann er dich irgendwo rauslassen?« Roman wollte die Situation mit einem geschickten Ablenkungsmanöver überspielen. Er hoffte, dass seine Rechnung aufgehen würde.

»Ich, äh, nee, … ich bleib noch hier.« Sie hielt ihr halbvolles Bier hoch.

Nils verabschiedete sich ein zweites Mal von den beiden und ging.

Die Jungs waren mit ihrem Auftritt sehr zufrieden. Das Frankfurter Publikum war wirklich immer gut drauf.

»Hat einer von euch Sophie gesehen?«, fragte Joshua in die Runde. Die anderen Jungs saßen platt von der Show in den Sesseln. Der Schweiß rann noch immer in Strömen, und sie tranken eiskaltes Wasser. Doch alle schüttelten den Kopf. Keiner hatte sie entdeckt.

»Ich hab gar nicht nach ihr geguckt.« Wie immer war Tom besonders feinfühlig.

Jo holte sein Handy, doch er hatte keine Nachricht. ›Bist du da?‹ schrieb er ihr per SMS. Unruhig ging er hin und her. Sie musste doch gekommen sein. Komisch, dass sie nicht schon vor der Show im Backstagebereich aufgetaucht war. Jo war sich sicher gewesen, dass sie ihn vermisste. Er trank einen Schluck Wasser und legte sich das Handtuch ums Genick.

Mark kam zur Band. »Super-Show, Jungs. Noch fünfzehn Minuten, dann geht ihr raus. Es sind noch etliche Fans da draußen. Ihr kennt das ja, immer schön freundlich lächeln und Autogramme geben.«

Die Band nickte.

»Ach, Mark, hat Sophie sich bei dir gemeldet?«, fragte Josh.

»Bei mir? Nee. Wieso? Gibt's Probleme?« Mark zog die Augenbrauen zusammen.

»Ach, gar nicht.« Jo winkte übertrieben ab. »Alles bestens.« Er setzte ein künstliches Lächeln auf, und Mark hob, ohne noch etwas zu sagen, warnend einen Zeigefinger. Joshua zeigte alle Zähne. Mehr Grinsen ging nicht. Mark verließ den Raum. Sofort viel Joshuas Maskerade in sich zusammen. Er ließ sich plumpsend neben Nick aufs Sofa fallen.

»Ich versteh das nicht.« Jo starrte vor sich hin.

»Was denn?« Nick musste niesen.

»Na ja, dass sie nicht hier ist. Wir haben uns einige Zeit nicht gesehen, die müsste doch vor Sehnsucht sterben, oder so was. So sind die Frauen doch.« Josh verstand die Welt nicht.

»Pff!«, lachte Nick. »Wo lebst du denn bitte? Wir reden hier von Sophie. Die wird schon noch am Leben sein. Sicherlich ist sie drinnen und freut sich, dich gleich zu sehen. Was soll sie auch machen? Hier hängen, während du draußen bist? Jetzt ist sie draußen, während du drinnen bist. Manchmal kann man es dir auch nicht recht machen!«

Jo dachte über Nicks Antwort nach. »Hm, also, ich finde, sie hätte hier sein sollen. Vor der Show. Und dann draußen, während der Show«, motzte Jo.

»Spinner«, war Nicks Kommentar. Er bekam eine SMS und meinte monoton: »Ich komm gleich nach.« Er verschwand.

Tom setzte sich neben Jo auf den freien Platz. »Na, Alter, war doch 'ne geile Show. Gleich geht's raus zu den Chicks! Hab schon so 'ne heiße Braut im Publikum entdeckt.« Er rieb sich die Hände.

»Ach«, winkte Jo ab, »ich wundere mich, dass Sophie nicht hier ist.«

Tom rollte mit den Augen. »Oh, Mann, du warst früher so viel cooler drauf. Jetzt sitzt du hier und hast voll Sehnsucht nach der Frau. Total erbärmlich, Alter!« Er klopfte Joshua auf die Schulter, stand auf und zog sich ein frisches T-Shirt an. »So, Ladies, ich komme ...«, Tom verließ als erster den Backstagebereich.

›Tzz, ich hab doch keine Sehnsucht‹, dachte Jo abwehrend.

Er trank einen Schluck Wasser und ging zum Spiegel. Er prüfte seine Frisur und roch unter den Armen. Ein frisches Shirt würde ihm auch gut stehen. Während er sich umzog, gestand er sich heimlich ein, dass er doch Sehnsucht nach Sophie hatte - aber nur ein kleines Bisschen.

»Hast du jetzt noch Zeit, oder musst du bald nach Hause?« Roman und Sophie waren zur Bar zurückgegangen. Roman stellte seine leere Flasche auf den Tresen. Sophie war unschlüssig, was sie antworten sollte. Sie wollte ihn nicht schon wieder unhöflich versetzten, doch leider musste sie ihn dringend loswerden.

»Wir könnten noch etwas zusammen trinken. Entweder hier oder woanders.« Charmant lächelte Roman sie an.

Gott, hatte sie Lust dazu. »Ich, ähm, das klingt toll, aber ehrlich gesagt ...«, sie wusste einfach nicht, was sie sagen sollte.

»Lass mich raten.« Roman schaute ihr in die Augen. »Du willst hier noch warten und hoffst darauf, die Band zu treffen. Hab ich recht?« Seine Mimik blieb ernst. Er machte sich nicht über sie lustig.

Sophie konnte einfach nicht glauben, wie großherzig er war. Er veräppelte sie nicht, er verurteilte sie nicht. Doch auch jetzt konnte sie ihm nicht sagen, wie dicht er an der Wahrheit dran war.

»Also, weißt du was? Ich würde die Band auch gerne mal treffen, wenn du willst, warten wir zusammen. Und wenn wir sie treffen, dann gehen wir später noch einen kreischenden Aufregungsdrink trinken, und wenn wir sie nicht mehr treffen, dass gehen wir später einen traurigen Aufmunterungsdrink trinken. Deal?«

Sophie starrte ihn an. Gab es das denn? Lustig, verständnisvoll, feinfühlig - am liebsten hätte sie Roman in diesem Moment geküsst. Was sollte sie sagen? Es gab nur eine Antwort.

»Also, das ist mir zwar etwas peinlich, aber ja, ich würde die Band gerne treffen und freue mich, wenn du mit mir hier wartest.« War sie jetzt total bescheuert? Wie sollte das mit Joshua und Roman gutgehen?

Roman bestellte sich ein weiteres Bier. »Möchtest du auch noch eins?«

»Wieso nicht?« Sophie kramte ihr Handy aus der Tasche. Eine Nachricht von Jo. Unauffällig las sie den Text und bejahte seine Frage knapp. Als Roman ihr das Bier reichte meinte sie: »Ich informiere nur kurz meine Eltern darüber, dass es später wird. Die machen sich sonst immer Sorgen.« Sophie rollte mit den Augen und schrieb eine SMS an Nicklas. Sie schrieb, er müsse unbedingt mit Joshua zusammen kommen. Sophie hatte die Hoffnung, dass die Jungs vor Roman nicht zugeben würden, dass sie sich alle kannten. Und ganz besonders hoffte sie, dass Nick Probleme von vorneherein verhindern würde.

Es dauerte keine halbe Stunde, bis die Band aus dem Backstagebereich kam. Es waren noch etliche Fans vor Ort, doch die benahmen sich gesittet. Tom kam zuerst, und die Mädels umringten ihn aufgeregt.

Sophies Herzschlag beschleunigte sich, als sie Josh erblickte. Er sah absolut umwerfend aus. Roman bemerkte ihren Blick und schaute sich den Drummer an. Da konnte er einfach nicht mithalten.

Als Joshua den Club betrat, kamen ein Dutzend Mädchen auf ihn zu. Sie wollten Fotos und Autogramme. Freundlich unterschrieb er hier und da und suchte den ganzen Raum nach Sophie ab. Er entdeckte sie an der Theke. Ganz hinten, in der letzten Ecke. Lässig stand sie da und trank ein Bier. In Gesellschaft eines Typen. Jo zog die Stirn in Falten. Stand der Typ zufällig neben ihr oder waren die zusammen hier? Ein komisches Gefühl machte sich in ihm breit. Blind unterschrieb er Fetzen von Papier, die ihm unter die Nase gehalten wurden. Was trieb seine Freundin da?

Sophie sah alle Jungs nach und nach kommen, nur Nick fehlte. Ausgerechnet. Joshua gab einige Autogramme und suchte die Halle systematisch mit den Augen ab. Als er sie erblickte, wandte er den Blick nicht ab. Sie war richtig erstarrt und traute sich nicht, auf Jo zuzugehen.

»Na, wollen wir nicht auch hingehen?«, schlug Roman vor.

»Ach, nee, komm, das ist doch irgendwie peinlich.« Sophie wollte nichts weniger, als dort hinübergehen. Eigentlich wollte sie jedoch sofort flüchten. Es war bescheuert gewesen, einen Zusammenstoß zu provozieren.

Als Josh sah, dass der Typ Sophie ansprach und sie ihm antwortete, spürte er einen brennenden Knoten im Magen. Anscheinend wurde sie gerade von dem Kerl angebaggert. Bestimmt musste sie gerade höflich eine schmierige Einladung ablehnen. Er wollte schnurstracks auf sie zugehen, doch vier Mädels stellten sich lächelnd in den Weg. Josh riss sich zusammen, gab Autogramme und ließ Fotos machen. Ausgerechnet diesmal sollte er mit den Mädels in allen möglichen Kombinationen ein Bild schießen lassen. Und dann auch noch manche doppelt.

Sophie hatte bemerkt, dass Joshua sie anstarrte und auf sie zukam. Gott sei Dank stellten sich Fans in seinen Weg. Das war ihre einzige Chance, Roman reinen Wein einzuschenken.

Sie löste ihren Blick von Josh und faste Roman am Oberarm. »Roman, ich muss dir jetzt dringend etwas sagen.«

Er blickte sie überrascht an, nickte ihr aber aufmunternd zu.

»Also«, sie rieb die kalten Hände, »es ist so«, Sophie atmete tief durch. Verdammt, war das schwer zu erklären. »Ich, ähm, wo soll ich anfangen? Also, Joshua …, ich und Joshua … also, in Köln …«, ihr fehlten die Worte, und ihr fehlte der Mut.

Romans blaue Augen schauten sie auf eine Art und Weise an, die sie bei Joshua noch nie gesehen hatte. Es war ehrliches und aufmerksames Interesse an dem, was sie zu sagen versuchte. Er hörte ihr zu. Doch sie kam nicht weiter.

»Wohnst du noch in Köln?«, fragte er sie stattdessen.

»Äh, ja.« Sophie kam durcheinander.

»Super, weißt du, ich wollte dir schon den ganzen Abend erzählen, dass ich bald ein Vorstellungsgespräch dort habe. Eine Online-Grußkartenfirma möchte mich kennenlernen.« Er strahlte bis über beide Ohren.

Sophie wusste, wie viel ihm der Job bedeuten würde. Aber Roman in Köln? Chaos!

»Super!«, entgegnete sie jedoch.

»Japp. Ich habe ein kleines Liebesgedicht als Bewerbung eingereicht, und die Leute dort waren sehr angetan. Drück mir die Daumen, dann sehen wir uns vielleicht öfter.« Roman plapperte munter weiter.

Sophie schielte zu Joshua. Er hatte anscheinend die Fotosession überstanden, nun kritzelte er noch in ein kleines Buch. Er würde gleich zu ihr kommen.

»Witzig, wo ich vielleicht wieder hier in Frankfurt anfangen werde. Also, was ich sagen will, ist folgendes: Ich habe einen Freund!« So! Es war raus. Der erste Teil war geschafft. »Ich hätte dir das schon längst sagen sollen. Ich weiß, es war falsch das nicht zu erzählen.«

Romans Lächeln fror ein. Natürlich hatte er es die ganze Zeit vermutet. Warum sollte so eine Traumfrau auch als Single durch die Welt laufen?

»Ich habe nur, … es ist kompliziert und …« Sophie rang nach Worten. Sie sah, dass Jo mit festem Schritt und einem beunruhigendem Glitzern in den Augen auf sie zugestürmt kam.

»Ja, das ist es bei euch Frauen doch immer.« Roman war ehrlich pikiert. Etwas zu vermuten, ist das eine - nun war es Gewissheit. Sie war nicht aufrichtig zu ihm gewesen. Die ganze Zeit schon nicht, und nun würde sie aus Köln wegziehen?

Sophie bekam keine Gelegenheit, die Situation weiter aufzuklären.

Roman bemerkte in dem Moment, dass Joshua direkten Kurs auf Sophie genommen hatte. »Krass, ich glaub, der kommt direkt auf dich zu.«

Jo hatte einen Blick drauf, den Sophie noch nie zuvor gesehen hatte. Dieser Ausdruck machte ihr Angst.

Ohne Roman auch nur eines Blickes zu würdigen, ging Joshua an ihm vorbei, schnappte sich Sophie mit beiden Händen, zog sie fest an sich und drückte ihr einen leidenschaftlichen Kuss auf. Sophie war davon völlig überrumpelt. Roman stand mit offenem Mund daneben.

Sophie taumelte zwischen peinlichem Unbehagen und völliger Glückseligkeit. Was um Himmels willen war mit Joshua los?

Jo beendete den Kuss, nahm Sophie fest in dem Arm und flüsterte: »Ich habe dich so unendlich vermisst, Prinzessin.«

Zart drückte Sophie ihn einige Zentimeter von sich. Ihre Wangen glühten, und es fiel ihr unglaublich schwer, Roman in die Augen zu schauen. Doch Jo blickte provokant von Roman zu Sophie und zog die Augenbrauen hoch.

»Josh, das ist Roman, ein Bekannter hier aus Frankfurt. Roman, das ist …, na ja, du weißt ja, wer das ist.« Sophie fühlte sich schrecklich.

Roman fing sich wahnsinnig schnell. Höflich streckte er Joshua die Hand hin. »Hey, tolle Show. Freut mich, dich kennenzulernen.«

Joshua zögerte und blickte Roman von oben nach unten an. Abwertend. »Roman? Ist das dein alter Kumpel, mit dem du damals im Connoly's warst?« Er fragte es an Sophie gewandt, als ob Roman nicht dabeistehen würde.

Sophie wollte in diesem Augenblick im Boden versinken. Peinlicher konnte diese Situation nicht mehr werden. Dachte sie jedenfalls, doch da hatte sie Jo unterschätzt. Sie nickte flüchtig, um Joshuas Frage zu beantworten.

»Wenn er so ein alter Kumpel ist, wieso ist er jetzt nur ein Bekannter?« Noch immer schüttelte Josh nicht Romans ausgestreckte Hand. »Immerhin warst du doch mit ihm und seiner Schwester feiern?« Josh gestikulierte übertrieben, wie ein Fernsehmoderator. Unterstrich seine Aussagen mit auslanden Gesten.

Sophie wurde rot. Konnte sie auf Roman zählen?

Das konnte sie. Romans Gesichtsausdruck änderte sich kaum. Joshua bemerkte nichts. Sophie allein registrierte seine flackernden Augen, die unsicher hin und her tanzten. Doch er war anscheinend ein Meister der Beherrschung. »Tja, das nächste Mal feiern wir einfach alle zusammen.« Romans Ton war so aufrichtig und freundlich.

Joshua ergriff endlich die Hand und schüttelte sie fest. »Das mein ich aber auch, mein Lieber.«

»Ohuaua, fester Händedruck.« Roman zuckte zusammen.

Sophie strafte Jo mit einem bösen Blick. Sie schaffte es nicht mehr, Roman in die Augen zu sehen. Sie hatte ihn belogen, ihm etwas vorgemacht und ihn als Ausrede benutzt. Trotzdem rettete er ihr gerade den Hintern. Sie schämte sich für ihr feiges Verhalten in Grund und Boden. Er hätte sie vor Josh richtig böse auffliegen und ihre Beziehung damit gefährden können. Doch er war, wie er war.

»Wo ist eigentlich Nicklas?«, warf Sophie ein.

»Der hat eine SMS bekommen und ist verschwunden. Aber Roman, erzähl doch mal: Was machst du denn so?« Jo hatte einen unüberhörbar arroganten Ton aufgesetzt. Sophie wusste nicht, ob Roman dies nicht bemerkte, oder ob er es ignorierte. Er blieb offen und freundlich. »Ich bin Texter. Werde hoffentlich bald in einem neuen Job durchstarten.«

»Aha. Was textest du denn? Auch Songs?« Josh rief die Bedienung. »Wollt ihr auch noch eine Runde?«

»Gerne.« Roman grinste. »Nein, keine Songs. Ich habe nächste Woche ein Vorstellungsgespräch bei einer Firma, wo ich eventuell meinen Traumjob bekomme. Bei einer Online-Vertriebsfirma für Karten.« Roman freute sich aufrichtig über diese Chance.

Joshua zog es sofort ins Lächerliche. »Online-Grußkarten? Ich dachte, du bist Texter. Was wirst du da für einen Mist schreiben?«

»Na ja, ich bin Texter, kein Songschreiber.« Roman versuchte, sich diplomatisch und höflich zu verteidigen. »Ich schreibe Kurzpoesie.«

»Gott, was für eine Scheiße!« Joshua lachte lauthals und wunderte sich nach einem Moment, dass er alleine lachte. »Du verarscht mich doch. Das ist doch kein Job!«

»Doch, ist es.« Roman blieb ruhig und sachlich. Lächelte bescheiden weiter.

»Ähm, warte, warte, warte, lass mich kurz überlegen, mir fällt sicher auch was Tolles, Poetisches ein.« Jo schloss die Augen und konzentrierte sich einen Moment. Schließlich sagte er: »Ich geh so gerne aufs Klo, da bin ich immer froh. Und wenn ich dann ein Haufen mach, ist gerettet der ganze Tach!« Schallend lachte er und klatschte sich auf den Oberschenkel. »Wahnsinn!«, grölte er weiter, »Und das ist mir eben in dieser Sekunde eingefallen. Was wohl rauskommt, wenn ich mehr Zeit habe!«

Sophie schämte sich in Grund und Boden, war allerdings nicht fähig einzuschreiten und dieses Gespräch zu beenden.

»Prinzessin, was es nicht alles für Jobs gibt. Hast du das gewusst?« Jo machte sich weiter lustig.

»Ja, hab ich«, murmelte Sophie und starrte auf den Boden.

»Bitte? Ich hab dich nicht verstanden.« Jo provozierte weiter.

Sophie fand ihren Freund absolut ekelhaft. Provokativ machte er sich über alles lustig, was Roman sagte.

»Ja, ich habe gewusst, dass es solche Jobs gibt. Denkst du, diese Karten schreiben sich von selbst? Und was bei dir noch so alles rauskommt, wenn du mehr Zeit hast, möchte hier im Moment keiner hören!« Ihre Antwort war giftiger als beabsichtigt. Roman biss sich auf die Zunge, er wollte nicht laut lachen.

Joshua wurde feindseliger. Zwar lächelte er, doch Sophie spürte, dass er innerlich brodelte.

Roman bekam die gereizte Stimmung natürlich auch mit. Und dass Joshua sich bei jeder Bemerkung über ihn lustig machte, registrierte er ebenfalls. Doch er würde sich vor Sophie nicht daneben benehmen und ihren Freund beleidigen. Denn das war er. Joshua Streta war der feste Freund von Sophie. Nun verstand Roman vieles besser.

Im ICE war sie für ihn zurechtgemacht, wurde am Bahngleis wahrscheinlich von ihm abgeholt. Deswegen war er damals so schnell abgemeldet. Auf der Straße bei dem Konzert hatten Sophie und er sich gestritten, und so war Roman der perfekte Lückenbüßer. Außerdem war er mit seiner Schwester eine tolle Ausrede. Ein alter Freund aus Frankfurt? Unglaublich, dass sie ihm die ganze Zeit etwas vorgemacht hatte.

Sie hatte ihm eben noch auf die Schnelle versucht zu sagen, was los ist. Doch so hatte ihn die Situation überrumpelt. Joshua schien extrem eifersüchtig zu sein, anders konnte sich Roman sein feindseliges Verhalten nicht erklären. Er wollte sich allerdings etwas Würde bewahren und sich von Jo nicht weiter demütigen lassen.

»Also, ich fand es sehr nett, dich mal kennenzulernen. Ich muss aber leider los. War schön, dich hier zufällig zu treffen, Sophie. Ich wünsch dir einen schönen Abend. Gute Nacht euch beiden.« Roman gab ihnen nacheinander die Hand und verließ den Club.

Zornig blickte Sophie Joshua an. »Was war das denn bitte für eine Nummer?«

Jo nahm sie in den Arm und wollte sie küssen. Doch Sophie wehrte ihn ab. Genervt fragte er sie: »Was meinst du denn? Wegen dem Typen gerade? Bitte, der ist doch eine Lachnummer. Such dir mal vernünftige Freunde.« Wieder versuchte er, sie zu küssen.

Diesmal stieß Sophie ihn energischer von sich. »Hörst du dir eigentlich manchmal noch selbst zu? Du kennst Roman gar nicht und machst dich hier total gemein über ihn lustig. Was ist daran verkehrt, einen normalen Job zu haben? Nicht jeder kann Drummer einer coolen Band sein.« Sie war stink sauer.

Josh strich sich durchs Haar. »Da hast du recht, Baby. Kann echt nicht jeder so cool sein wie ich. Aber komm schon … normaler Job? Das ist doch ein Witz. Hast du dir den Freak mal genauer angeschaut? Mit seinen Piercings und den Tattoos. Texter«, äffte Joshua nach, »Kurzpoesie. Kennst du was von dem Kerl?«

»Nein, ich habe bisher nichts gelesen.« Sophie musste das zugeben. »Aber nichts auf der Welt gibt dir das Recht, meine Freunde zu demütigen. Niemand aus meinen Kreisen kann dir auch nur annähernd das Wasser reichen!« Sophie stiegen Tränen in die Augen. Dieses Gespräch mit Joshua ließ wieder einmal zu deutlich erkennen, dass die beiden in völlig unterschiedlichen Welten lebten.

»Baby, jetzt sei doch nicht so. Du hast gesagt, er sei ein Bekannter. Ich hatte das Gefühl, der Typ nervt dich. Ich wollte eben mein Revier verteidigen.« Joshua meinte es gut. Doch sein fehlendes Feingefühl machte eine Versöhnung mal wieder schwer.

»Dein Revier?« Sophie schluckte die Tränen runter. Joshua war einfach ein Idiot. »Das hier ist mein Revier. Frankfurt ist meine Heimatstadt. Hier bin ich zu Hause, und hier leben meine Freunde und meine Familie. Du hast die Menschen, die ich gerne habe, gefälligst mit Respekt zu behandeln. Das gehört sich so. Wenn du aber meine Freunde nicht mit Respekt behandeln kannst, dann hast du auch kein Respekt vor mir!« Sophie kochte vor Wut. Die Worte waren aus ihr herausgesprudelt. Es fühlte sich gut an, sie endlich ausgesprochen zu haben.

Joshua schaute sie verständnislos an. »Mein Gott! Ich hab nicht gewusst, dass der Typ so ein guter Freund ist. Hab ich eben schon gesagt. War vielleicht nicht so nett von mir«, räumte Jo ein. »Aber kein Grund, mir jetzt so eine Szene zu machen. Die ersten Leute gucken schon.«

Erst jetzt fiel Sophie auf, dass sie ja noch immer in der ›Batschkapp‹ waren. Einige Fans versuchten, sich an Jo heranzustehlen. Mark beobachtete die beiden kritisch aus einiger Distanz. Sophie wollte auf keinen Fall wieder Ärger verursachen, der sich auf die Band auswirkte. Sie setzte ein Lächeln auf und winkte Mark zu. Der nickte kurz und drehte sich weg.

»Jo, das war eben so was von daneben! Ich will nicht …«, Sophie hielt inne, denn Roman kehrte noch einmal zu ihnen zurück.

»Sorry, ich muss noch einmal stören.« Er hielt sein Handy vor ihre Nasen. »Akku leer. Sophie, kann ich mit deinem Handy ein Taxi rufen?«

»Nimm meins.« Gönnerhaft hielt Jo ihm das Handy hin. Er wollte Sophie zeigen, dass er es wiedergutmachen wollte. Doch er erntete einen bösen Blick seiner Freundin. Gar nicht so einfach, den Frauen etwas recht zu machen. Sie gab Roman ihr Handy und zog Jo ein Stückchen bei Seite.

Roman tätigte seinen Anruf. Als er Sophie das Handy zurückgab, berührten seine Finger ihre Hand. Sie schaute ihm in die Augen. Der Moment dauerte einen Wimpernschlag, doch Roman reichte es. Grinsend verließ er die ›Batschkapp‹. Er würde den Kampf aufnehmen.

NOVEMBER / DEZEMBER 2010 »Na, mein Junge, wie war das Konzert?« Romans Vater machte den Fernseher leiser, und sein Sohn setzte sich zu ihm auf die Couch.

»Hey, Paps, das Konzert war echt gut. Aber es hat sich nicht gelohnt, noch etwas zu unternehmen.« Roman aß von den Erdnüssen, die auf dem gekachelten Couchtisch standen.

»Ich dachte, du ziehst mit Nils noch um die Häuser?« Sein Vater war verwundert.

»Hm, ja, das hat nicht geklappt.« Die Männer schwiegen einen Moment. »Darf ich dich mal was fragen, Paps?«

»Natürlich Junge.« Sein Vater drehte sich zu Roman und sah ihn gespannt an. Er war sich sicher, es würde um ein Mädchen gehen.

»Bist du nicht sauer auf Mama?« Roman warf sich noch einige Erdnüsse in den Mund. Joshua hatte mit seiner überheblichen Art eine Wut in Roman entfesselt, die eine alte Wunde aufriss. Zum ersten Mal verspürte er das Bedürfnis, dieses heikle Thema vor seinem Vater anzusprechen.

Sein Vater war ehrlich überrascht. »Warum sollte ich auf deine Mutter sauer sein?«

»Na ja, … sie hat sich ganz schön aus der Affäre gestohlen. Hat dich mit Anne und mir sitzen lassen. Du musstest echt viel leisten als alleinerziehender Vater. Bist du denn gar nicht wütend, dass sie sich so aus dem Staub gemacht hat?« Roman blickte seinem Vater fest in die Augen.

Dieser hielt dem Blick stand. »Siehst du das so? Bist du sauer auf sie?«

»Ja. Ich bin unglaublich wütend.« Roman biss die Zähne fest aufeinander. Seit er sechs Jahre alt war, hatte er nie mit seinem Vater über dieses Thema gesprochen. Irgendwie war es einfach nie dazu gekommen. Doch heute brodelte es in ihm, dank Joshua.

»Nein, Roman. Ich bin nicht wütend. Und du solltest es auch nicht sein. Sie hat sich nicht aus der Affäre gestohlen. Wieso formulierst du das so?« Sein Vater bekam einen traurigen Gesichtsausdruck. Er hatte keine Ahnung, dass sein Sohn so stark unter dem Verlust litt.

Roman schaute zum Fernseher und dachte nach. »Paps, sie hatte einen Tumor im Kopf. Sie hatte dich und zwei kleine Kinder. Aber anstatt mit dir zu sprechen, anstatt zu kämpfen, anstatt alles zu probieren, um den Krebs zu besiegen, verheimlicht sie es vor dir … vor uns, vor ihrer Familie und stirbt einfach.« Er kämpfte mit den Tränen. »Wie soll ich es sonst nennen?«

Sein Vater nickte langsam. »Okay, ich verstehe. Aber es ist ihr unglaublich schwer gefallen, so zu handeln. Vielleicht war es nicht die richtige Entscheidung. Ich möchte das nicht beurteilen. Ich habe sie sehr geliebt. Ich habe hinterher keine Frau so lieben können, wie deine Mutter. Sie hat mir das größte Geschenk gemacht: dich und deine Schwester.« Er machte eine kurze Pause und fuhr dann fort. »Diese Krankheit, … das war unfair. Aber sie hat gedacht, sie trifft die richtige Entscheidung. Sie wollte uns vor dem Leid beschützen. Sie wollte es besonders euch Kindern nicht zumuten.« Romans Vater sprach ruhig, doch ihm lief eine Träne über die Wange. Mit dem Handrücken wischte er sie fort. »Sie hat deinen Zorn nicht verdient. Sie hat dich geliebt.«

»Dann hätte sie kämpfen sollen!«, schrie Roman unvermittelt. »So etwas verheimlicht man nicht. Man kämpft!«

Nun liefen ihm die Tränen übers Gesicht, und sein Vater nahm ihn in dem Arm. Klopfte ihm zärtlich und geduldig den Kummer aus dem Körper. Als Roman sich wieder im Griff hatte, ging er in die Küche, holte sich ein Taschentuch sowie zwei Bier.

»Tut mir leid, Paps«, sagte er und reichte seinem Vater eine Flasche. »Ich bin nur so wütend geworden heute Abend. Da war so ein Kerl, der hat mich auf die Palme gebracht. Ich vermisse Mama so schrecklich. Und ich vergesse sie langsam. Kann mich gar nicht mehr richtig an ihr Gesicht erinnern.« Er trank einen großen Schluck, um die wiederkehrenden Tränen zu verdrängen.

»Du darfst nicht versuchen, dich an ihr Gesicht zu erinnern. Du musst sie dir in einer Situation vorstellen. Dann hast du sie wieder vor Augen, das ist leichter.« Sein Vater trank ebenfalls einen Schluck. Roman nickte. Sie schwiegen beide eine Zeit. »Weißt du Junge, ihr Krebs wäre wieder gekommen.«

Roman sah seinen Vater an. »Das kannst du nicht wissen!«

»Doch. Nach ihrem Tod sprach ich ausführlich mit ihrem Arzt. Er erklärte mir mehrfach, was sie genau hatte. Du musst wissen, ich konnte das überhaupt nicht begreifen. Von dem Zeitpunkt an, als sie es mir sagte, waren es nur noch zehn Wochen bis zu ihrem Tod. Ihr Krebs war sehr bösartig und hatte gestreut. Es hätte keine Möglichkeit gegeben, ihn zu operieren. Es gab keine Möglichkeit, sie zu retten. Heute ist die Medizin vielleicht weiter, aber damals ...«, er erzählte dies seinem Sohn zum ersten Mal.

»Sie hatte aber doch als junge Frau schon gewusst, dass sie damit Probleme kriegen könnte, oder?« Roman war froh über dieses ehrliche Gespräch.

»Ja. Es gab mehrere Fälle in der Familie. Sie ist sogar mit Anfang zwanzig einmal operiert worden. Es ist damals ein gutartiger Tumor entfernt worden.« Der Vater stellte seine leere Flasche auf den Tisch und griff in die Erdnussschale.

»Aber das hat sie dir verheimlicht«, sagte Roman vorwurfsvoll, und sein Vater nickte. »Siehst du, Paps, wenn ich eine Frau finde und erfahre, dass sie zu dieser schrecklichen Krankheit neigt, dann gründe ich keine Familie mit ihr.« Roman war sich sicher.

»Ach, Junge, wenn du die Richtige findest, dann überdenkst du das vielleicht. So eine Aussage kannst du gar nicht treffen, du bist ja noch grün hinter den Ohren.« Er boxte Roman sanft in die Rippen. »Du bekommst bei einer Heirat doch keinen Garantieschein für ewige Gesundheit.«

»Weißt du, Paps, es gibt da ein Mädchen«, begann Roman zu erzählen, »die finde ich echt super. Aber ich weiß nicht genau, was sie für mich empfindet, und eine Sache kommt erschwerend dazu.«

»Die da wäre?«, hakte sein Vater nach.

»Sie hat einen Freund.« Roman zog eine Schnute.

Sein Vater seufzte tief und schüttelte den Kopf. »Da solltest du dich nicht reinhängen.«

»Aber ich glaube, sie ist nicht glücklich mit dem Kerl!« Roman verteidigte seine Absichten.

»Trotzdem. Du musst den beiden die Chance geben, ihre Beziehung selbst in den Griff zu bekommen oder zu beenden.« Sein Vater schaltete den Fernseher aus.

Roman knurrte.

»Sohn, wenn du meinen Rat möchtest, dann rechne damit, dass er dir nicht gefällt. Lass das Mädchen alleine entscheiden. Wenn sie nicht zu dir kommt, dann ist sie nicht die Richtige. Kommt sie, weil du ihre Beziehung sabotierst, wird es passieren, dass sie wieder davon läuft. Dann bist du nur kurz das Neue, Aufregende.« Sein Vater war aufgestanden. »Ich gehe jetzt ins Bett.«

Roman wünschte ihm eine gute Nacht und blieb noch im Wohnzimmer sitzen. Er dachte über das Gespräch nach. Dachte an seine tote Mutter, an die Umstände, wie sie gestorben war. An die letzten Tage im Krankenhaus.

Wieder landete er beim heutigen Abend. Er dachte an Joshua und wie herablassend er ihn behandelt hatte. Roman vermisste seine Mutter. Wie sehr wünschte er sich, dass sie noch da war. Dass sie ihm an diesem Abend ganz kitschig einen heißen Kakao machte und ihm mit ihrer mütterlichen Liebe versicherte, dass er eines Tages ein tolles Mädchen finden würde. Er wünschte sich, dass sie ihn noch einmal fest in den Arm nehmen könnte. Ihm noch ein letztes Mal die Wange streichelt. Ihn anlächelt und ihm sagt, wie lieb sie ihn hat. Doch das ging nicht. Seine Mutter war tot. Roman verfluchte den Krebs. Er verfluchte Joshua. Und er verfluchte Sophie!

Was hatte sie bloß für ein gemeines Spiel mit ihm gespielt. Roman würde auf den Rat seines Vaters hören. Er würde sich nicht in ihre Beziehung einmischen, er würde sie nicht sabotieren. Aber er würde das Feld auch nicht räumen! Roman würde kämpfen, dass hatte er schon früher am Abend beschlossen. Das wollte er auch noch immer tun. Er zog sein Handy aus der Tasche und scrollte grinsend durch die Anruferliste. Da war er! Der Anruf in Abwesenheit. Der Anruf, den er von ihrem Handy aus getätigt hatte. Er speicherte die fremde Nummer und öffnete den SMS-Editor.

Joshua begleitete Sophie nach Hause, doch das Paar schwieg sich beharrlich an. Sophie war noch immer fassungslos darüber, wie Joshua sich aufgeführt hatte. Doch sie konnte nicht leugnen, dass es ihr auf eine komische Art auch gefiel. Jo war definitiv eifersüchtig. Anscheinend war er doch nicht davon überzeugt, dass ihm niemand das Wasser reichen konnte. Ja, er hatte sie regelrecht vor Roman verteidigt, sie beschützt, klargemacht, dass sie zu ihm gehörte. Das hatte sie sich doch schon lange gewünscht. Wo war dann das Problem? Wieso war sie nicht stolz und überglücklich? Wieso fühlte es sich nicht gut an, dass Joshua heute öffentlich zu ihr gestanden hatte?

›Weil Roman dafür hatte büßen müssen!‹, sagte die innere Stimme, die Sophie bereits gut kannte. ›Wäre es ein fremder Kerl gewesen, würde es sich vielleicht anders anfühlen.‹

Sophie blickte ihren Freund von der Seite aus an. Er lief neben ihr her, hatte die Hände tief in den Jackentaschen vergraben und schaut konzentriert zu Boden.

›Was er wohl gerade denkt?‹, fragte Sophie sich.

Doch das Wissen um seine Gedanken hätte sie verärgert. Er beschäftigte sich mit vielen Dingen, jedoch nicht mit denen, die den Konflikt wieder kitten könnten. Josh hatte den Streit und Roman fast wieder vergessen. Er war mit seinem Kopf beim nächsten Abend, beim nächsten Konzert. Dachte darüber nach, ob man die Setliste um einen weiteren Song ergänzen sollte. Jo freute sich schon besonders auf das Abschlusskonzert in Köln. Super war es, die Tour dort zu eröffnen, noch besser, sie ebenfalls dort zu beenden. Kurz vor Weihnachten. Er dachte an die Überraschung, die er für Sophie geplant hatte. Bei dem Gedanken an sie schaute er zu ihr rüber. Sie blickte ihn ebenfalls gerade an.

»Ist meine Süße noch böse?« Josh blieb stehen und nahm sie in den Arm.

Sophie ließ es geschehen. Klar, es war blöd mit Roman gelaufen, aber Joshua war ihr Freund. Sie hatte sich falsch verhalten. Sie hatte mit Romans Gefühlen gespielt. Sie hatte ihn belogen. Und sie hatte auch Joshua belogen.

»Nein. Ach, das Ganze …, irgendwie ist es auch meine Schuld. Aber ich fand dich trotzdem überhaupt nicht nett! Wieso bist du nicht Katja gegenüber mal so drauf? Roman ist auch ein Fan oder jetzt wohl eher gewesen. Ob er noch mal Lust hat, dich live zu erleben?« Sophie legte ihren Kopf an seine Brust. Seine Jacke war eiskalt.

»Hm, Prinzessin, zu sehen, wie dieser Typ dich da anbaggert, also, das ging irgendwie echt nicht. Katja ist, na ja, sie würde dich halt nicht angraben.« Er küsste ihre Stirn.

»Blöde angemacht hat sie mich trotzdem schon. Aber lass uns das Thema vergessen, okay?« Die beiden kamen vor Sophies Elternhaus an. »Möchtest du noch kurz mit reinkommen und meinen Eltern ›Hallo‹ sagen?«

»Eigentlich schon, aber ich muss zurück zum Bus.« Joshua schaute auf seine Uhr im Handy. »Wir fahren später noch weiter. Aber wann sehen wir uns eigentlich wieder, Prinzessin?«

Sophie zog die Schultern hoch. Es war sehr kalt. »Tja, keine Ahnung. Die Tour geht noch knapp fünf Wochen. Ich soll ja nicht mit. Also sehen wir uns wohl erst wieder nach der Tour.«

»Aber du kommst doch zum Abschlusskonzert?« Jo bekam Panik. Er hatte noch nicht mit ihr darüber gesprochen, war davon ausgegangen, dass sie kommen würde.

Sophie grunzte. »Um Katja dort wieder über den Weg zu laufen? Na, ich weiß nicht.«

»Vergiss die Frau. Du kommst auf das Abschlusskonzert, und dann machen wir uns einen richtig schönen Dezember. Weihnachten, Silvester – wir lassen es richtig krachen.« Josh wollte sie überzeugen.

»Macht denn keiner von euch was mit seiner Familie?« Sophie war sich nicht sicher, ob sie Weihnachten in Köln verbringen wollte.

»Doch. Bestimmt. Aber das sehen wir dann. Vielleicht kommst du mit zu meinen Eltern.« Joshua rieb die Hände aneinander.

Sophie dachte darüber nach. Sie hatte seine Eltern bereits kennengelernt. Die waren sehr nett gewesen, doch Sophie hatte sie bisher nur wenige Male gesehen.

»Klar, warum nicht? Wir sind sowieso viel zu selten bei ihnen.« Sie freute sich über diese Idee. Das waren die Beziehungsschritte in die richtige Richtung. Die beiden küssten und verabschiedeten sich - noch einmal eine Trennung für mehrere Wochen. Von der Möglichkeit, ab Januar wieder arbeiten zu können, erzählte sie ihm nicht.

Frierend lief Jo zurück zum Tourbus. Wenn alles nach Plan lief, dann war dies die letzte längere Trennung zwischen ihm und Sophie. Er dachte wieder an Roman. Schon komisch, dass erst so ein Freak auftauchen musste, um ihm zu verdeutlichen, wie sehr er Sophie liebte. Er kramte sein Telefon aus der Tasche und rief Sonja an. Er musste diese Sache zum Abschluss bringen.

Als Sophie in ihrem Zimmer auf dem Bett lag und den Abend noch einmal Revue passieren ließ, vibrierte ihr Handy. Die SMS war von Nicklas. Er berichtete, dass Linda ebenfalls in Frankfurt war und er sich mit ihr ausgesprochen hatte. Ein lachender Smiley mit dem Wort ›Danke‹ beendete seine Nachricht.

Nur einen Moment später vibrierte das Telefon erneut. Sophie runzelte die Stirn. Die Absendernummer war ihr nicht bekannt. Sie öffnete die Nachricht und las: *Sophie, ich musste kein Taxi rufen. Ehrlich gesagt wollte ich deine Nummer, also habe ich mich selbst angerufen. Böse? Gruß, Roman.*

Unwillkürlich stahl sich sofort ein Lächeln auf ihr Gesicht. Doch bereits wenige Sekunden später verblasste es. Sie war mit Joshua zusammen. Auch wenn er Roman heute unfair und fies behandelt hatte, so war Jo ihr fester Freund. Sie schrieb zurück.

Nein, ich bin nicht böse. Es tut mir sehr leid, dass Joshua heute so ein Arsch war. Wir hatten uns länger nicht gesehen, und er hat überreagiert. Nimm es ihm nicht krumm.

Währen sie auf Romans Antwort wartete, zog sie sich um.

Roman hatte sich eine andere Mitteilung gewünscht. Er hätte sich gefreut, wenn sie auf seiner Seite stände und Joshuas Verhalten verurteilen würde. Doch stattdessen entschuldigte sie das Verhalten ihres Freundes und erhoffte sich Verständnis. Roman saß noch immer im Wohnzimmer auf der Couch. Sein Vater war bereits im Bett. Er überlegte, was er antworten sollte. Sollte er Jo verzeihen? Sollte er Verständnis zeigen? Sollte er seine ehrliche Meinung äußern? Er entschied sich für die Ehrlichkeit.

Es ist mir egal, warum er so gehandelt hat. Ich fand sein Auftreten echt Scheiße. Ich nehme es ihm schon ein wenig krumm, da es für seine Position ziemlich unprofessionell war. Aber trotzdem möchte ich dich gerne wiedersehen. Hast du Lust auf einen Kaffee?

Sophie lag bereits im Bett, als sie seine Nachricht las. Im Dunkeln wurde sie rot. Roman war natürlich im Recht. Josh hatte sich völlig daneben benommen. Sie schämte sich für Jo. Wenn Roman eine Frau wäre, würde er sicher alles an die Öffentlichkeit tragen. Aber so war er nicht. Er behandelte die Sache diskret, und dafür war Sophie ihm sehr dankbar. Jedoch spürte sie, dass Roman etwas in ihr auslöste. Bevor sie ihm wieder schrieb, dachte sie sorgfältig darüber nach. Doch sie entschied sich.

Du hast absolut Recht. Man kann es nicht entschuldigen. Ich hoffe, du verzeihst ihm irgendwann. Ich denke, wir sollten uns lieber nicht mehr treffen. Ich wünsch dir viel Glück und alles Gute. Sophie

Es fiel ihr nicht leicht, das so deutlich zu schreiben. Sophie spürte, dass es ihr sogar ziemlich schlecht mit dieser Entscheidung ging. Von Roman kam keine Antwort mehr. Über eine Stunde wälzte sie sich im Bett umher und fand keinen Schlaf. Kurz nach drei vibrierte ihr Handy erneut. Mit klopfendem Herzen las sie die Nachricht. Ob Roman dennoch um sie kämpfen würde? Doch die Mitteilung war von Joshua. Er schrieb ihr, dass er endlich mit den Jungs im Hotel war und sie sehr vermisste. Er schickte ihr einen Kuss und wünschte eine gute Nacht.

Sophie presste ihr Handy an die Brust und lächelte. Josh war der Richtige. Es war besser, Roman nicht mehr zu sehen.

Drei Wochen waren seit dem Konzert in der ›Batschkapp‹ vergangen. Es war das letzte Novemberwochenende. Sophie hatte von Roman seit ihrer SMS an ihn nichts mehr gehört. Allerdings ertappte sie sich selbst immer wieder dabei, wie sie an ihn dachte. Doch es wurde merklich weniger. Joshua arbeitete hart daran, sich den richtigen Platz in ihrem Herzen zurückzuerobern.

An diesem Samstag bummelte sie durch die Frankfurter Innenstadt, als das Unfassbare passierte. Zwei Mädchen, die ebenfalls auf dem Konzert Anfang des Monats waren, erkannten sie wieder. Sophie stand in der Schäfergasse und überlegte, ihrer Mutter Kaffee mitzubringen, als sich die beiden rechts und links von ihr aufbauten.

»Ey, bist du nicht die Tusse, die Joshua nach dem Konzert an der Bar abgeknutscht hat?« Die dunkelhaarige sprach Sophie an. Sie hatte einen aggressiven Tonfall. Vom Aussehen her schätzte Sophie, dass die beiden Mädchen nordafrikanischer Herkunft sein mochten. Vielleicht aus Marokko.

Sophie kämpfte gegen die aufsteigende Angst. Ohne nachzudenken, trat sie einen Schritt zurück und ging die Straße nach links an den beiden vorbei. Sie hätte lieber auf die Zeil zurückkehren sollen, doch nun entfernte sie sich von den anderen Fußgängern, und die Straße vor ihr wurde immer leerer. Die Mädchen folgten ihr.

»Ich hab dich was gefragt«, brüllte die eine wieder.

Sophie musste an den Vorfall in Köln denken. Ein unangenehmer Druck baute sich im Hinterkopf auf. Es dauerte nicht lange, und die beiden Mädchen hatten sie eingeholt. Die kräftigere packte Sophies Jacke und riss sie nach hinten. Die drei Mädels standen vor einem Laden mit Babykleidung.

Sophie stand mit dem Rücken zum Schaufenster, die beiden Mädchen bauten sich angriffslustig vor ihr auf.

»Was wollt ihr von mir?« Sophie versuchte, sich ihre Angst nicht anmerken zu lassen.

»Wir wollen dich nur mal genau anschauen. Wie muss man denn sein, um den Kerl ins Bett zu kriegen?« Die beiden kicherten und sagten etwas, in einer Sprache, die Sophie nicht verstand. Sie rückten ihr näher auf die Pelle.

»Lasst mich in Ruhe«, versuchte Sophie, die zwei abzuwimmeln. »Das geht euch überhaupt nichts an.«

»Meinst du?«, fragte die stämmigere provokant und holte ein kleines Messer aus der Jackentasche. »Und wenn wir deinem Macker eine kleine Botschaft schicken?«

Sophie erstarrte vor Angst. So etwas kannte sie bisher nur aus dem Kino. Dass ihr das passierte, hier und jetzt, mitten in Frankfurt. Hilfesuchend schaute sie sich um, als aus der gegenüberliegenden Bankfiliale Roman auf die Straße trat. Sophie traute ihren Augen nicht. Stalkte der Typ sie etwa?

Doch Roman war genauso überrascht, sie zu sehen, wie Sophie. Schnell erkannte er, dass an der Situation etwas faul war. Er überquerte die Straße, zückte sein Handy und ging auf die Mädchen zu. Da Sophie ihn mit den Augen ungläubig fixierte, wurden auch die anderen Mädels aufmerksam. Sie drehten sich um und sahen Roman, auf sie zukommen.

»Verpiss dich, du Schwanzlutscher!«, pöbelte die eine sofort.

Roman blieb völlig unbeeindruckt und sprach in sein Telefon. »Ja, guten Tag. Ich bin hier in Frankfurt, Schäfergasse und beobachte gerade wie zwei junge Frauen eine andere bedrängen. Genau, können Sie bitte eine Streife schicken?«

Die beiden aggressiven Fans nahmen ihre Beine in die Hand und verschwanden blitzschnell. Sophie stand noch immer unter Schock. Roman überlegte, ob er gehen oder sich noch einen Moment um sie kümmern sollte. Er wusste nicht genau, was ihr lieber war. Das Telefonat hatte er vorgetäuscht, eine Streife würde jedenfalls nicht gleich kommen.

Zitternd stand Sophie auf dem Bürgersteig und bewegte sich nicht. Er rang sich durch und sprach sie an.

»Ist bei dir alles okay?« Roman ging noch einen Schritt auf sie zu.

Stumm schüttelte Sophie den Kopf.

»Kann ich etwas für dich tun?« Er legte ihr eine Hand auf die Schulter. Seine Sorge war ehrlich. Was war hier passiert?

Sophie konnte die Tränen nicht zurückhalten. Sie fing an zu weinen, und Roman nahm sie in den Arm. Sie umklammerte ihn fest und weinte an seiner Brust. Roman sagte nichts, er hielt sie und wartete. Sophie brauchte einige Minuten bis sie sich wieder unter Kontrolle hatte. Er kramte ein Taschentuch aus seiner Jackentasche und reichte es ihr. Nachdem sie ihre Tränen getrocknet hatte, blickte sie ihn dankbar an.

»Möchtest du einen Kaffee trinken gehen?« Ohne Hintergedanken fragte er sie, wollte sie in diesem Moment einfach nicht alleine lassen.

»Gehen wir ins ›Barcelona‹«, bestimmte Sophie. »Dort gibt's welchen mit Alkohol.«

Roman nickte zustimmend, und die beiden machten sich auf den Weg.

»Und so endete das ganze für mich im Krankenhaus.« Sophie hatte Roman den Vorfall in Köln mit den Hamburgerinnen geschildert, ohne den Krebs zu erwähnen. Ihren ersten Kaffee mit Schuss hatte sie schon intus und fühlte sich viel besser. Roman hatte aufmerksam zugehört, war fassungslos über das Verhalten der Mädchen gewesen und machte sich aufrichtig Sorgen um sie. Er fragte nicht nach Joshua und sie erzählte auch nicht von ihm.

Roman bestellte eine zweite Runde und schaute Sophie direkt in die Augen.

»Meine Mutter ist gestorben als ich sechs war.« Seine Aussage kam so unvermittelt, dass Sophie einen Moment sprachlos war. Wie war er denn jetzt auf so ein Thema gekommen?

Sophie wiederzusehen, erinnerte ihn an das Konzert in der ›Batschkapp‹. An Joshuas unmögliches Verhalten. An die Wut, die Roman später am Abend verspürt hatte. Obwohl er ebenfalls auf Sophie wütend gewesen war, empfand er ein starkes Gefühl des Vertrauens zu ihr. Zum ersten Mal hatte er mit einer außenstehenden Person über seine Gefühle gesprochen. Es tat ihm gut, darüber zu berichten.

»Das tut mir wirklich schrecklich leid.« Sophie nahm seine Hand.

»Danke. Sie hatte Krebs.« Roman hielt ihre Hand fest und erzählte Sophie die ganze Geschichte. Traurig über das, was er sagte, und unbehaglich wegen dem, was sie ihm verheimlichte, rutschte Sophie auf ihrem Stuhl hin und her.

Beide saßen noch über zwei Stunden in der Bar und redeten. Roman tat es gut, endlich mit jemandem über seine Trauer und seine Wut zu sprechen. Sophie war allerdings ziemlich durcheinander. Romans offene Ehrlichkeit berührte sie sehr, und doch konnte sie ihm nach dieser Geschichte auf keinen Fall erzählen, dass auch sie eine Operation hinter sich hatte. Sie beschloss in diesem Moment, dass sie ihm niemals von ihrem Krebs berichten würde.

In der Bar wurde es unruhig, gegen Abend strömten mehr Gäste hinein. Das Licht wurde gedämpft, die Musik lauter gedreht. Ein Gespräch gestaltete sich anstrengend, die Blicke hingegen wurden intensiver. In Sophie kribbelte es. In ihrem Magen tobte es heiß und kalt. Eine Gänsehaut breitete sich langsam aus. Noch immer lag ihre Hand auf seiner. Sophie registrierte, dass seine Haut warm war und sich weich anfühlte. Seine Fingernägel waren kurz geschnitten und sauber. Eine schöne Hand.

Wie wirkten die zwei wohl auf die anderen Gäste? Wie Verliebte bei ihrem dritten Date? Sie zog ihre Hand zurück.

»Ist es dir recht, wenn wir zahlen?« Sophie zückte ihr Portemonnaie, und Roman verstand, dass es keine Frage war. Sie beendete den Abend. Zu gerne hätte er gewusst, was sie dazu bewegt hatte. Was hatte sie veranlasst, sich wieder so plötzlich zurückzuziehen?

»Natürlich.« Gab er als Antwort. »Aber nur, wenn ich dich einladen darf.« Charmant lächelte er, seine blauen Augen blitzten verführerisch.

Roman übernahm die Rechung und half Sophie in ihre Jacke. Draußen war es dunkel geworden, und er bestand darauf, sie nach Hause zu bringen. Den größten Teil des Weges liefen sie schweigend nebeneinander her. In Sophie wirbelten viele chaotischen Gedanken durcheinander. Sie dachte an Joshua, dass er ihr fehlte und dass sie ihn liebte. Doch Romans Duft ließ sich nicht ignorieren. Er lief anständig neben ihr her. Gerne hätte sie ihre Hand ausgestreckt und seine ergriffen. Wie konnte man bloß an zwei Männern gleichzeitig interessiert sein? Wie war das bloß möglich, dass Roman so eine starke Wirkung auf sie hatte? Sie war mit Jo doch im Grunde glücklich. Die beiden hatten doch gute Pläne für die Zukunft. Oder etwa nicht?

»So, mein Held, hier dürft ihr euch nun verabschieden. Wir haben meine behagliche Behausung erreicht.« Sophie blieb stehen und nickte zur Eingangstür rüber.

Roman grinste. Dass ihr aus dem Nichts heraus immer so ein Quatsch einfiel, fand er sexy. »Werte Lady, dann nehme ich mein Ross und reite von dannen.« Roman verbeugte sich.

Sophie lachte, und die beiden blickten sich einen Moment tief in die Augen. Es war der perfekte Moment, sich zu küssen. Sophie würgte ihn ab, in dem sie sich umdrehte und auf die Haustür zuging.

»Mach's gut.« Sie sagte es über die Schulter, drehte sich nicht noch einmal zu ihm um.

Der Abend war wunderschön gewesen, und Roman konnte sich nicht beherrschen. Konnte den Rat seines Vaters nicht befolgen. Konnte es nicht lassen, sich einzumischen. Sophie hatte sich umgedreht und sich über die Schulter hinweg von ihm verabschiedet. Das war so nicht richtig, seiner Meinung nach. Ohne etwas zu erwidern, ging er ihr hinterher, packte sie am Ärmel, zog sie in seine Arme, nahm ihren Kopf in die Hände und küsste sie. Ihm war klar, dass er nur diese eine Chance hatte. Roman legte alles, was er für sie empfand in diesen Kuss. Wollte die Gefühle, die ihn so glücklich machten, über die Lippen transportieren. Wollte, dass sie spürte, dass er sie aufrichtig liebte.

Sophie ließ den Kuss zu. Etliche Male hatte sie sich versucht vorzustellen, wie er wohl küssen würde. Er hielt ihr Gesicht mit seinen Händen, die trotz der Kälte warm waren. Sein Kuss war sanft und stürmisch zugleich. Seine Lippen waren weich und ebenfalls warm. Der Druck auf ihren Mund war nicht zu fest, um unangenehm zu sein, doch er war entschlossen und ließ ihre Knie weich werden. Noch bevor sie entscheiden konnte, was sie davon halten oder wie sie reagieren sollte, ließ Roman von ihr ab, drehte sich um und ging die Straße entlang.

Sophie stand vor dem Haus ihrer Eltern, blickte ihm nach und war unfähig, etwas zu sagen. Was hätte sie auch sagen sollen? Hätte sie ihm hinterherrufen sollen? Ihre Knie waren noch immer weich, ein dümmliches Lächeln stand ihr im Gesicht. Sie wusste, es war dasselbe Lächeln, welches Joshua ihr oft ins Gesicht zauberte. Roman drehte sich nicht um. Als er außer Sichtweite war, kramte sie den Schlüssel aus ihrer Tasche und schloss auf.

Ihre Eltern saßen im Wohnzimmer und schauten Fernsehen. »Na, Schatz, du warst aber lange unterwegs. Ist alles okay?« Ihre Mutter sah ein wenig besorgt aus.

»Ja, Mama. Alles super. Ich habe einen Freund getroffen und war noch etwas mit ihm trinken.« Sophie lächelte noch immer. Ihrer Mutter fiel es nicht auf.

»Gut, Schatz. Wir gucken einen Krimi, willst du mit schauen?«

»Nein, danke. Ich gehe nach oben und höre Musik.« Sophie schaffte es nicht, ihr Lächeln zu verbergen und wollte lieber alleine mit dieser Stimmung auf dem Bett liegen und sich den Kuss in allen Einzelheiten noch einmal ins Gedächtnis rufen.

»Dann nimm deine Post mit hoch.« Ihr Vater zeigte auf die Kommode im Flur. »Die habe ich dort hingelegt.«

Sophie nickte, griff im Vorbeigehen nach den zwei Umschlägen und ging fröhlich nach oben. Sie feuerte ihre Jacke in die Ecke, schaltete ihre Lichterketten ein, die über dem Bett hingen und machte leise Musik. Sie warf sich auf die Matratze und drückte ihren Stoffbären Freddy fest an die Brust. Roman hatte sie geküsst, und es war wunderbar gewesen. Aufregend hatte ihr Körper gekitzelt und gekribbelt. Ihrer Meinung nach war der Kuss reif für Hollywood. Gerne hätte sie in seine Haare gefasst, ihn fester herangezogen und ihn provoziert, um sein Zungenpiercing zu spüren. Doch so weit war er nicht gegangen. Sie musste tief durchatmen, diese Gedanken an Roman machten sie ziemlich an.

Ihr Handy vibrierte, und grinsend zog sie es aus ihrer Tasche. Doch die Nachricht war nicht von Roman, sie war von Joshua. Er wollte wissen, ob sie seinen Brief schon bekommen hatte. Irritiert las sie die SMS noch einmal. Dann erinnerte sie sich an die beiden Umschläge. Der eine war von ihrem Telefonanbieter, der andere tatsächlich von Jo. Überrascht riss sie das Kuvert auf und zog zwei Blätter heraus. Hand beschrieben. Sie las schnell, überflog gespannt die ersten Sätze. Doch der Inhalt war so spektakulär, dass sie sich bremste, den Kopf schüttelte und sich zwang, den Brief langsam und aufmerksam zu lesen.

Selbst nach dem dritten Mal konnte sie nicht glauben, dass Joshua dies verfasst haben sollte. Sophie legte die Blätter neben sich aufs Bett und starrte auf ihr Mobiltelefon. Er fragte extra nach, ob sie den Brief bekommen hatte. Er wollte also eine Antwort. Anstatt ihm zurück zu schreiben, rief sie ihn an.

Bereits nach dem ersten Klingeln nahm er ab.

»Baby.« Mehr hauchte er nicht ins Telefon.

»Schatz«, begann Sophie, »ich habe gerade deinen Brief gelesen. Ich bin, wow, ich bin absolut sprachlos. Er ist wundervoll.«

»Dachte ich mir doch, dass meiner Prinzessin so etwas gefällt.«

Sie konnte ihn förmlich grinsen hören. »Ach so. Du hast mir nur einen super romantischen, wunderschönen Liebesbrief geschrieben, weil du denkst, dass ich auf so etwas stehe.

Und was hast du dir nun dadurch erhofft?« Ihr Ton war gereizter als beabsichtigt.

»Süße, kein Grund, zickig zu werden. Ich habe diesen Brief verfasst, weil ich mich genau so fühle. Genau diese ganzen Gefühle und Gedanken weckst du in mir.« Seine Stimme war sanft und liebevoll. »Bekomme ich denn eine Antwort auf meine letzte Frage?«

Sophie saß im Schneidersitz auf ihrem Bett und starrte die Lichterkette an. Joshua wollte, dass sie nach Köln auf das Konzert kam. Sie sollte sich etwas Hübsches anziehen und auf jeden Fall vor dem Konzert im Backstagebereich vorbeikommen. Er versprach eine tolle Überraschung. Sophie war neugierig und freute sich über seine Idee.

»Klar werde ich kommen. So etwas lasse ich mir doch nicht entgehen.«

In diesem Moment war der Kuss mit Roman vergessen. Sie hörte ein Piepsen in der Leitung. »Oh, Baby, ich kriege einen wichtigen Anruf rein. Kann ich dich gleich zurückrufen?« Joshua klang nervös.

»Entweder das, oder du setzt mich kurz auf die Warteschleife.« Sophie wollte nicht, dass er auflegte.

»Okay«, meinte er knapp. Dann hörte sie ein raschelndes Geräusch und Josh war wieder am Apparat. »Sonja? Hörst du mich, Liebes?«

Sophie versteinerte. Noch immer war Sonja also präsent. Wie hatte sie bloß so dumm sein und hoffen können, Jo würde die Affäre von alleine beenden. Sie hatte sich blenden lassen, von seiner Aufmerksamkeit und einigen netten Worten.

»Nein, ich bin es noch immer.« Sophies Stimme war emotionslos.

»Ach, Sophie. Mist, diese blöde Haltefunktion. Ich leg kurz auf und ruf dich zurück.« Josh wurde hektisch.

»Lass gut sein, wir sehen uns in Köln.« Sophie beendete das Telefonat und wusste nicht, warum sie das zum Abschluss gesagt hatte.

Welchen Grund gab es für sie noch, nach Köln zu fahren? Was für eine Überraschung konnte er für sie haben? Sophie war völlig durcheinander. Roman, der Kuss, der Brief von Joshua, Sonja. Das Konzert in Köln würde in einer Woche stattfinden. Was sollte sie bloß tun?

DEZEMBER 2010 Als Sophie an dem Morgen nach dem Kuss, dem Brief und dem Telefonat mit Joshua erwachte, wusste sie genau, was sie tun sollte. Sie ging online und buchte übers Internet eine Fahrkarte nach Köln. One Way, mit Sitzplatz. Danach schrieb sie ihrem Chef eine E-Mail und erklärte ihm, dass sie ihren alten Job im Januar nicht wieder aufnehmen würde. Nachdem das erledigt war, folgte der unangenehmste Teil: Sie rief Roman an. Lieber hätte Sophie eine Kurznachricht geschrieben, aber sie wollte und musste es aussprechen.

»Guten Morgen, Sophie!«, begrüßte er sie gut gelaunt.

»Hallo, Roman.« Sophies Ton war einige Grad kälter. »Hör mal, ich mach es kurz, um es nicht unnötig schwerer zu machen. Der Kuss gestern, das war ein Fehler. Ich bin mit Joshua zusammen, es war nicht richtig, dass wir uns geküsst haben.«

Roman schwieg abwartend.

»Ich werde in wenigen Tagen wieder nach Köln fahren. Jo und ich haben etliche Pläne für die Zukunft, und ich … ich …« Sophie musste schlucken. Wieso hatte sie plötzlich so einen dicken Kloß im Hals? »Also, jedenfalls, wir sollten uns lieber gar nicht mehr sehen. Danke für deine Hilfe gestern, es war ein tolles Gespräch, aber …«

»Liebst du ihn wirklich?«, unterbrach Roman sie.

»Wie bitte?« Sophie war irritiert.

»Ob du ihn wirklich liebst?« Roman wiederholte seine Frage.

»Wieso fragst du das?« Sophie merkte selbst, dass sie spontan nicht antworten konnte.

»Sophie, das ist eine einfache Frage: Liebst du Joshua? Ja oder nein?« Noch nie hatte Roman in diesem Ton mit Sophie gesprochen.

»Ich, … ja natürlich tu ich das!« Was hätte sie auch anderes sagen sollen?

»Okay«, mehr sagte Roman nicht dazu.

»Okay«, stellte auch Sophie die Tatsache noch einmal klar.

Es folgte eine lange Pause. Keiner sagte etwas. Sophie hörte Romans ruhigen Atem. Ob er weinte? Ob ihm nach weinen zumute war? Ihr war jedenfalls danach. Viel würde sie nicht mehr sagen können, ohne dass ihr die Stimme brach. Es verging eine weitere Minute. Sophie schaute an ihre Zimmerdecke und schüttelte den Kopf. Das war so albern. Sie saß hier und schwieg ihn an. Und er legte nicht auf.

»Dann ist also alles gesagt?«, fragte sie schließlich in die Stille.

»Wenn das deine endgültige Entscheidung ist.« Romans Stimme war fest.

Sophie ballte ihre Hand zur Faust und drückte sie gegen die Stirn. Mit zusammengekniffenen Augen antworte sie ihm: »Ja, das ist sie.«

Sie hörte Roman einmal tief ein- und ausatmen. »Dann leb wohl, Sophie. Ich wünsch dir, dass du glücklich wirst.« Es war das Letzte, was er sagte. Roman legte auf, und die Leitung war tot.

Sophie saß noch lange mit geschlossenen Augen auf ihrem Bett und hielt das Handy am Ohr. Sie rührte sich nicht. Der einsetzende Schmerz betäubte sie regelrecht. Langsam sank ihr Arm, und das Telefon fiel aus der kraftlosen Hand aufs Bett. Sophie griff sich ans Hemd, unter dem ihr Herz so pochte. Warum tat es nur so weh?

Sie konzentrierte sich auf Joshua. Ja, das war gut. Die Gedanken an ihn brachten die Wut zurück, die Wut und die Entschlossenheit. Sie würde nach Köln fahren. Und dort würde sie ihn nach der Show mit ihrem Wissen konfrontieren. Würde es ihm an den Kopf werfen. Sie würde ihn vor die Wahl stellen: Entweder er beendete die Affäre mit Sonja sofort und würde alles dafür tun, ihr Vertrauen zurückzugewinnen, oder es wäre aus. Natürlich hoffte Sophie, dass er sich für die Beziehung entscheiden würde. Daher hatte sie auch nur die One-Way-Karte gekauft. Sie machte ihren Standpunkt klar. Ihr war eines bewusst geworden: Sie war mit Joshua Streta zusammen! Dem angesagten und begehrten Drummer von ›DTA‹. Sie würde in seinem Schatten leben, sie würde sich nach ihm und seinem Leben richten, aber taten das nicht Millionen andere Frauen auch? So war das nun manchmal in einer Beziehung. Was war so schlimm daran, sich unterzuordnen? Das Einzige, was sie wollte, war seine ehrliche Aufmerksamkeit, seine Liebe und seine Treue.

Die kleine Stimme in ihrem Kopf meldete sich zu Wort. Warum wollte sie unbedingt dieses Leben führen? Warum versuchte sie zu verdrängen, was sie für Roman empfand? Warum wollte sie sich nicht eingestehen, dass die Beziehung mit Joshua sie nicht glücklich machte? Warum gab sie nicht zu, dass Roman es wert war, ihn zu lieben? Warum redete sie sich ein, es wäre erstrebenswerter, mit einem Star zusammen zu sein? Was war an Roman nicht gut genug? Was war an Joshua besser?

Doch Sophie wollte sich nicht mit der Stimme auseinandersetzen. Sie war mit Joshua Streta zusammen. Diese Tatsache betonte sie noch einmal. Jedes Girl auf der Straße hätte auf die Frage, ob man mit ihm zusammen blieb oder alles aufs Spiel setzte, um mit dem netten Jungen von nebenan zusammen zu sein, das Gleiche geantwortet. Da war Sophie sich sicher, jedes Mädchen auf der Welt hätte Joshua gewählt. Und daher tat sie das auch. Sophie wollte alles dafür geben, dass Jo sich ebenfalls für sie entschied.

›Alles dafür aufgeben‹, meldete die Stimme sich ein letztes Mal. ›Sogar Roman!‹

Ihr Handy lag neben ihr auf der Bettdecke. Sophie nahm es in die Hand und schrieb Jo eine SMS. Ihn wollte sie nicht anrufen. Sie hätte nicht mal zwei Sätze geschafft, ohne dass er gemerkt hätte, dass mit ihr etwas nicht stimmte. Also schrieb sie ihm, dass sie nach Köln kommen würde. Als das erledigt war und Jo antwortete, dass er sich schon wahnsinnig freute, ging sie nach unten zu ihren Eltern.

»Mama, Papa, kann ich kurz etwas mit euch besprechen?« Sophie setzte sich zu ihren Eltern an den Frühstückstisch.

»Natürlich, mein Schatz.« Inge gab ihr ein Brötchen aus dem geblümten Korb. Martin belegte seines gerade mit Kochschinken.

»Ich werde zu dem Abschlusskonzert nach Köln fahren. Außerdem hat Joshua mich gefragt, ob ich über Weihnachten bei ihm bleibe und mit zu seinen Eltern fahre. Silvester wollen wir auch zusammen verbringen. Den Job hier habe ich erst mal abgesagt.« Sophie griff nach der Butter. Sie sprach sachlich und wollte ihren Eltern das Gefühl vermitteln, haargenau zu wissen, was sie tat.

»Ach, dann wirst du Heiligabend gar nicht bei uns sein?« Ihre Mutter schaute sie traurig an. »Das ist aber schade.«

»Bist du sicher, dass du den Job nicht haben möchtest? Wie sind denn deine Perspektiven in Köln?« Martin konnte das Thema nicht ruhen lassen.

»Ehrlich gesagt, ich weiß das nicht, Papa. Meine Bewerbungen sind bisher alle erfolglos geblieben. Aber ich gebe nicht auf. Ich werde es ab Januar weiter versuchen.« Seine Tochter legte sich eine Scheibe Käse auf das Brot und biss hinein.

»Du wirst immerhin älter. Bist immer länger aus deinem Beruf heraus. Weißt du eigentlich, dass deine Mutter das Kindergeld aus eigener Tasche an dich zahlt?« Ernst blickte er Sophie in die Augen.

»Ach, Martin, bitte!«, warf Inge wütend ein.

»Was?« Sophie war ehrlich überrascht. »Wieso kriegt ihr denn kein Kindergeld mehr?«

»Schatz, du bist nicht arbeitslos gemeldet, aber über 20 Jahre alt. Das sind leider die Regeln.« Inge schaute ihre Tochter liebevoll an. »Aber mach dir doch wegen den paar Euro keinen Kopf. Ich zahle das gerne. Ich möchte dich unterstützen.«

In Sophie brach wieder Chaos aus. Sie lag ihren Eltern auf der Tasche. Sie lag Joshua auf der Tasche.

»Ich werde mir in Köln ganz schnell was suchen. Irgendetwas. Ich verspreche es, Mama.« Sophie schaute ihre Mutter an.

»Natürlich, mein Schatz. Kein Problem.« Inge lächelte.

»Tzz«, gab Martin keine Ruhe, »dann wirst du irgendetwas arbeiten, was dich beruflich vielleicht überhaupt nicht weiterbringt. Was ist dein Plan hinter dem Ganzen? Hoffen, dass Joshua irgendwann als Star das ganz große Geld verdient, um dann von seinen Millionen zu leben? Ich dachte, ich hätte dich zu etwas Besserem erzogen.«

Sophie war fassungslos über die Aussage ihres Vaters. Er kritisierte ihre Lebensart sowie ihre Einstellung, es anzugehen. Drückte sogar seine Enttäuschung über ihr Verhalten aus. »Ach, was wäre dir denn lieber, Papa? Das ich einen Lageristen anschleppe? Einen Typen, der Poesie textet und aktuell in einem Lager Gabelstapler fährt? Fändest du das besser?« Giftig spie sie ihm diese Worte ins Gesicht.

Martin schaute Sophie einen Moment lang an.

»Wenn du meine ehrliche Antwort willst: Ja, das wäre mir lieber. Ein junger Mann, der für sich und seinen Lebensunterhalt jobbt, und trotzdem weiter an seinem Wunschberuf festhält und sich dafür engagiert, der wäre mir in der Tat lieber. Und willst du auch wissen, wieso das so ist?«

Sophie nickte stumm.

»Weil so ein Mensch zeigt, dass er Verantwortung übernimmt. So ein Mensch ist fleißig und ehrgeizig. Und so einen Mann wünsche ich mir für meine Tochter. Keinen Traumtänzer wie Joshua, der mit seiner Musik jetzt Geld verdient und keinen Blick für die Zukunft hat.« Martin faltete die Hände und sah in die traurigen Augen seiner Tochter. Er seufzte. »Ach, im Grunde will ich doch nur, dass du glücklich bist. Wenn dein Glück in Köln und bei Joshua zu finden ist, dann werde ich das akzeptieren.« Er wusste selbst nicht, warum er Sophie so angemotzt hatte.

Inge nahm Martins Hand und schaute ihn dankbar an.

Sophie allerdings stand wortlos auf und ging auf ihr Zimmer.

»Tut mir leid«, sagte Martin zu seiner Frau. »Ich hatte es nicht so böse gemeint.«

»Sie kriegt sich schon wieder ein.« Inge goss frischen Kaffee in die Becher, und das Ehepaar setzte das Frühstück fort.

Sophie warf sich auf ihr Bett und starrte wütend an die Decke. Natürlich hatte es sie getroffen, dass ihr Vater von Jo nicht viel hielt. Doch sie hatte nicht gedacht, dass er von Roman so angetan wäre.

›Ist er auch nicht‹, dachte sie verärgert. ›Er hat nur auf meine fiktive Alternative reagiert und hat sie natürlich besser hingestellt als Joshua. Es ging ihm nur darum, Jo schlecht zu machen.‹

Sie drehte sich auf die Seite und schaute das Foto von Josh an, welches auf ihrem Handy war. Betrachtete sein lachendes Gesicht mehrere Minuten. Konnte das sein, dass Roman doch die bessere Wahl wäre?

Als der Tag endlich gekommen war und Sophie im ICE saß, verkündete eine Stimme durch die Lautsprecher, dass sich die Abfahrt um fünfzehn Minuten verzögern würde. Genervt rollte Sophie mit den Augen. Wenigstens liefen die Heizungen, und es war angenehm warm in ihrem Wagon. Sie zückte ihr Mobiltelefon und wollte Joshua informieren, entschied sich dann aber dagegen. Wer weiß, was auf der Strecke noch alles passierte, sie würde sich erst melden, wenn sie abschätzen konnte, wann sie in Köln war.

Natürlich kam es wie es kommen musste: Der Zug hatte über eine Stunde Verspätung. Die Zeit, in die Wohnung zu fahren, in Ruhe zu duschen, Joshua zu begrüßen und mit ihm in die Halle zu fahren, war vertrödelt.

Sie telefonierte mit Jo, und er meinte, die Band müsse schon los, bevor sie überhaupt ankäme.

»Aber komm doch trotzdem her, Prinzessin. Du musst ja auch nicht schon so viele Stunden in der Halle sein. Wir machen noch den letzten Soundcheck und so einen Kram.

Bring deinen Koffer her, zieh dich in Ruhe um und komme nach.«

Als sie in der WG ankam, war die Band weg. Dunkel und leise lag der Flur vor ihr. Betroffen stellte sie fest, dass sich kein Gefühl des Nachhausekommens in ihr breitmachte. Im Flur huschten riesige Staubflocken von einer Ecke in die andere. Niemand schien in der letzten Zeit gesaugt zu haben. Sie stellte ihren Koffer ab und ging in die Küche. Auf dem Küchentisch klebten runde Limonadenflecken, und eine Trilliarde Krümel feierten eine Party. Von der Tischdecke gab es keine Spur. Schmutziges Geschirr stapelte sich in der Spüle. Alter Kaffee stand träge in der Kanne. Sophie warf einen Blick in den Kühlschrank. Bier, Wurst, Milch und Süßigkeiten. Sie schüttelte stumm den Kopf.

In Joshuas Zimmer sah es nicht viel besser aus. Überall lagen Kleidungsstücke herum, die Schubladen standen teilweise offen, der Fernseher lief stumm geschaltet. Sie zog sich etwas Schickeres an und machte sich alleine auf den Weg zum Konzert.

Um diese Uhrzeit war vor der Halle noch nichts los. Sie suchte jemanden, der sie hineinlassen konnte. Als sie endlich einen Angestellten fand, gab es Probleme.

»Sorry, ich hab keine Info gekriegt, dass es heute Gäste gibt. Netter Versuch.« Der Typ wimmelte sie freundlich ab. Es fiel Sophie schwer, sich zu beherrschen. Was meinte er mit »es gab keine Info«?

»Ja, dann informier dich doch bitte noch mal. Ich stehe ganz sicher auf der Liste für Gäste.« Sophie versuchte, höflich zu bleiben. »Frage doch bitte mal bei der Band oder dem Manager nach.«

Der Kerl lächelte sie an. »Ja, ich kenn deine Art. Du kennst jemanden aus der Band, und ich mach hier den Fehler. Wenn ich sage, du kommst nicht rein, dann kommst du nicht rein. Jetzt gehst du bitte mal zur Seite.«

Sophie war sprachlos. Konnte sie in diesem Fall sagen, dass sie die Freundin des Drummers war? Sie versuchte, Jo anzurufen, doch weder er noch einer der anderen Jungs ging an sein Handy. Soundcheck! Na super.

Sophie fragte an der Abendkasse nach einem Ticket. Natürlich war das Konzert ausverkauft. Sie entschied zu warten und es später erneut bei Josh auf dem Handy zu versuchen. Bis dahin vertrieb sie sich die Zeit damit, die ankommenden Leute anzuschauen. Bei ihrem Glück würde Katja sicherlich ebenfalls kommen. Die würde der Arsch am Seiteneingang sicher reinlassen. Nach und nach kamen immer mehr Menschen, und es bildete sich bereits eine Stunde vor Einlass eine Schlange. Noch immer hatte sie kein Glück gehabt. Auch keiner von den anderen Jungs rief zurück. Sie schickte eine SMS an alle Fünf. Doch auch die nächste Stunde meldete sich niemand. Das durfte doch nicht wahr sein! Es war Mitte Dezember, es war richtig kalt, und sie stand mittlerweile seit über zwei Stunden in der Kälte herum. Ihre Beine spürte sie gar nicht mehr richtig, dafür fingen sie an zu jucken. Auf der Straße sah sie auf einen Typen, der noch ein Ticket hatte und mit einem Pappschild darauf hinwies, dass er es verkaufte.

»80 Euro?«, fragte Sophie ungläubig. »Das ist ja wohl ein Witz?!«

»Dann lass es, Schätzchen.« Der Typ ging weiter.

Sophie probierte es systematisch erneut auf allen Mobilnummern, noch immer kein Erfolg. Schließlich traute sie sich und rief bei Mark an. Sie hatte Glück, er ging an sein Telefon und kam durch den Seiteneingang nach draußen. Es folgte ein Gespräch mit dem Security-Typen. Dabei stellte sich heraus, dass er am Einlass spontan eingesprungen war, da der eigentliche Mitarbeiter krank geworden war.

»Entschuldigen Sie, man hat mich nicht informiert.« Kroch der Arsch vor Mark zu Kreuze.

»Entschuldige dich lieber bei der Kleinen. Die stand jetzt stundenlang in der Kälte. Das nächste Mal spiele hier nicht den Pascha. Komm rein und frage nach. Abwimmeln kannst du die Leute dann immer noch.« Mark organisierte das Ticket für Sophie und führte sie hinein.

Drinnen nahm er sie kurz zur Seite. »Nimm es mir nicht übel, aber die Jungs sind heute ziemlich nervös. Ich denke, du bleibst lieber in der Halle. Ich möchte dich heute vor der Show nicht im Backstagebereich haben. Das könnte Jo zusätzlich ablenken.« Mark wartete auf ihr Okay.

Sophie war enttäuscht, hatte sie ihren Freund doch so lange nicht gesehen. »Ja, natürlich«, antwortete sie aber brav. »Sag Jo doch bitte, dass ich hier bin und wir uns dann nach dem Konzert sehen, ja? Ich wünsche den Jungs viel Spaß und eine tolle Show.«

»Natürlich.« Mark drückte ihren Arm und verschwand wieder.

Als endlich der offizielle Einlass begann, stand Sophie schon in der ersten Reihe vor der Bühne und freute sich auf das Konzert. Schnell füllten sich neben und hinter ihr die Reihen auf. Der Lärmpegel in der Halle nahm schlagartig zu. Die Aufregung, die die Fans in der Halle ausstrahlten, sprang elektrisierend auch auf Sophie über. Hier in der ersten Reihe, genau in der Mitte, würde Josh sie nicht übersehen können. Sie würde ihn ebenfalls gut sehen und anlächeln können.

Noch einmal kam Sophie in den Genuss, Jacob Brass zu erleben. Jetzt würde sie den Abend, die Show und alles, was dazu gehörte, genießen, das Gespräch mit Josh würde später noch schwer genug werden.

»Willst du nicht herkommen und mit auf das Konzert gehen, Bruderherz?« Anne biss in einen sauren Apfel und verzog das Gesicht.

Roman konnte die lustige Grimmasse auf seinem Computer sehen. Er führte einen Videoanruf übers Internet.

»Lass gut sein.« Er winkte ab.

»Aber vielleicht ist sie ja auch da?« Seine Schwester wusste nicht, wie richtig sie mit ihrem Gedanken lag.

Roman atmete tief durch. »Sie ist sogar ganz sicher da. Ich weiß es. Aber ich hab da keine Chance. Sie ist in festen Händen.«

Anne verzog erneut das Gesicht, ohne in den Apfel zu beißen. »Na und? Du bist klug, du bist lustig, du bist charmant, und dazu siehst du unglaublich gut aus. Ist es denn überhaupt möglich, dass sie einen besseren Freund hat?«

»Schleimerin«, entgegnete Roman frech. »Glaub mir, ich habe den Typen kennengelernt. Der spielt in einer anderen Liga.«

»Ich brauche doch bei meinem kleinen Bruder nicht schleimen. Ich meine das ernst. Besonders, dass du unglaublich gut aussiehst!« Anne schaute ihren Zwillingsbruder liebevoll an.

»Du bist nur sieben Minuten älter. Und du denkst, nur weil dir so viele Typen sagen, dass du hübsch bist, muss ich auch gut aussehen?« Roman drehte sich auf seinem Stuhl hin und her.

»Wir sind Zwillinge. Die ganze Welt sagt uns, dass wir uns total ähnlich sehen. Wenn ich hübsch bin, bist du es auch. Und wenn du hübsch bist, bin ich es auch. So einfach ist das.« Anne biss wieder in den Apfel.

»Du redest Quark.« Ihr Bruder drehte sich auf seinem Stuhl nun im Kreis.

»Du bist Quark«, hörte er aus den Boxen auf dem Schreibtisch.

Lachend schüttelte Roman den Kopf. »Wir sollten aufhören zu telefonieren, da kommt nix Vernünftiges mehr bei rum. Danke trotzdem für die Einladung. Ich wünsche dir viel Spaß auf dem Konzert. Wir sehen uns Weihnachten, du kommst doch nach Frankfurt?«

»Natürlich komm ich. Was für eine quarkige Frage.« Anne lachte über ihren eigenen Witz.

»Du bist eine Quarknase.« Roman begann zu winken. »So ich leg auf. Ich habe noch etwas Schreibarbeit vor mir.«

»Du bist ein Quarkmann. Viel Erfolg, ich bin mir sicher, du packst die Probezeit. Ist doch cool, dass du von Frankfurt aus arbeiten darfst. Mach's gut.« Anne winkte ebenfalls und warf noch eine Kusshand in die Kamera. Roman nickte und fing den Kuss auf. Er tat so, als wolle er sich ihn auf die Wange kleben. Doch schließlich warf er ihn dann pantomimisch in den Müll und guckte angeekelt. Geschwister eben. Anne lachte und schickte noch viele hinterher. Roman wich ihnen wie vorbeifliegenden Tennisbällen aus und kappte die Verbindung. Der Bildschirm wurde dunkel.

Natürlich würde Sophie auf dem Konzert sein. Er konzentrierte sich auf seine Aufgabe. Die Firma in Köln war von ihm sehr angetan. Sie hatte ihm eine Probezeit vorgeschlagen und verschiedene Aufgaben gegeben, die er bis zum Ende der Woche einsenden sollte. Würde ihnen seine Arbeit gefallen, bekäme er einen längerfristigen Vertrag. Mit den Gedanken bei Sophie schrieb er ein kleines Liebesgedicht.

Sophie blickte sich um, aber Katja stand Gott sei Dank nicht in ihrer Nähe. Nach dem Auftritt der Vorband folgten 20 Minuten Pause. Dann wurde es endlich dunkel in der Halle. Die Mädchen fingen an zu kreischen. Während es in ihr kribbelte, stand Sophie unter ihnen und versuchte, etwas zu erkennen. Ein Scheinwerfer ging an, Joshua betrat die Bühne, und die Fans flippten total aus. Ohrenbetäubend kreischten die Ladies, und Jo verneigte sich. Sophie strahlte in der ersten Reihe mit den anderen um die Wette und klatschte laut. Ein zweiter Scheinwerfer ging an, und Nick betrat von der anderen Seite aus die Bühne. Wieder kreischten die Mädchen auf. Drei weitere Scheinwerfer gingen gleichzeitig an und Marco, Tom und Sven kamen zusammen hinaus. Die fünf stellten sich zusammen vorne an den Bühnenrand und genossen den Jubel. Sven begrüßte die Fans übers Mikrofon, und die übrigen verteilten sich an ihren Instrumenten.

»Na, Köln, seid ihr gut drauf?« Sven lief auf der Bühne einmal hin und her.

Die Menge jubelte, grölte und applaudierte.

»Heute ist ein ganz besonderer Abend. Wir haben uns überlegt, euch mit einer speziellen Show zu überraschen.« In dem Moment sah Sven Sophie an und zwinkerte. Sie freute sich und zwinkerte zurück. Sven fragte das Publikum, ob sie heute nicht mal Lust hätten zu singen. Zustimmendes Johlen. Joshua stimmte den Rhythmus an, und die anderen fielen in den Song ein. Natürlich erkannte jeder sofort, dass es sich um »Weltenbummler« handelte. Einer der ersten Songs der Band, der üblicherweise erst während der Zugabe gespielt wurde.

Sven dirigierte, und das Publikum sang den ganzen Song komplett. Das hatte Sophie noch nicht erlebt, es herrschte absolute Gänsehautstimmung. Es hörte sich fantastisch an. Knapp 2.000 Leute sangen diesen Hit und klatschten im Takt. Sophie konnte die Augen nicht von Joshua wenden. Er saß im weißen T-Shirt und Jeans hinter seinem Schlagzeug und trommelte wild. Sie grinste. Gab es etwas, das noch anziehender war?

Nicklas und Marco entdeckten Sophie ebenfalls unter den Zuhörern und nickten ihr zu. Sie freute sich redlich darüber, es war schön, die Jungs wiederzusehen. Jo hatte bisher noch nicht ins Publikum geschaut. Tom stand so weit am Rand und begnügte sich mit den Frauen dort, dass er nicht auf Sophie achtete.

Der nächste Song war eine schnelle tanzbare Nummer, und Sven nutzte die Bühne in vollem Umfang. Die Girls in den ersten Reihen tanzten alle mit, und auch Sophie ließ sich von dieser Stimmung anstecken. Wehmütig dachte sie einen Moment an Roman. Wie lustig es mit ihm in Frankfurt gewesen war. Doch sie verbannte den Gedanken ebenso schnell wieder, wie er gekommen waren. Roman war Geschichte! Joshua die Zukunft.

Die Band überraschte bei diesem Konzert mit vielen neuen Dingen, die es bisher noch nicht gegeben hatte. Sophie war begeistert von der Show. Doch alles Schöne geht zu Ende, und so kam es, dass sich die Jungs nach 90 Minuten verabschiedeten. Geduldig klatschten die Fans eifrig in die Hände und brüllten: »Zu-ga-be!«, bis ›DTA‹ die Bühne unter tosendem Beifall erneut betrat. Auch jetzt war es anders als sonst. Joshua hielt ein Mikro in der Hand und Sven nahm hinter den Drums platz. Gespannt schaute Sophie zu ihrem Freund auf, als er sie endlich entdeckte und sie anlächelte.

»Guten Abend, Köln.« Mehr konnte Joshua nicht sagen, ihm brüllten hunderte aufgeregte Mädchen entgegen.

»Ja, ihr wundert euch sicher, was ich hier mache.« Verlegen lachte er und kratzte sich am Hinterkopf. »Das ist ja heute eine ganz besondere Show. Unser letztes Konzert für dieses Jahr. Ihr wart ein ***fan-tas-tisch-es*** Publikum!«, brüllte er.

Die Masse feierte, jubelte, grölte, schrie erneut. Er nickte und spornte die Leute an, noch einmal Gas zu geben. Sophie fand das super! Noch nie hatte sie erlebt, dass Jo über ein Mikrofon mit den Fans sprach. Normal machte das immer Sven.

»Okay, nun erkläre ich kurz, warum ich heute hier stehe.« Jo sprach weiter, als die Menge wieder etwas ruhiger wurde.

»Jo, du geile Sau!«, ertönte ein lauter Schrei.

Er musste lachen, ließ diesen Spruch jedoch unkommentiert.

»Ich habe heute etwas ganz Besonderes mitgebracht«, setzte Jo wieder an. »Es handelt sich um einen weiteren Song, den wir spielen werden.«

Das Publikum applaudierte.

»An diesem Song sind zwei Dinge ganz besonders.« Er lächelte. »Zum einen habe ich den Song alleine geschrieben und komponiert.«

Erneut lauter Beifall. Sophie stand mit offenem Mund da und starrte ihren Freund an. Sie hatte keine Ahnung, dass er so etwas konnte.

»Danke!«, nickte Jo in die Menge. »Und zum anderen habe ich den Song für jemanden geschrieben. Für eine besondere Frau in meinem Leben.«

Sophies Herzschlag setzte aus. Ihr Magen verabschiedete sich in die Kniekehlen. Sie erstarrte in der Bewegung zur Salzsäule.

»Und daher möchte ich gerne eine besondere Person auf die Bühne bitten und euch vorstellen.« Joshua streckte einen Arm aus, deutete einer Frau hinter der Bühne, nach vorne zu kommen. »Sie heißt: Sonja Berger. Herzlich willkommen!«

Die Menge applaudierte, und Joshua klatschte ebenfalls Beifall. Sophie musste sich am Gitter festhalten. Ihre Beine wollten versagen, ihr Herz hatte es bereits getan. Hätte sie in den letzten fünf Stunden etwas gegessen, wäre es nun hier vor der Bühne auf dem Boden gelandet, da war sie sich sicher. In ihren Ohren pochte es, in ihrem Kopf pochte es, in ihrem Magen pochte es. Das war doch ein Albtraum!

»Sonja Berger ist Produzentin und hat mir geholfen, den Song in ihrem Tonstudio einzuspielen. Zudem war sie mir eine große inspirierende Hilfe und hat dieses Lied zu einem perfekten Wunder verfeinert.« Joshua klatschte erneut Beifall, und das Publikum tat es ihm nach. Sonja wurde rot und wiegelte bescheiden mit den Händen ab.

»Meine Jungs waren einverstanden, das Lied einzustudieren und heute mit mir zusammen vorzutragen. Da ich es für den wichtigsten Menschen in meinem Leben geschrieben habe, war Sven dafür, dass ich ihn auch singen soll. Er hat dafür extra diese Nummer auf meinen Drums einstudiert. Hierfür bitte einen krassen Applaus für Sven!« Jo deutete auf seinen Bandkollegen und verneigte sich vor ihm. Dann klickte er sein Mikrofon in den Ständer ein. Zwei Hocker wurden auf die Bühne gebracht, Sonja verließ diese in den Backstagebereich.

Sophie erlebte die letzten zwei Minuten wie in Trance und hörte nur durch dicke Watte. Was lief hier ab? Was sollte das alles?

Joshua nahm auf dem einen Hocker platz und sprach ins Mikro: »Uih, ganz schön ungewohnt hier vorne.« Er lächelte nervös. »Falls ich es nicht schaffe, alles so gerade zu singen wie Sven, verzeiht mir bitte.«

Zustimmende Rufe aus dem Publikum.

»So, ich möchte euch jetzt jemanden vorstellen, ohne den ich nicht mehr sein möchte. Köln, bitte begrüßt freundlich, herzlich und laut meine Freundin Sophie!«

Grelles Licht blendete Sophie. Ein Scheinwerfer strahlte sie direkt an. Noch bevor sie in irgendeiner Form reagieren konnte, kamen zwei Ordner, packten sie unter den Armen, zogen sie über die Absperrung und halfen ihr auf die Bühne. Das Publikum klatschte, und viele Leute kreischten. Es klang durchaus positiv. Langsam und unwirklich ging sie zwei

Schritte auf Joshua zu. Dieser erhob sich von seinem Hocker und nahm sie in die Arme. Sie umarmte ihn ebenfalls.

»Ich liebe dich!«, flüsterte er in ihr Ohr.

Jo bat Sophie, sich auf den Hocker zu setzen. Als sie dort saß, konnte sie zum ersten Mal sehen, dass man außer der ersten Reihe gar kein Publikum erkennen konnte. Die Jungs wurden auf der Bühne so hell angestrahlt, dass der Saal in völliger Dunkelheit vor ihnen lag. Noch nie hatte Sophie so eine Aussicht gehabt. Josh setzte sich ebenfalls auf den Hocker und atmete tief durch.

»Wow, ich bin total aufgeregt. Das Lied heißt ›Mein Leben mit dir‹.« Verlegen lächelte er seine Freundin an. Sophie hatte keine Ahnung, ob Jo singen konnte. Sie hatte ihn noch nie singen gehört.

»Du packst das, Alter!«, rief ein männlicher Fan aus der Dunkelheit.

Josh konzentrierte sich und gab Sven ein Zeichen. Der zählte mit den Stöcken an, und die Band begann zu spielen. Bei den sanften Klängen, die sofort ins Ohr gingen, fingen die Fans an zu kreischen. Joshua nahm Sophies Hand und zog das Mikro an sich heran. Dann begann die erste Strophe.

Bereits beim zweiten Refrain sang die Halle mit. Joshua hatte eine wundervolle Stimme. Sophie verstand gar nicht, dass sie das bisher nicht bemerkt hatte. Der Song war der absolute Wahnsinn. Romantisch, melodisch, wunderschön. Sie hatte Tränen in den Augen, wollte sich aber vor dem großen Publikum nicht die Blöße geben und weinen.

Sie hatte schnell die Zusammenhänge kapiert: die heimlichen Treffen mit Sonja, die Nachrichten über die tollen Sessions, der Ärger über einen verpassten Termin. Wahrscheinlich hatte sie ihr Studio für ihn geblockt und ganz schön Geld verloren. Oh Mann, wie hatte sie denken können, er würde sie betrügen? Und wieso verdammt noch mal hatte sie ihn nicht einfach mal in den letzten Monaten damit konfrontiert? Wie hatte sie an ihm zweifeln können? An seiner Liebe?

Joshua erntete nicht enden wollenden Beifall und bedankte sich mehrere Minuten lang. Zum Abschluss gab er Sophie einen Kuss, und sie wurde in den Backstagebereich geschickt. Die Band spielte noch zwei weitere Songs, dann kamen sie nach. Endlich konnte Sophie ihren Jo in die Arme nehmen, ihn küssen und drücken. Endlich konnte sie ihren Freudentränen freien Lauf lassen und ihm sagen, dass sie ihn ebenfalls liebte.

Der Trubel, der nach dem Konzert um Sophies Person und das Lied einsetzte, war enorm und übertraf alle Erwartungen. Die Plattenfirma wollte den Song als Special-Single-Edition noch vor Weihnachten auf den Markt werfen. Die Jungs bekamen dadurch richtig Stress. Mussten ins Studio und die Single in drei verschiedenen Versionen einsingen. Ein Musikvideo sollte auch noch schnell her. Sophie lehnte das Angebot, darin mitzuspielen, allerdings ab. Die neun Tage zwischen dem Konzert und Weihnachten saß Sophie hauptsächlich alleine in der Wohnung. Auf die Straße traute sie sich nicht alleine. Viele Klatschmagazine hatten die Nachricht über Joshuas Freundin veröffentlicht. Sie hatte mehrere Fotos von sich in den Zeitschriften und ihm Internet gesehen. Die Fans reagierten hauptsächlich friedlich, doch natürlich waren auch welche dabei, die keine freundlichen Worte für Sophie übrig hatten.

Obwohl Roman keine Boulevardblätter las, kam selbst er um diese Neuigkeit nicht herum. An den Kiosken lachte ihm, von etlichen bunten Blättern, Joshua ins Gesicht. *›DTA‹-Drummer präsentiert Freundin! Frankfurterin angelt sich ›DTA‹-Bandmitglied! Liebeslied stürmt Charts! Joshua Streta schreibt Song für Freundin!*

Ignorieren half nicht viel, und auch Anne war seit dem Konzert keine hilfreiche Stütze mehr.

»Mensch, Roman, wieso hast du mir denn nicht gesagt ***wer*** ihr Freund ist?« Die Zwillinge saßen am Abend vor dem 24. zusammen am Abendbrottisch.

»Und was hätte das geändert?« Lustlos aß er ein Stück Gurke.

»Ich hätte verstanden, warum du so mutlos warst, es weiter zu versuchen.« Sie biss von ihrer Scheibe Graubrot ab.

»Anne, bitte.« Ihr Vater versuchte, das Gespräch abzuwenden. Er hatte bemerkt, wie sehr sein Sohn unter der Situation litt.

»Joshua Streta«, seufzte sie verträumt, »das ist aber auch starke Konkurrenz.«

Giftig schaute Roman seine Schwester an.

»Wie läuft denn dein Studium?«, schaltete sich ihr Vater noch einmal ein und wechselte damit glücklicherweise das Thema.

Gedankenverloren aß Roman ein weiteres Stück Gurke. Nachdem er von dem Outing erfahren hatte schmerzte sein Herz extrem. Doch was sollte er tun? Mehrere Tage hatte er über diese Frage nachgedacht, doch Annes Reaktion machte ihm eines deutlich: Gegen Joshua Streta konnte er gar nichts tun. Er beschloss, die Akte ›Sophie‹ endgültig zu schließen.

Kurz nach Mitternacht saß er an seinem PC und schrieb Sophie eine E-Mail: *Liebste Sophie, ich wünsche dir ein besinnliches Weihnachtsfest und schöne Feiertage. Auch für das kommende Jahr hoffe ich, dass deine Träume und Wünsche in Erfüllung gehen. Bleib gesund und werde glücklich! Alles Liebe, dein Roman.*

P.S.: Anbei findest du das Gedicht, welches mir endgültig den Job bei der Grußkartenfirma beschert hat :-)

Sophie war glücklich, als Joshua sie am 24. morgens weckte.

»Komm, Prinzessin, wir fahren zu meinen Eltern.« Er küsste ihre Stirn und ihre Nasenspitze.

Als wäre sie frisch verliebt, machte sie sich fertig und frühstückte mit der Band. Jeder ging danach seines Weges.

›DTA‹ war eingeladen worden, in der Silvesternacht bei einer Gala aufzutreten, die live im TV übertragen wurde. Es sollte eine pompöse Show werden, bei der sie allerdings erst um zwei Uhr einen 30-minütigen Auftritt absolvieren sollten. Selbstverständlich war so eine Veranstaltung für Sophie nun Pflichtprogramm. Es gab für alle kostenlose Getränke und

Buffet. Zudem würden sich einige Prominente aus Deutschland dort tummeln, und die Band war schon ganz aufgeregt. Sophie konnte die Vorfreude nicht richtig teilen. Sie musste sich ein schickes Kleid kaufen, würde den ganzen Abend hochhackige Schuhe und mehrere Zentimeter Make-up tragen. Ob die Promis dort so sehenswert waren, bezweifelte sie ebenfalls. Doch sie war nun offiziell Joshuas Freundin und durfte auf dieser Art von Veranstaltung nicht mehr fehlen.

Seitdem die Beziehung kein Geheimnis mehr war, meldeten sich vergessene Freunde zu Dutzenden. Jeder fand es ja so aufregend, plötzlich kannten sie so viele alte Leute wieder und machten sich die Mühe zu fragen, ob sie ein Treffen oder ein Autogramm organisieren könne. Obwohl es noch nicht mal zwei Wochen so lief, war Sophie schon tierisch genervt.

»Jetzt machen wir uns erst mal drei schöne Tage, Prinzessin.« Joshua nahm die große Tasche und öffnete die Wohnungstür.

Im Taxi kuschelte Sophie sich eng an ihn und schloss die Augen. Er legte den Arm um sie und zog sie fest an sich. Bei seinen Eltern wurde sie herzlich begrüßt. Sophie fühlte sich wohl und genoss die Feiertage. Es war eine erholsame und besinnliche Zeit.

Doch kaum waren die Feiertage vorüber, wartete Mark schon mit den nächsten News in Köln auf die Band. Sie waren für eine Fotostrecke in einer Silvesterspezialausgabe gebucht worden. Tom und Marco mussten ihren Urlaub in Berlin abbrechen und zurückkommen. Sie moserten zwar, jedoch hatte Mark kein Verständnis dafür. Diese Fotostrecke war beste Publicity und viel wert. Wieder saß Sophie alleine in der Wohnung. Mittlerweile ließ sie sogar ihr Handy die meiste Zeit ausgeschaltet, ihre E-Mails checkte sie schon gar nicht mehr.

Als Sophie am Silvestermorgen erwachte, war sie glücklich. Das Jahr sollte endlich vorüber sein. Sie wollte, dass die Reporter das Interesse an ihr verloren. Sie hatte einen Frisör- und Stylingtermin um 14 Uhr. Joshua begleitete sie dorthin und beäugte kritisch jeden Schritt. Seine Süße sollte am Abend umwerfend, jedoch nicht künstlich aussehen. Sophie ließ es über sich ergehen. Am Abend zwängte sie sich in das Kleid, welches Sonja Berger ihr besorgt hatte. Jo hatte die Produzentin um Hilfe gebeten, da weder Sophie noch er Erfahrung mit solchen Veranstaltungen hatte. Sophie musste zugeben, dass sich dieses elegante, bodenlange, marineblaue Chiffonkleid traumhaft anfühlte.

»Wow«, staunte Jo, »du siehst wirklich wie eine Prinzessin aus.« Er trat in seinem Smoking vor sie, und Sophie war ebenfalls sprachlos. Noch nie hatte sie ihn in so einem schicken Dress gesehen.

»Du siehst aber auch fabelhaft aus.« Glücklich strahlte sie ihn an.

»Wir haben alle den gleichen bekommen. Mark hat das organisiert. Aber mir ist aufgefallen, ich sehe darin schon am Besten aus.« Neckisch grinste er zurück. »Freust du dich auf heute Abend?« Er nahm sie an die Hand.

»Na ja, wenn ich ehrlich sein soll, hätte ich auch nichts dagegen gehabt, mit dir oder den anderen in einer Bar reinzufeiern.« Sie kicherte nervös.

»Was? Machst du Witze?« Jo trat vor den Spiegel und prüfte seine Fliege zum hundertsten Mal. »Ich kann mir nichts Geileres vorstellen, als dort heute mitzufeiern und dann noch live zu performen.« Er zupfte weiter an seinen Klamotten.

Sophie blickte ihn enttäuscht an. Sie wusste, dass er das auch genau so meinte. Dass sie dabei war, war für ihn der Bonus, aber er wäre auch ohne sie ziemlich glücklich über den Abend. Ein süßlicher Schmerz stach in ihrem Herzen. Es würde sich nichts ändern mit ihm. Niemals. Dass sie nun offiziell die Frau an seiner Seite war, machte es nicht besser. Ganz im Gegenteil.

Um 18 Uhr ging es los. ›DTA‹ wurde von einer Limousine abgeholt. Die Jungs waren total aufgekratzt und öffneten den gekühlten Champagner. Sophie war nicht nach Alkohol zu Mute. Sie wusste, dass die Kombination aus Alkohol und Stress zu heftigen Kopfschmerzen führen konnte. Und Stress würde sie heute Abend ganz sicher erfahren. Also würde sie es mit dem Trinken lassen.

Als die sechs die ›Lanxess-Arena‹ erreichten, herrschte dort schon reger Trubel. Joshua zog sie an der Hand hinter sich her. Bereits vor dem Eingang stürzten sich eine Handvoll Reporter auf die Band und stellten eine Menge Fragen. Die Jungs teilten sich auf. Die Fragen an Joshua und Sophie waren privater Natur. Jo schaffte es, jede höflich nicht zu beantworten. Sophie lächelte in die Kameras und fühlte sich unwohl. Endlich waren sie im Innenbreich, und sie entspannte sich ein wenig. Vielleicht wäre ein Glas Sekt doch hilfreich gewesen.

Um sie herum passierte sehr viel. Zuschauer, andere Acts und Prominente füllten die Arena nach und nach, doch Sophie hielt sich die gesamte Zeit im VIP-Bereich auf und versuchte, in Joshuas Nähe zu bleiben. Das war gar nicht so einfach, die Band wurde von Mark vielen verschiedenen Leuten vorgestellt und die Jungs einzeln in diverse Gespräche verwickelt. Natürlich wimmelte es nur so von Reportern und auch sie nutzten jede Gelegenheit, die anwesenden Promis zu interviewen.

Ein Typ fiel Sophie auf. Sie schätzte ihn auf Mitte dreißig. Er trug seine dunkelbraunen Haare streng zurückgegelt und eine auffällige schwarze Brille. Passend zu dem Anlass trug er einen silbernen Anzug inklusive silberner Krawatte. Ohne ein Wort mit ihm gewechselt zu haben, entschied Sophie, ihn doof zu finden. Seine Ausstrahlung war unsympathisch. Gerade als sie zu ihm rüberblickte und ihn beobachtete, schaute er ebenfalls zu ihr. Der Reporter nahm Augenkontakt auf und prostete ihr mit seinem Sektglas zu. Sophie nickte und drehte sich weg. Sie hielt Ausschau nach Joshua, als ihr jemand von hinten auf die Schulter tippte.

»Guten Abend. Ich glaube, wir wurden uns noch nicht vorgestellt.«

Sophie schaute in die grauen Augen des Reporters.

»Ich bin Ulli.« Der Typ hielt ihr nicht die Hand hin, erwartete aber, dass sie sich ihm ebenfalls vorstellte.

»Sophie«, antwortete sie höflich.

»Und Sophie, mit wem bist du hier?« Er zückte einen kleinen Block und einen teuer aussehenden Kugelschreiber.

Unsicher leckte sie sich über die Lippen und schaute nach Josh. Doch der unterhielt sich gerade mit einem grauhaarigen Mann, der einflussreich aussah. Das musste sie jetzt wohl alleine hinbekommen.

»Ich bin mit Joshua hier, dem Drummer von ›DTA‹.« Es war seit knapp zwei Wochen öffentlich, das durfte sie ihm sagen.

»Ah.« Ullis Gesicht hellte sich auf. Er schien sie irgendwie schon zu kennen. »Du bist das also. Interessant.«

Sophie fühlte sich unbehaglich. Er stellte ihr eine Menge komische Fragen darüber, wie sie Joshua kennengelernt hatte. Ulli wollte sich nicht damit vergnügen, dass die beiden sich nach einem Konzert zufällig über den Weg gelaufen waren.

»Komm schon, du bist hübsch, keine Frage, aber an dir muss doch noch etwas Besonderes sein, etwas, das Joshua besonders gefesselt hat.« Der Reporter schaute ihr tief in die Augen.

Sophie überlegte, bisher hatte noch niemand diese Aussage angezweifelt. »Ich weiß nicht, worauf Sie hinauswollen.«

Ulli schwieg und sah sie eindringlich an. Was immer er vorhatte, es gelang ihm, dass Sophie sich immer unwohler fühlte. »Ach komm Sophie, wir brauchen doch keine Spielchen spielen.« Ullis Ausdruck wurde kälter.

Joshua unterhielt sich mit einem erfolgreichen Produzenten aus England, als er sah, wie ein schmieriger Typ Sophie anquatschte. Höflich versuchte er, das Gespräch so schnell es ging, zu beenden. Ihm war zwar nicht egal, was Mark alles erwartete, jedoch hatte er das Wichtigste gesagt und gefragt, und nun würde er sich um seine Prinzessin kümmern. Mit festem Schritt ging er auf die beiden zu und stellte sich neben seine Freundin.

»Guten Abend«, sprach er den Reporter an. »Joshua Streta.«

»Ulli Dehn.« Diesmal streckte er die Hand aus. Jo griff fest zu.

»Ich müsste ihnen meine Begleitung entführen, wir werden erwartet.« Josh lächelte höflich und schob Sophie sanft vor sich her. Er sagte kein Wort zu ihr, sie fragte nicht. Als die beiden außer Sichtweite von dem Typen waren, blieben sie stehen.

»Danke.« Sophie schaute zu ihm auf und grinste. »Der Typ war blöd, und er glaubt nicht, dass wir uns nach einem Konzert kennengelernt haben.«

»Vergiss ihn, Süße.« Er küsste ihre Stirn. »Der erhofft sich nur etwas Interessantes. Bei uns wird er es nicht finden.«

Sie lehnte sich an seine Brust. »Ich habe Hunger, kriegen wir hier auch etwas zu essen?«

»Natürlich, aber erst in«, Jo schaute auf seine Uhr, »20 Minuten. Die bauen dort hinten in dem Raum ein Buffet auf. Komm, wir suchen die anderen.«

Hand in Hand sahen die beiden sich im gesamten VIP-Bereich um. Sophie wunderte sich darüber, dass sie hier kaum Personen erkannte. Angeblich alles Menschen, die irgendwie im öffentlichen Leben standen, jedoch machten sich die meisten selbst wichtiger, als sie es waren. Die Frauen, die Sophie sah, gingen arrogant umher und posierten vor jeder Kamera. Sehen und gesehen werden, darum schien es hier zu gehen. Bereits jetzt taten ihr die Füße von den unbequemen Pumps weh. Schon jetzt freute sie sich auf das Ende der Veranstaltung. Sie gehörte nicht hierher.

Genervt schaute Sophie gegen halb elf auf die Uhr. Mittlerweile hatte sie gegessen und noch drei weitere Gläser Sekt getrunken. Von Jo war seit über einer Stunde keine Spur. Der gesamte VIP-Bereich war vollkommen überlaufen. Wer waren diese ganzen Leute? Während sie sich umschaute und Jo suchte, entdeckte sie Ulli wieder. Er lief mit seiner Kamera umher und fotografierte hübsche Frauen in engen und kurzen Kleidern. Sie kratzte sich am Kinn. Wo steckten die Jungs bloß alle?

Ziellos streifte sie weiter durch die Arena. Im Gastro-Bereich entdeckte sie, dass der Nachtisch serviert wurde. Sophie ergatterte ein Mousse au Chocolat. Die Speise war so lecker, dass sie sich im Anschluss noch ein zweites Gläschen holte. Sie hoffte, dass es niemand bemerkte. Um Viertel nach elf ging sie auf Toilette. Unglaublich, dass Joshua unauffindbar war. Sie checkte ihr Handy. Keine Nachricht. Sie lächelte sich im Spiegel an, um zu prüfen, ob sie Schokolade zwischen den Zähnen hatte. Doch ihr Gebiss sah einwandfrei aus. Sie entschied, Jo anzurufen. Nach dem dritten Klingeln ging er dran. Doch es war so laut im Hintergrund, dass die beiden kein Wort miteinander austauschen konnten.

Sophie ging zurück in den VIP-Bereich und begann, eine SMS zu tippen. Sie wollte, dass er sich vor den Waschräumen-Süd mit ihr traf. Gerade als die SMS versendet war, stand Ulli vor ihr.

»Sophie, wie schön, dass ich Sie noch einmal treffe. Wir sind vorhin leider unterbrochen worden.« Er grinste sie an.

Sophie fand, dass es falsch aussah.

»Ich würde gerne noch einmal mit Ihnen über die Kennenlernphase sprechen.« Er kam ihr aufgrund des Lärmpegels sehr nah.

»Ich habe nichts Weiteres hinzuzufügen.« Sophies Ton war kühl.

»Wirklich? Ich könnte mir vorstellen, dass vielleicht gewisse andere Umstände auf Sie aufmerksam gemacht haben.« Sein Lächeln wurde kälter. »Etwas, womit Sie Joshua vielleicht berührt haben?«

Sophie schüttelte den Kopf. »Ich weiß nicht, worauf Sie hinauswollen.« Ihr Herz pochte unter der Brust. Der Typ schien etwas in der Hinterhand zu haben.

»Na ja, nehmen wir zum Beispiel Ihre Krebserkrankung. Hat Joshua davon gewusst? Hat ihn das nicht vielleicht beeinflusst, Ihnen mehr Aufmerksamkeit zu schenken als anderen Frauen?«

Wie vom Donner gerührt stand Sophie vor ihm. Unfähig, ihm auf diese Fragen zu antworten, suchte sie Halt. Ulli schrieb wölfisch grinsend in seinen Block.

»Interessant. Also stimmt das mit dem Krebs. Sagen Sie, Sophie, leiden Sie noch immer unter Beschwerden? Tragen Sie Ihre Haare aus dem Grund kurz? Wie fühlt Joshua sich damit zu wissen, dass seine Freundin jederzeit wieder schwer erkranken könnte? Wie fühlt es sich für Sie an? Wie war es vor der Operation, hatten Sie Angst zu sterben? Haben Sie Joshua vielleicht dadurch zu einer Entscheidung gedrängt?«

Die Fragen hämmerten auf Sophie ein, doch sie war unfähig zu sprechen, sich zu verteidigen. Dass dieser Typ sie hier so unverfroren mit ihrer Vergangenheit konfrontierte, überforderte sie völlig. Joshua kam nicht, um ihr zu helfen. Ihr wurde übel, sie fühlte sich einer Ohnmacht nahe.

»Stimmt es, dass Joshua sich verpflichtet fühlt, bei Ihnen zu sein? Wecken Sie in ihm seinen Beschützerinstinkt? Soweit ich weiß, arbeiten Sie nicht. Leben Sie bei Joshua? Finanziert er Ihren Unterhalt? Oder steuern Ihre Eltern noch etwas bei?«

Sophie starrte den Kerl an. »Woher wissen Sie ...?«, stammelte sie. Um Sophie herum brach alles zusammen. Schmerzen hämmerten in ihrem Schädel, ihr Herz pochte wild, ihr Puls raste. Sie fühlte sich schwach und zittrig, und doch stand sie hier alleine und musste diese Fragen über sich ergehen lassen. Langsam begann der Boden, sich zu drehen. Sie murmelte eine Entschuldigung und verschwand auf der Damentoilette. Auf dem Waschbecken stützte Sophie sich einen Moment ab, doch ihr wurde übel. Mit schweren Beinen schleppte sie sich in eine Kabine, beugte sich über die Schüssel und übergab sich. Sie achtete darauf, das Kleid nicht zu beschmutzen. Bis zehn Minuten vor zwölf blieb sie in den Waschräumen. Joshua ging nicht an sein Telefon, und auf ihre SMS reagierte er ebenfalls nicht. Sophie stand unter Schock und wollte unbedingt nach Hause. Tränen der Wut und der Hilflosigkeit waren ihr über die Wangen gelaufen. Die Wimperntusche hinterließ schwarze Spuren. Sie konnte unmöglich den restlichen Abend hier verbringen, nach feiern war Sophie sowieso nicht mehr zumute.

Mit einem Taschentuch brachte Sophie ihr Gesicht so gut es ging in Ordnung, um das WC verlassen zu können. Vorsichtig öffnete sie die Tür und spähte nach draußen. Von Ulli war keine Spur, von Jo allerdings auch nicht. Der VIP-Bereich hatte sich geleert, die Aufmerksamkeit verlagerte sich auf den Innenraum der Arena.

Sophie stahl sich in die kalte Winternacht. Unbemerkt verließ sie den Veranstaltungsort und lief planlos durch die Straßen. Um Punkt zwölf versuchte sie erneut, Joshua anzurufen, doch es kam keine Verbindung zu Stande. Ihm musste doch aufgefallen sein, dass sie nicht da war. Sie hatte ihm von der Toilette aus sechs SMS geschickt und ihm geschrieben, was passiert war. Wieso war er nicht sofort zu ihr geeilt? Die Tränen liefen erneut. Es war Silvester, Mitternacht, und Sophie stand alleine in Köln auf der Straße, in einem schicken Kleid, in Pumps und fror. Der Abend war gründlich schief gelaufen.

Es hatte 20 Minuten gedauert, bis sie ein Taxi ergatterte. Als sie in der WG ankam, zog sie sich aus und ging unter die Dusche. Von dem Make-up befreit und wieder in ihren gewohnten Klamotten setzte sie sich vor Joshuas PC. Noch immer hatte er sich nicht bei ihr gemeldet. Diese Tatsache machte ihr etwas klar: Jo war im Rausch.

Mark stellte der Band den gesamten Abend über interessante Songwriter und Künstler sowie einflussreiche Produzenten vor. Es war das Größte, an diesem Abend hier sein zu dürfen und sich mit den Leuten zu unterhalten. Viele wichtige Gespräche wurden geführt. Visitenkarten und Ideen ausgetauscht. Die Jungs freuten sich wie kleine Kinder an Weihnachten. Und das Beste, nämlich der Live-Auftritt, würde erst noch kommen.

Joshua hatte registriert, dass Sophie ihn zu erreichen versucht hatte. Doch in dem Moment war es ungünstig, und so schaltete er sein Handy stumm. Mit ihr würde er später reden, sie würde ihn sicher verstehen. Mark verhandelte gerade mit einem Eventveranstalter darüber, dass ›DTA‹ im kommenden Frühjahr bei einem Charitykonzert in New York auftreten durfte. Was konnte sie jetzt schon so Wichtiges haben?

Dass er sie um Mitternacht nicht ihm Arm halten konnte, fand er zwar blöd, aber Jo war bereit, Opfer für die Karriere zu bringen. Sophie musste das einfach verstehen. Er hoffte, dass sie trotzdem Spaß auf der Party hatte. Was sagte Nicki immer? Sophie würde auch ohne ihn klarkommen.

Sie dachte darüber nach, ihre Eltern anzurufen. Sie vermisste die beiden sehr und war noch immer aufgewühlt wegen dieses Reporters. Gerne hätte sie ihnen von dieser unangenehmen Begegnung berichtet. Doch sicherlich würden Inge und Martin eine Menge Fragen stellen und sich wundern, dass sie nicht mehr in der ›Lanxess-Arena‹ war. Ihr Vater würde sofort feststellen, dass Joshua nicht bei ihr war.

Sie loggte sich in ihren E-Mail-Account ein. 43 neue Nachrichten. Ohne jede einzeln anzuschauen, klickte sie auf den Befehl, alle zu löschen. Kurz bevor sie die Aktion bestätigte, entdeckte sie allerdings die E-Mail von Roman. Auf ihrer Stirn bildeten sich zwei Falten. Sie klickte die Mail an und las seine kurze Nachricht. Ihr wurde ein wenig wärmer ums Herz. Seine lieben Worte spendeten ihr Trost. Neugierig öffnete sie den Anhang und las das Gedicht, welches er ihr mitgeschickt hatte. Ihr Lächeln verblasste langsam. Sie las es ein zweites Mal. Die Tränen kehrten zurück, und diesmal ließ sie es zu. Hemmungslos weinte sie. Weinte über die gemeinen Fragen des Reporters, darüber, dass Joshua sie im Stich gelassen hatte und darüber, dass sie Roman einfach hatte gehen lassen. Sie weinte, da sie jetzt feststellte, wie sehr sie ihn liebte. Jetzt erst, da es vielleicht schon zu spät war?

MÄRZ 2011 »Ich freue mich wirklich sehr, dass Sie bald wieder bei uns anfangen werden.« Sophies Chef lächelte freundlich. »Ich hoffe, Sie fühlen sich genau so wohl hier wie früher.«

Sophie unterschrieb den Arbeitsvertrag und schob ihn über den Schreibtisch. »Ich bin auch sehr glücklich, dass Sie es mir so schnell möglich machen. Ich freue mich schon darauf, wieder hier anzufangen.«

»Glauben Sie mir, der erste April kommt schneller, als Sie denken.« Er zwinkerte ihr zu.

»Das glaube ich sofort.« Sophie nahm ihre Kopie entgegen und verabschiedete sich.

Es war der 8. März. Sie verließ das Gebäude und trat in die Märzsonne. Die Zeit verging wirklich rasend schnell. Doch sie erinnerte sich, dass sie das jedes Jahr so empfand. Eben war noch Silvester, und schon war der Januar vergangen. Noch während man sich fragte, wo die Zeit geblieben war, durchlief man mechanisch den Februar.

Der Januar war besonders unschön gewesen. ›Beschissener kann ein Jahr eigentlich gar nicht anfangen‹, dachte sie nun.

Ihre Mutter hatte sie ermutigt: »Dann kann es wenigstens nur noch bergauf gehen.« Tja, da hatte Inge ausnahmsweise mal recht.

Sophie lief die 20 Minuten zu ihrer neuen Wohnung zu Fuß. Damit hatte sie richtig Glück gehabt. Die Zwei-Zimmer-Wohnung lag im schönen Dichterviertel. Sie wurde von einem älteren Ehepaar privat vermietet, und so musste Sophie keine Maklerprovision bezahlen. Selbst bei der Kaution waren sie sehr nachsichtig mit ihrer Situation gewesen. Die Wohnung lag im ersten Stock und war sehr hell. Das schöne Laminat und die weiß gestrichenen Wände trafen genau Sophies Geschmack. Bereits seit dem ersten Februar wohnte sie hier, jedoch fehlten noch etliche Gegenstände und Möbel, auf die Sophie bereits ein Auge geworfen hatte. Sie schloss die Wohnungstür auf und betrat das gemütliche Apartment. Auf ihrem Anrufbeantworter im Flur blinkte ein Licht. Während sie ihre Schuhe auszog und ihren Mantel aufhängte, hörte sie die Nachricht ab. Sie war von Joshua und Sophie lächelte.

»Hallo, Prinzessin, ich, äh, ich hoffe, ich darf dich noch so nennen. Wie geht's dir denn? Dein Job fängt bald an, oder? Also ich wollte mich nur melden und dich noch mal daran erinnern, dass wir nächsten Freitag nach New York fliegen. Wir dürfen doch bei dem Charitykonzert auftreten, und Mark hat noch ein paar andere coole Termine für uns organisiert.« Sophie lächelte und blieb vor dem Apparat stehen. »Äh, ich würde dir die Details gerne erzählen, wenn wir mal wieder quatschen. Ruf mich zurück, wenn du Zeit und Lust hast. Heute wäre noch gut, morgen habe ich mehrere Termine und sicherlich mein Handy aus. Ich, ja, das war es eigentlich. Also, wäre schön, wir hören uns noch mal, bevor wir fliegen. Viele Grüße auch von Nicki. Mach's gut.« Ein langer Piepton beendete seine Nachricht.

Sophie schaute auf die Uhr, sie würde ihn später zurückrufen. Sie ging in die Küche und machte sich ein Sandwich. Mit dem Teller setzte sie sich an den kleinen runden Küchentisch und schlug die Zeitung auf. Es war angenehm, endlich kein Thema mehr zu sein.

Im Januar war die Story von Ulli erschienen. Widerlich und ekelhaft hatte er ihre Krebserkrankung ausgeschlachtet, dramatisiert und öffentlich gemacht. Die Infos hatte er einer geschwätzigen Krankenschwester entlockt, die zu der Zeit, als Sophie dort noch auf Station lag, erkannt hatte, dass Joshua jeden Tag dort war. Nicht nur, dass jeder Bekannte und Freund nun von Sophies Leid erfuhr, die Story stellte die Beziehung zwischen ihr und Jo völlig falsch dar. Ulli Dehn sorgte dafür, dass Joshua als Opfer aus der Sache hervorging. Sophie hatte ihn mit ihrer Erkrankung getäuscht, erpresst, emotional unter Druck gesetzt.

Da sich die Auswirkungen ebenfalls für ›DTA‹ negativ gestalteten, schaltete Mark einen Anwalt ein. Tatsächlich wurden eine Richtigstellung sowie eine unbedeutende Entschuldigung von Ulli Dehn gedruckt. Doch es half nicht viel: Sophie hatte ihren Ruf - und der war nicht sonderlich gut.

Sophie aß ihr Sandwich auf, und eine Gänsehaut schüttelte sie. So etwas wollte sie nie wieder erleben. Sie brachte ihren Teller in die Küche und stellte ihn in die Spüle. Dass sie sich mit Joshua noch so gut verstand, machte sie glücklich. Sophie kannte nicht viele Fälle, bei denen sich Freundinnen noch mit ihrem Ex-Freund verstanden.

Jo war am 1. Januar gegen zehn Uhr am Morgen totmüde nach Hause gekommen. Sie hatte ihn schlafen lassen und am Abend mit ihrer Entscheidung sowie einem ausführlichen Gespräch konfrontiert. Es war eine sachliche Aussprache geworden.

»Du machst Schluss.« Joshua fasste ihre Ansprache zusammen. Ungläubig sah er sie an und schüttelte den Kopf. Sie sah Tränen in seinen Augen glitzern.

»Ja.« Sophie wunderte sich darüber, dass ihr in diesem Moment überhaupt nicht nach weinen zumute war. Die Beziehung war gescheitert. Doch es fühlte sich richtig an, als würde sie endlich wieder einen Schritt in die richtige Richtung gehen.

»Süße, ich versteh das einfach nicht. Es lief doch alles perfekt mit uns.« Jo lief im Zimmer hin und her.

»Josh, es läuft perfekt für dich. Für mich läuft es überhaupt nicht perfekt. Ich bin nicht geschaffen für so ein Leben. Ich stagniere. Ich will aber mehr, ich fühle es einfach nicht mehr, … das mit uns. Ich fühle es nicht mehr.«

»Aber das ist doch jetzt nicht wegen des Reporters letzte Nacht? Ich gebe zu, ich hätte dich anrufen sollen, aber …«, Jo versuchte, sich zu erklären.

»Kein Aber. Genau das ist es. Josh, du bist heute um zehn Uhr nach Hause gekommen. Du hast die ganze Nacht gefeiert und deinen Spaß gehabt. Es ist deine Welt, das ist, was du willst. Wo ich mich aufgehalten habe, war dir in dem Moment nicht so wichtig. Ich kann aber nicht immer nur hier sein und dir das Bett warm halten. Ich kann nicht dein Kummerkasten oder Gute-Laune-Bär sein.« Sophie sprach ganz ruhig. »Weißt du, Nicki hatte nach der Trennung von Linda etwas zu mir gesagt, das hat mich darüber nachdenken lassen, was ich eigentlich will. Ich hatte eine Vorstellung von einem Leben mit dir, als deine Freundin. Es ist nicht so gekommen, wie ich mir das gewünscht hätte. Ich habe wirklich viel gekämpft, aber ich möchte nun meine Entscheidung neu treffen. Ich möchte eine neue Wahl treffen. Kannst du das verstehen?«

Er sah ihr in die Augen. »Natürlich kann ich das. Alles, was du sagst, verstehe ich. Ich kann dir nicht mal widersprechen. Ich finde es nur so … traurig.« Er nahm sie in den Arm. Sie spürte, dass er sich Mühe gab, sich zu beherrschen. Minutenlang hielten sie sich fest.

»Was hast du jetzt vor?«, fragte er anschließend.

»Ich werde wieder in meiner alten Firma anfangen. Ich werde mir auch eine eigene Wohnung suchen. Ich muss unbedingt etwas für mich tun.«

»Das ist schön!« Joshua drückte sie noch etwas fester.

»Sophie«, sagte er schließlich, »ich möchte, dass du weißt, dass ich dich wirklich liebe. Aber ich liebe meinen Job ebenfalls. Es tut mir leid, wenn du darunter gelitten hast.«

Dankbar sah sie ihn an. »Das ist lieb. Du sollst deinen Job lieben, das musst du, sonst packst du ihn nicht.«

Er nickte und ging ans Fenster. »Ich möchte dich nicht verlieren. Du bist der einzige Mensch auf der Welt der mich hundertprozentig kennt.«

Sophie stellte sich neben ihn und nahm seine Hand. »Dann lass uns doch Freunde bleiben.«

Jo drehte den Kopf zu ihr und blickte sie mit hochgezogenen Augenbrauen an. »Dass ein Mädchen diesen abgedroschenen Spruch mal zu mir sagt, hätte ich auch nicht geglaubt.«

Die beiden brachen in Gelächter aus. Bei Sophie stahlen sich zwei Tränen davon.

»Lachst du noch oder weinst du schon?«, fragte Jo und strich ihr zärtlich die Tropfen fort.

Sophie biss sich auf die Lippe und murmelte: »Beides.«

Joshua küsste sie ein letztes Mal.

»Ich weiß nicht ob das klappt, aber ich würde mich freuen, wenn wir einfach versuchen, Freunde zu sein.«

Sophie nickte. »Darüber würde ich mich auch freuen.«

Erstaunlicherweise funktionierte es gut. Joshua war eben wie er war. Er liebte sich selbst, er liebte seinen Job, und dann kam ganz lange gar nichts. Die Trennung von Sophie machte ihn traurig, jedoch änderte sich für ›DTA‹ in diesem Jahr sehr viel. Ein drittes Album sowie eine Clubtour in den USA folgten. Privatleben: kaum vorhanden. Eine gute Freundin war genau das, was Joshua brauchte.

Nick war mit Sophie und Jo zusammen zum Bahnhof gefahren. Ihn traf diese Trennung hart.

»Ihr wart echt mein Traumpaar. Ich dachte, euch kann nichts auseinander bringen.« Nick schaute von Sophie zu seinem Kumpel. Josh schwieg auffallend. Er trug zwar Sophies Tasche, doch er war die gesamte Fahrt zum Bahnhof abwesend.

»Leider klappt das nicht immer alles so, wie man sich das wünscht.« Sophie drückte Nicks Hand. »Wenn ich ehrlich bin, gab es mehrere Anzeichen.« Sie dachte wieder an den Moment vor der Haustür zurück. Eigentlich hätte sie schon da merken können, dass nicht alles in Ordnung war. Hätte Nicklas sie in diesem Moment geküsst, hätte sie es zugelassen. Gab es noch deutlichere Warnsignale?

Am Bahnsteig hob Joshua ihre Tasche in den Wagon und verstaute sie auf der Gepäckauflage. Danach verließ er den Zug und stellte sich neben seinen Freund.

»Bitte, lass uns trotzdem Freunde bleiben.« Mit glitzernden Augen hatte Nick Sophie angesehen. Ihr ging dieser Moment ebenfalls sehr nahe.

»Für immer!«, flüsterte sie und drückte ihn fest.

Rücksichtsvoll entfernte sich Nicklas und ging zwei Kaffee holen. Sophie und Joshua sahen sich an. Keiner wusste so recht, was er dem anderen sagen sollte.

»Wir telefonieren?« Jo fühlte sich nicht wohl und wollte, dass Sophie einfach abfuhr.

»Ich melde mich, wenn ich bei meinen Eltern bin.« Sie nickte.

»Dann war es das also?« Sein Blick war hart und wütend.

Sophie konnte ihn verstehen, doch es gab kein Zurück.

»Nein, keep in touch, weißt du noch?« Sie lächelte ihn an.

Josh biss sich auf die Lippe. Das Letzte, was passieren sollte, dass er vor ihr weinte. Er nickte. »Klar.«

Sie trat einen Schritt auf ihn zu und umarmte Jo. Erst wollte er die Umarmung nicht erwidern, doch schließlich schloss er sie ebenfalls fest in seine Arme. Einen letzten Kuss drückte er ihrem Haar auf und murmelte: »Gute Fahrt, Kleines.«

Über Lautsprecher wurden alle Fahrtgäste gebeten, nun einzusteigen. Sophie betrat den Wagon und schritt selbstsicher zu ihrem Platz. Ein Lächeln umspielte ihre Mundwinkel. Es fühlte sich richtig an. Sie freute sich auf Frankfurt, auf ihr Zuhause. Dies war seit langem ein Schritt in die wirklich richtige Richtung. Sophie spürte es mit jeder Faser ihres Körpers.

Joshua blieb traurig am Bahnsteig zurück. Nick kam mit zwei Bechern in der Hand auf ihn zu. Aufmunternd klopfte er seinem Freund auf die Schulter. Doch er sagte nichts. Die beiden Männer gingen durch den Haupteingang hinaus und nahmen sich ein Taxi. Schweigend nippte Jo an seinem Kaffee und sah aus dem Fenster. Nick überlegte, was er sagen konnte. Doch was hätte die Situation verbessert? Sophie war gegangen, das war endgültig.

»Denkst du, es war ein Fehler?« Nick hielt das Schweigen nicht mehr aus.

Jo sah ihn nicht an. »Was meinst du?«

»Das du ihr den Song geschrieben und eure Beziehung öffentlich gemacht hast. Vorher lief alles so rund bei euch.« Nicklas fand, dass das der Knackpunkt der Geschichte war.

Doch Joshua schüttelte entschieden den Kopf.

»Das war kein Fehler. Vielleicht war das der Auslöser. Oder ein Auslöser. Aber Fakt bleibt, dass es mit uns nicht gut gegangen wäre.« Jo hatte sich wieder unter Kontrolle.

»Wie kannst du das denn sagen?« Nick war fassungslos.

Jo dachte einen Moment nach. »Wenn das jetzt nicht passiert wäre, dann vielleicht in einem Jahr. Oder in fünf. Wer weiß das schon? Sophie hätte ihr Leben verpasst. Hätte alles für mich zurückgestellt. Für was? Um dann zu merken, dass sie das Leben nicht führen will? Sie fühlt sich nicht wohl damit. Und das kann ich verstehen. Aber ich will das, weißt du, ich will das unbedingt!«

So hatte Nick das Ganze noch gar nicht betrachtet.

»Aber weißt du, was mich wirklich verrückt macht, Nick?« Josh sah den Bassisten an. Dieser zuckte mit den Schultern.

»Auf der einen Seite bin ich echt, … ich bin … ja, ich bin traurig über Sophies Entscheidung. Wirklich endlos traurig. Sie hat Gefühle in mir geweckt, ich hätte nie gedacht … ich glaube, wir alle hätten nie gedacht, dass ich so für eine Frau empfinden kann. Ich liebe sie, das weiß ich. Aber auf der anderen Seite liebe ich meinen Job, die Band, das, was wir machen. Vielleicht sogar noch ein bisschen mehr. Ich weiß nicht wie ich mich entschieden hätte, wenn Sophie mich vor die Wahl gestellt hätte.«

»Welche Wahl meinst du?« Nick blickte ihn an.

»Na, vor die Wahl: Musik oder Freundin.« Jo trank aus seinem Becher. »Ich glaube fast, wir hätten dann heute auch hier gestanden.«

Nicklas ließ diese Aussage auf sich wirken. Es war schon krass, dass Joshua nach allem, was er mit Sophie durchgemacht und erlebt hatte, immer noch die Musik an erster Stelle stellte. Aber so war er halt! Und das hatte Josh schon immer ausgemacht, so lange er ihn kannte.

»Sie hat es sicher gewusst«, meinte er abschließend.

»Was?«, fragt Jo.

»Wie du dich entschieden hättest. Dich vor die Wahl zu stellen, wäre auch nicht Sophies Stil gewesen. Sie hat dich, sie hat uns, immer unterstützt. So eine Entscheidung von dir zu verlangen, wäre einfach nicht ihre Art gewesen.« Nick nippte an seinem Becher, der Kaffee war kalt.

»Ja, du hast recht.« Jo schaute wieder aus dem Fenster. Das Taxi bog gerade um die letzte Kurve und hielt vor ihrem Haus.

»Ich werde sie wirklich sehr vermissen.« Nick wurde traurig bewusst, dass Sophie wohl nie mehr zu ihnen in die WG kommen würde. Joshua bezahlte die Fahrt und stieg aus. Gemeinsam gingen sie auf den Hauseingang zu.

»Ich auch!«

Die gesamte Zugfahrt über war Sophie entschlossen und fast schon fröhlich gewesen. Insgeheim schämte sie sich ein wenig für ihr Empfinden, denn sie fand es Joshua gegenüber nicht fair. Es war ihr nicht entgangen, wie traurig er war, doch sie war richtig glücklich mit dieser klaren Entscheidung und blickte erwartungsvoll auf die Ankunft in Frankfurt.

Ihre Eltern holten sie gemeinsam vom Bahnhof ab. Das hatten sie schon lange nicht mehr getan. Als Inge ihre gutgelaunte Tochter in die Arme schloss, war sie überrascht.

»Schatz, ich habe dir eine heiße Schokolade mitgebracht.«

Sophie lächelte. »Danke Mama, das ist total lieb.«

Martin übernahm die Tasche seiner Tochter. Während sie gemeinsam zum Auto gingen, biss er sich zehn Mal auf die Zunge. Er wollte seinen Hab-ich-dir-doch-gleich-gesagt-Spruch unbedingt zurück halten. Die gute Stimmung, in der Sophie war, überraschte ihn ebenso wie seine Frau, und er wollte das nicht kaputt machen. Vielleicht war es auch gar nicht notwendig, das zu sagen. Sophie schien von alleine zur Besinnung gekommen zu sein. Die Artikel in den Zeitungen bereiteten ihm allerdings Bauchschmerzen. Er fragte sich, wie viel seine Tochter von dem Mist schon gelesen hatte.

Als die Familie in der Wohnung ankam, ging Sophie unter die Dusche. Anschließend schlüpfte sie in ihre Wohlfühlklamotten und ging nach unten in die Küche. Ihre Mutter bereitete gerade ihr Lieblingsessen vor.

»Mama, das machst du extra für mich?« Sophie naschte von der Soße.

»Natürlich, Liebes. Ich freue mich doch, dass du wieder hier bist.« Inge schaute ihre Tochter unbehaglich an. »Darf ich das denn so sagen? Ich meine, ich finde es schade, dass du dich von Joshua getrennt hast, ich mochte ihn wirklich. Er hat ein gutes Herz. Trotzdem finde ich es schöner, dich wieder hier in der Nähe zu haben.«

Sophie schaute ihrer Mutter in die Augen. »Natürlich darfst du das sagen.« Sie seufzte. »Joshua ist ein guter Kerl. Er liebt die Musik und seine Arbeit allerdings mehr, als alles andere auf der Welt. Ich muss selbst erst mal das finden, was ich so sehr liebe.«

Inge lächelte. »Das wirst du sicher.«

Martin betrat die Küche. »Sophie, schau doch mal hier, die Anzeige.« Er hielt ihr den Immobilienteil der Tageszeitung unter die Nase. »Ein Paar vermietet eine kleine Wohnung im Dichterviertel. Renoviert, ohne Makler, zwei Zimmer … das hört sich doch gut an. Magst du nicht gleich anrufen?«

Das tat sie und ergatterte den ersten Besichtigungstermin noch am gleichen Nachmittag. Nach dem Essen machte Martin sich mit seiner Tochter auf den Weg zu der Wohnung. Das ältere Ehepaar war sehr nett und von Sophie als Mieterin direkt angetan. Sich alles anzuschauen und über die Details zu sprechen, wurde zur Nebensache, als der Mann Sophie aus der Zeitung erkannte.

»Ach, Kindchen, das tut mir ja so leid, wie das gelaufen ist. Dieser Reporter, also es gibt einfach so Menschen.«

»Das ist schon okay«, versicherte Sophie lächelnd.

»So etwas Privates gehört ja auch gar nicht in die Presse«, pflichtete die Ehefrau bei. »Ist denn sonst alles in Ordnung bei Ihnen?«

Sophie war es unangenehm, mit diesen Fremden über das Thema zu sprechen. Zumal sie doch die neuen Vermieter werden sollten. Also versicherte sie noch einmal, dass es ihr mehr als gut ginge und die Darstellung in den Zeitschriften nur Schmierereien sein. »Ich kann Ihnen versprechen, dass keine Rockstars hierher zu Besuch kommen werden und die schöne Wohnung verwüsten.« Sophie lächelte charmant.

Um den Vermieter war es vollends geschehen. »Wissen Sie, Fräulein, ich möchte Ihnen die Wohnung wirklich gerne vermieten. Irmgard, hast du Einwände?« Er nahm seine Frau an die Hand.

»Nein, Klaus, ich bin einverstanden.« Die ältere Dame umarmte Sophie.

Nachdem ein mündlicher Vertrag geschlossen wurde, sagte sie später im Auto zu ihrem Vater: »Oh, Mann, ich kann das kaum glauben. Ich bin gerade heute erst angekommen und habe schon eine Wohnung gefunden.«

Martin spürte ihre enorme Freude. »Ja, das ist doch ein gutes Zeichen. Als hätte es genau so sein sollen.«

Glücklich schaute Sophie aus dem Fenster. Am ersten Februar konnte sie schon einziehen, den Mietvertrag bekam sie in den nächsten Tagen per Post.

Sophie ging zu ihrem PC und loggte sich in ihrem E-Mail-Account ein. Keine neuen Nachrichten. Traurig seufzte sie. Jeden Tag wünschte sie sich, dass Roman seine Meinung ändern würde. Nachdem sie Mitte Januar den Mietvertrag unterzeichnet vorliegen hatte, schrieb sie ihm eine ausführliche E-Mail. Sie schilderte ihm die katastrophale Silvesternacht, erzählte von dem Reporter, dass sie sich von Joshua getrennt hatte und nun wieder in Frankfurt wohnte. Abschließend entschuldigte sich bei ihm, dass sie ihre Erkrankung vor ihm geheim gehalten hatte. Dass er es aus der Presse erfahren hatte, war ein sehr unglücklicher Umstand. Doch nachdem er ihr vom Tod seiner Mutter berichtet hatte, brachte sie es nicht übers Herz, ihre eigene Geschichte zu erzählen. Des Weiteren war die Erkrankung für sie ein schweres Thema, über das sie nicht gerne sprach. Es wurde eine lange E-Mail. Am Ende nahm sie all ihren Mut zusammen und bat ihn um ein Date. Sie hoffte auf eine zweite Chance.

Im Dezember noch war Roman enttäuscht gewesen, dass Sophie auf seine E-Mail nicht reagierte. Da er nicht wusste, dass sie die Nachricht gar nicht gelesen hatte, fand er es arrogant, dass sie ihm nicht ebenfalls alles Gute wünschen konnte. Seine Wut auf Sophie wuchs.

Silvester feierte er mit Nils und einigen anderen Freunden in einer gemütlichen Kneipe in Frankfurt-Sachsenhausen. Es war ein feuchtfröhlicher Abend, und Roman schaffte es tatsächlich, Sophie für eine Nacht zu vergessen. Gegen halb zwei lernte er an der Theke Carina kennen, mit der er um drei knutschend in einer Ecke versackte. Nils freute sich für seinen Kumpel. Er wusste, dass Sophie Romans Herzen einen Riss verpasst hatte. Als Roman um fünf mit Carina im Arm verschwand, grinste Nils ihnen hinterher.

Doch bereits am nächsten Morgen war Sophie der erste Gedanke in Romans verkatertem Kopf. Ihm war leicht übel, und sein Kopf schmerzte. Stöhnend wälzte er sich auf die Seite und versuchte, sich zu orientieren. In seinem Aquarium schaltete sich über die Zeitschaltuhr automatisch um acht das Licht an. Die Helligkeit reichte aus, um zu erkennen, dass Carina neben ihm lag und friedlich schlief. Diese Tatsache überraschte ihn. Er konnte sich nicht erinnern, dass er sie mit nach Hause genommen hatte. Der Wecker zeigte 08.03 Uhr. Wie lange hatte er geschlafen? Nur zwei Stunden?

Sein Hals war trocken, und er suchte auf dem Boden vor seinem Futonbett nach einer Wasserflasche. Bevor er sie fand, strichen seine Finger über etwas Kleines, Plastikartiges. Verwundert runzelte Roman die Stirn und nahm es in die Hand. Die perforierte Kante verriet ihm, um was es sich handelte. Er hielt die kleine, silberne, aufgerissene Verpackung ins schwache Licht. Ungläubig schaute er noch einmal zu Carina.

Roman warf die Hülle wieder auf den Boden und griff nach seiner Flasche. Leise setzte er sich im Bett auf und trank mehrere große Schlucke. Sollte er sie wecken und bitten zu gehen? Oh, Mann, sein Vater sollte das ganze eigentlich nicht mitkriegen. Anne, die noch zu Besuch war, ganz sicher auch nicht. Er sank wieder auf sein Kissen, und die Müdigkeit überkam ihn. Um Carina würde er sich in einigen Stunden auch noch kümmern können.

Vom Klopfen an seiner Tür wurde Roman geweckt.

»Roman, bist du zu Hause?« Es war sein Vater. »Ich mache Frühstück, wenn du auch warme Brötchen willst, solltest du bald in die Küche kommen.«

Roman zwang sich, die Augen zu öffnen. Carina bewegte sich ebenfalls langsam neben ihm. Ein Blick zum Wecker verriet ihm, dass es Viertel nach zwölf war. Die Wasserleitung rauschte. Anne musste unter der Dusche stehen.

Carina gähnte verschlafen und blinzelte ihn an.

»Guten morgen.« Verliebt strahlte sie ihn an.

»Hey.« Romans Verstand arbeitete wieder auf Hochtouren. Wie konnte er sie unbemerkt loswerden?

Carina setzte sich auf und küsste ihn. Widerwillig ließ er es geschehen. Das konnte er jetzt wirklich nicht gebrauchen.

»Was ist denn mit dir?« Das Mädchen registrierte seine distanzierte Haltung. »Letzte Nacht warst du um einiges zärtlicher.« Neckisch grinste sie ihn an und ließ die Decke ein Stückchen sinken. Sie war nackt.

Verlegen strich Roman sich durchs Haar. Er musste sich bemühen, ihr nicht offensichtlich auf die Brüste zu starren.

»Ich, ähm, mit mir ist nichts. Mir wäre es aber ehrlich gesagt lieber, du gehst.« Roman stand auf, erst jetzt bemerkte er, dass er ebenfalls nackt war. Da seine Boxershorts auf den ersten Blick nicht auffindbar war, ging er selbstbewusst zur Kommode und holte sich eine frische. Nachdem er diese sowie seine Trainingshose angezogen hatte, zog er die Rollläden hoch und schaute hinaus. Die Wohnung seines Vaters lag im Erdgeschoß, sein Fenster ging in den kleinen Gemeinschaftsgarten hinaus.

Carina schob beleidigt die Unterlippe vor. »Ich hätte ja nicht gedacht, dass du doch zu den Arschlöchern gehörst.«

Sie sah ihn an. Er stand oben ohne vor dem Fenster, er war schlank und sein Körper in Form. Die Tattoos an ihm fand Carina sexy. Zudem war sie noch nie zuvor so geküsst und verführt worden. Seine Piercings hatten sie komplett verrückt gemacht. In Roman könnte sie sich verlieben, das war ihr bereits in der Kneipe klar gewesen, nachdem er ihr erzählte, dass er Poesie verfasste. Wie cool war das denn bitte? Ein Kerl, der in der Lage war, Romantik und Tiefgründigkeit in wenigen Sätzen auf den Punkt zu bringen.

»Gehöre ich eigentlich auch nicht.« Roman ging in seinem Zimmer umher und sammelte ihre Klamotten ein. Er warf ihr die Sachen aufs Bett. »Trotzdem muss ich dich bitten zu gehen.«

Carina rührte sich keinen Zentimeter. »Willst du mich denn nicht näher kennenlernen? Wir zwei, da hat doch alles gestimmt. Du kannst mich doch jetzt nicht einfach rauswerfen?« Sie schlug die Decke beiseite, machte aber keine Anstalten sich anzuziehen.

Roman konnte keine Szene gebrauchen, daher setzte er sich zu ihr aufs Bett. »Hör mal, so was wie letzte Nacht habe ich vorher noch nie getan. Aber ich will ehrlich zu dir sein, es gibt da ein anderes Mädchen.« Er hoffte, sie würde ihn verstehen.

»Was? Willst du mir sagen du hast eine Freundin? Was bist du denn für ein Arsch?« Endlich bewegte sie sich und zog ihre Unterwäsche an.

»Nein, ich habe keine Freundin. Ich bin aber in jemanden verliebt. Daher kann ich mich nicht weiter auf dich einlassen.« Innerlich schüttelte Roman den Kopf, was für ein Gespräch, was für eine billige Ausrede. Das Mädchen musste endlich gehen.

Sie hielt erneut inne. »Wenn wir uns aber erst mal näher kennen, vielleicht findest du mich dann genauso gut wie sie. Oder besser.«

Klang doch ganz logisch, fand auch Roman. Dennoch lehnte er ihr Angebot ab. »Ich bin einfach nicht frei. Hier, dein Kleid.« Er hielt es ihr vor die Nase.

Ihre Stimmung schwang um. Pampig riss sie es ihm aus der Hand und schlüpfte hinein. »Das ich auch immer auf die gleichen Typen reinfalle. So eine Scheiße!« Carina nahm ihre Handtasche, warf sich den Mantel über und stieg in ihre Pumps.

»Schönes Leben noch, Blödmann!«, zischte sie in Romans Richtung und ging festen Schrittes auf seine Zimmertür zu.

»Warte mal!«, warf er schnell ein, und sie blieb stehen.

Lächelnd drehte sie sich zu ihm um.

»Würde es dir etwas ausmachen, aus dem Fenster zu steigen? Ich möchte vermeiden, dass du meiner Family über den Weg läufst.« Roman meinte es todernst.

Carina schnappte nach Luft. »Du machst doch Witze?«

Er schüttelte den Kopf und öffnete das Fenster. »Ist auch gar nicht hoch.«

Das Mädchen starrte ihn entgeistert an und dachte darüber nach. Schließlich seufzte sie und ging auf das Fenster zu.

»Das glaub ich einfach nicht«, murmelte sie sauer.

Roman grinste sie frech an. »Tut mir echt leid, aber trotzdem danke.«

Er reichte ihr die Hand und half ihr über das Fensterbrett. Als sie auf der anderen Seite im nassen Gras stand, schaute sie ihm in die Augen. »Ganz ehrlich, dafür schuldest du mir einen Kaffee.«

Roman lächelte. »Da hast du recht.« Eigentlich war sie doch ganz cool.

Carina kramte ihr Handy aus der Handtasche und speicherte Romans Nummer ein. »Glaube mir, ich melde mich. Den werde ich einfordern.« Sie war gar nicht mehr so böse auf ihn.

Roman beugte sich aus dem Fenster und gab ihr einen Kuss auf die Wange. »Danke, sehr cool von dir.« Er sah ihr nach, wie sie die Hauswand entlang und um die Ecke ging. Noch immer lächelnd schloss er das Fenster und ging in die Küche, um mit seiner Schwester und seinem Vater zu frühstücken. Eigentlich war Carina nicht nur cool, sondern auch ganz süß. Auf den Kaffee freute er sich schon.

Am nächsten Tag klopfte Anne an seine Zimmertür. Aufgeregt legte sie ihm die Tageszeitung vor und las mit ihm gemeinsam mehrere Male den Artikel von Ulli Dehn über Sophie und Joshua.

»Ist das nicht unglaublich?« Anne war fassungslos.

»Ich glaube nicht, dass Joshua sich aus den Gründen für Sophie entschieden hat.« Roman bewertete den Artikel skeptisch.

»Das glaube ich auch nicht, was der Typ da schreibt, von wegen emotionaler Erpressung und so, ist doch Bullshit. Ich meine, dass sie einen Tumor hatte. Wie Mama, hatte sie dir davon erzählt?«

Stumm schüttelte Roman den Kopf. Diese Tatsache fand er ebenfalls unglaublich. In allen Details hatte er Sophie vom Tod seiner Mutter erzählt, von seinen Gefühlen, seiner Trauer, seinem Kummer. Mitfühlend hatte sie seine Hand gehalten und ihn einfach kalt ein weiteres Mal belogen.

»Das ist doch krass. Ich meine, bei allem Respekt, Bruderherz: Die Lady hat dich echt voll verarscht. In vielerlei Hinsicht.« Anne war wütend auf Sophie. Das hatte ihr Bruder nicht verdient.

»Tja, so ist das Leben eben. Hart, aber ungerecht.« Roman lächelte gequält.

»Mit der Braut bist du hoffentlich durch?« Anne faltete die Zeitung zusammen.

Roman ließ sich aufs Bett fallen. »Das wäre wohl das Klügste.«

»Na, absolut. So einer Tussi kannst du doch nie über den Weg trauen. Die belügt dich doch, wie ihr gerade der Sinn steht.« Anne kam richtig in Fahrt.

»Ach, Anne. Sie hatte sicher ihre Gründe. Die Geheimnistuerei um Joshua und ihre Krankheit. Ich kann mir nicht anmaßen zu beurteilen, warum sie so gehandelt hat, wie sie es getan hat.« Roman versuchte, die aufkommende Wut auf Sophie im Keim zu ersticken.

»Da hast du recht, mein Sohn.« Die Zwillinge hatten nicht bemerkt, dass ihr Vater in der Tür stand. »Und genau so hatte eure Mutter ihre Gründe. Man versucht, sich und die Menschen, die man liebt, zu schützen. Ihr seht doch nun, was passiert ist. Dieser Reporter hat einen schmutzigen Artikel über ihre Krankheit und ihre Beziehung verfasst. Was glaubt ihr, wie es ihr geht?«

Die Geschwister schauten sich an.

»Roman, du hast selbst gesagt, sie durfte ihre Beziehung zu dem Rockstar nicht publik machen. Was hätte sie tun sollen?

Alle Regeln für dich brechen? Dich in Geheimnisse einweihen, ohne dich richtig zu kennen? Du hättest zu einem Reporter gehen und die Infos weitergeben können. Sie musste sich und die Menschen, die sie liebt, schützen.« Der Vater setzte sich auf die Bettkante.

»Anne, mein Herz, sollte es jemals dazu kommen, dass du erkrankst, dann würde ich ebenfalls alles dafür tun, dir zu helfen und dich zu schützen. Und solltest du einen Mann an deiner Seite haben, erwarte ich das gleiche von ihm.« Er sah seinen Sohn an. »Von dir natürlich auch.«

Anne nickte und nahm die Hand ihres Vaters. »Mir geht's aber gut, Papa.«

»Und ich bete, dass es immer so bleibt. Verurteilt Menschen nicht so schnell für ihre Entscheidungen. Ihr könnt immer für euch wählen, ob ihr sie akzeptiert oder nicht.«

Er sah den Zwillingen in die Augen. »Ich möchte nicht, dass meine Kinder über andere herziehen und lästern. Habt Respekt auch für Dinge, die ihr nicht nachvollziehen könnt.« Er verließ das Zimmer, nachdem sie ihm zustimmend zunickten.

»Ach, Mann«, motzte Anne, »Papa hat immer Recht.«

Roman lachte und warf die Zeitung in den Mülleimer.

Die E-Mail, die er zwei Wochen später von Sophie erhielt, las er unzählige Male. Sie erklärte ihm ihr Handeln, erklärte ihre Lügen, erzählte von ihrer Krankheit, der Silvesternacht und natürlich von der Trennung. Roman wunderte sich, dass er sich nicht darüber freute. Noch vor wenigen Tagen hatte er Carina aus dem Fenster steigen lassen, da er zu viele Gefühle für Sophie hatte. Doch schienen diese plötzlich erloschen. Er verstand ihre Aussagen, schaffte es jedoch nicht, sie zu akzeptieren. Konnte ihr einfach nicht verzeihen, dass sie ihn belogen hatte. Hatte Sophie denn nicht gespürt, dass sie ihm vertrauen konnte? Hatte sie denn nichts daraus gelernt, dass er nach dem Konzert in Frankfurt auf ihrer Seite gestanden hatte? Er hatte Joshua damals ebenfalls belogen, das hatte er für sie getan. Sogar als sie keinen Kontakt mehr wollte, war er ihrem Wunsch nachgekommen. Dennoch hatte er sie auf der Straße vor diesen Mädchen beschützt. Mein Gott, sie musste doch spätestens bei dem Kuss gewusst haben, dass sie ihm alles anvertrauen kann.

Die Wut kam zurück. Sophie hatte sich völlig falsch verhalten. Er begann, eine E-Mail zu schreiben und steigerte sich hinein. Seine Finger flogen über die Tasten, und von Satz zu Satz wurde er gemeiner und verletzender. Sein klingelndes Handy stoppte diesen Wutausbruch. Die Nummer war ihm unbekannt. Schroff ging er dran.

»Was?«, zischte er.

»Hey, erwische ich dich mal wieder auf dem falschen Fuß?«, flötete eine fröhliche Frauenstimme.

Roman erkannte die Anruferin nicht. »Wer ist dran?«

»Rapunzel könnte man sagen. Na ja, stimmt nicht ganz. Immerhin hast du mich aus deinem Turm geschmissen.« Carina lachte über ihren eigenen Witz.

Romans Anspannung löste sich. »Ach, du bist es. Hi, sorry, ich habe dich nicht sofort erkannt.«

»Kein Problem, du kennst meine Nummer ja auch nicht. Ich wollte dich fragen, ob du in den nächsten Tagen Lust auf einen Kaffee hast.«

Roman starrte auf seinen Monitor. Während er Carina antwortete, markierte er über den Befehl ›Strg+A‹ den gesamten Text und löschte ihn. »Klar, wie wäre es denn heute?«

Carina freute sich und sagte zu. Die beiden verabredeten sich in der Innenstadt und legten auf. Roman entschied, dass es sich nicht lohnte, Sophie so eine harte Ansage zu machen. Sein Vater hatte recht gehabt: Man musste die Menschen akzeptieren und ihre Entscheidungen respektieren, auch wenn man selbst anderer Meinung war oder es anders gelöst hätte. Doch er konnte ihr einfach nicht mehr vertrauen. Wie konnte eine Beziehung ohne Vertrauensbasis überhaupt funktionieren? Eben: gar nicht.

Er blieb sich selbst treu und schrieb ihr ehrlich zurück, dass er kein Vertrauen mehr zu ihr hatte. Sie hatte ihn zu oft angelogen, auch wenn ihre Beweggründe sicherlich nachzuvollziehen waren. Sein letzter Satz lautete: *Sophie, das mit uns, das macht einfach keinen Sinn.*

Sophie hatte wegen dieser E-Mail viele Nächte geweint. Sie bereute es zutiefst, dass sie Roman so sehr verletzt hatte, dass er nun keinen Sinn darin sah, mit ihr zusammen zu sein. Dass die Beziehung zu Joshua beendet war, das hatte sie verarbeitet, doch ohne Roman wollte sie nicht sein. Gab es eine Möglichkeit, ihn zurückzugewinnen?

Als sie Ende Januar ihre Sachen für die neue Wohnung packte, schöpfte sie neuen Mut. Der Bezug ihres eigenen Heimes war ein weiterer Schritt in die richtige Richtung. Vielleicht sollte sie um Roman kämpfen?

Am ersten Februar brachte Martin mit einem geliehenen Lieferwagen ihre Sachen in die neue Wohnung. Der Umzug war schnell gemeistert, hatte sie doch nur wenige Sachen. Von der ersten Nacht an schlief sie richtig gut. Das war ebenfalls ein gutes Zeichen.

Einige Tage später bummelte sie über die Zeil und hielt in den verschiedenen Läden Ausschau nach Kleinigkeiten, die sie für die Wohnung kaufen könnte. Sie stand vor der Zeilgalerie und studierte die Informationstafel, als Roman ihr entgegenkam. Hand in Hand lief er mit einem anderen Mädchen durch das Kaufhaus. Sophies Herzschlag beschleunigte sich auf kritische eintausend Schläge pro Minute, und ihr Magen verkrampfte sich. Noch bevor sie sich wegdrehen und davonstehlen konnte, entdeckte er sie ebenfalls. Sie registrierte, dass auch er erstarrte und nicht genau wusste, wie er reagieren sollte. Schließlich kam Roman auf Sophie zu, seine neue Freundin fest an der Hand.

»Hi.« Er stand ihr gegenüber.

»Hi.« Schüchtern begrüßte Sophie ihn ebenfalls und schaute in seine blauen Augen.

Einen Moment schwiegen sie.

»Hi, ich bin Carina«, stellte sich seine Begleitung selbst vor.

Sophie reichte ihr die Hand. »Hi, freut mich, ich bin Sophie.«

Carina lächelte und schaute von Sophie zu Roman. Er war nicht in der Lage, seine Augen von ihr abzuwenden. Carina räusperte sich.

»Wie geht's dir?«, fragte er Sophie, ohne auf Carinas Räuspern zu achten.

»Ganz gut«, antwortete sie knapp. »Ich bin vor Kurzem umgezogen.«

»Ja, ich weiß«, freute sich Roman. »Gratuliere.«

Carina erkannte Sophie aus einem Magazin. Doch sie gab dies nicht zu erkennen, verlagerte ihr Gewicht auf ein Bein, hielt Romans Hand fest und schaute nach draußen auf die Fußgänger.

Sophie nannte ihre Adresse. Warum sie das so aus dem Nichts heraus machte, wusste sie selbst nicht. Es war unpassend, zumal er nun eine Freundin hatte.

»Das ist eine tolle Gegend.« Roman versuchte, eine sachliche Konversation zu führen, doch innerlich war er völlig durcheinander. Er hatte mit Sophie abgeschlossen. Er hatte nichts verspürt, als sie ihn um eine zweite Chance gebeten hatte. Jedenfalls nichts außer Wut. Er war sich sicher gewesen, dass er mit dem Thema durch war. Wieso brachte sie ihn dann so aus der Fassung?

»Schatz, wollen wir nicht weiter? Der Film fängt bald an.« Carina sprengte den Moment und drängelte höflich.

»Ich will euch auch gar nicht aufhalten.« Sophie verabschiedete sich und ging zu den Aufzügen.

»Mach's gut, Sophie.« Roman sah ihr hinterher.

Carina schaute ihren Freund einen Moment an und zog ihn dann auf die Zeil Richtung Kino.

»Sag mal, das war doch die Freundin von dem ›Dark Tower Alliance‹-Typen, oder? Da waren doch eine Menge Artikel über das Biest in der Zeitung. Woher kennst du die denn?« Carina war natürlich neugierig, vor allem, da ihr neuer Freund seine Augen gar nicht von Sophie abwenden konnte.

»Sie ist kein Biest!«, antwortete er empört und blieb stehen. »Wie kannst du das denn sagen? Du kennst sie doch überhaupt nicht.«

Huch, wieso war er nun so verärgert? »Ich, ähm, tut mir leid, sie hat den Typen doch krass behandelt.« Carina war über Romans Reaktion verwundert.

»Das war alles Bullshit, was da in den Zeitungen stand. Da wurde ein ziemlich übles Spiel mit ihr gespielt. Sie war schon vor ihrer Erkrankung mit Joshua zusammen.« Selbst während er sprach, wusste er nicht, warum er sich für Sophie so ins Zeug legte. Konnte ihm doch eigentlich egal sein, was Carina dachte. War es aber nicht. Ganz und gar nicht.

»Okay, das kann ich ja nicht wissen. Dann ist es ja echt Scheiße für sie, was da gelaufen ist. Komm, die Kartenreservierung verfällt bald.« Carina wollte das Thema wechseln. Sie spürte sofort, dass Roman in der Silvesternacht von Sophie gesprochen haben musste. Doch sie wollte ihn nicht so schnell wieder verlieren.

»Ja, echt Scheiße!«, motzte Roman und ging weiter. Carina versuchte alles, um diesen ersten kleinen Streit schnell beizulegen und wieder eine harmonische Stimmung zu schaffen. Doch je mehr sie es versuchte, desto genervter war Roman davon. Wieso machte Carina sich so krumm für ihn? Wo war ihr Stolz? Es konnte ihr doch nicht gefallen, jetzt vor ihm zu kriechen, nur damit er nicht mehr böse war. Urplötzlich dachte er an das Konzert in Frankfurt zurück. Joshua hatte ihn vor Sophie ziemlich gedemütigt, und er hatte die ganze Zeit seine Fassung behalten. Er hatte alles über sich ergehen lassen, nur um bei Sophie zu punkten.

Im Kino konnte sich Roman nicht auf den Film konzentrieren. Nach und nach fielen ihm Momente ein, die er mit Sophie erlebt hatte. Wie sie Joshua wenigstens einen Spruch reingewürgt hatte, als er über seinen Job gewitzelt hatte. Roman hatte sich damals auf die Zunge beißen müssen, damit er nicht lachte. Das war doch irgendwie stark von Sophie.

Er schielte unauffällig zu Carina. In dem Film war gerade irgendwer gestorben, und Carina wischte sich unauffällig eine Träne aus dem Augenwinkel. Ob Sophie wegen Filmen wohl weinte? Ob sie die Tränen auch verstecken würde? Oder stand sie zu ihren Gefühlen?

›Carina ist nicht Sophie. Hör auf, sie miteinander zu vergleichen!‹, ermahnte sich Roman.

Doch so richtig ging Sophie ihm nicht mehr aus dem Kopf.

Sophie hatte gehofft, er würde sich nach dieser Begegnung bei ihr melden. Doch nun waren sechs Wochen vergangen, und sie hatte nichts von ihm gehört. Sie dachte oft an diese Minuten in dem Kaufhaus. Er sah aus wie immer, nur den Duft konnte sie nicht ausmachen. Vielleicht war sein Parfum aufgebraucht, vielleicht mochte Carina es nicht.

Carina. Roman hatte also eine Freundin.

Um wieder auf bessere Gedanken zu kommen, dachte Sophie an den Vormittag zurück. Sie hatte endlich einen unterzeichneten Arbeitsvertrag. In weniger als vier Wochen würde ihr Job beginnen. Sie würde wieder ein Gehalt bekommen. Sie würde endlich unabhängig sein. Ein Lächeln stahl sich auf ihr Gesicht. In dieser positiven Stimmung fläzte Sophie sich in ihren kuscheligen Ohrensessel und rief Joshua an.

»Prinzessin!« Jo freute sich aufrichtig.

»Hi, Joshua.« Sophie grinste. Wie lange er sie wohl so bezeichnen würde?

»Wie lebt es sich denn nun in deiner eigenen Wohnung?« Joshua machte es sich in seinem Zimmer ebenfalls gemütlich.

»Noch genauso gut wie beim letzten Telefonat. Allerdings hat sich einiges getan. Nach und nach schaffe ich mir Krimskrams an und dekoriere alles so, wie ich das schön finde.« Sie lachte.

Jo hasste unnützen Krimskrams. »So soll es sein.« Pflichtete er ihr bei. »Deine Wohnung, deine Regeln.«

»Wie läuft es bei euch?« Sophie freute sich noch immer auf die aufregenden Geschichten.

Joshua erzählte ihr von der geplanten Reise nach New York. »Ich teile mir natürlich mit Nick ein Zimmer. Tom wollte unbedingt ein Einzelzimmer.«

»Das wundert mich nicht«, unterbrach Sophie und lachte.

»Japp, er übt schon fleißig Anmachsprüche auf Englisch. Wir werden wohl ab Mai wieder ins Studio gehen und unser drittes Album aufnehmen.« Jo aß nebenbei einen Apfel.

»Hey, cool. Viel Spass dabei, fahrt ihr wieder nach Norwegen?« Sophie kam diese Frage leicht über die Lippen.

Joshua schwieg einen Moment. »Wahrscheinlich.« Mehr sagte er nicht.

»Ich, ähm, macht dir das was aus?«, fragte Sophie behutsam.

»Ja, irgendwie schon.« Jo war sehr ehrlich.

Auf der einen Seite tat es Sophie leid, und auf der anderen Seite schmeichelte es ihr. »Bis dahin ist ja noch etwas Zeit.«

»Hm.« Joshuas Stimmung wurde trüber.

Sophie wollte das schnell ändern. »Also, wann kann man euch wieder live erleben?«

Die Frage nach seiner Arbeit brachte ihn sofort auf andere Gedanken. Er zählte eine lange Liste mit Festival-Anfragen auf und erklärte, dass dieses Jahr keine Tour mehr in Deutschland geplant sei.

»Wir werden an dem Album arbeiten, und im Herbst sind wir dann eventuell nochmal in den Staaten, … also, falls es nächste Woche gut läuft.«

»Das wird es bestimmt, da bin ich ganz sicher.« Sophie war zuversichtlich.

»Du kannst uns ja auch einfach so besuchen kommen, falls du in der Nähe bist. Nicklas würde sich freuen.« Jo hoffte auf eine positive Antwort.

Sophie gab keine direkte Auskunft, erkundigte sich aber nach Nicklas und erfuhr, dass er wieder mit Linda in engerem Kontakt stehe. Zwar führten die beiden keine Beziehung, jedoch schienen sie es sich für die Zukunft offen zu halten.

»Das freut mich echt für ihn.« Sophie lächelte. Draußen wurde es dunkel und leichter Regen setzte ein.

»Was für ein Mistwetter!«, schimpfte sie.

»Oh, jetzt sind wir schon beim Wetter angekommen. Anscheinend gibt es nun nicht mehr viel zu bereden.« Jo lachte.

Von Minute zu Minute wurde der Regen stärker und peitschte von draußen an Sophies Fensterscheiben.

»So war das eigentlich gar nicht gemeint«, schmunzelte sie, »aber ich finde das ganz schon ungemütlich.«

»Wieso? Du bist drinnen, hast es warm und kuschelig und draußen ist es kalt und nass. Ist doch perfekt! Nun kannst du jeden armen Hund bemitleiden, der gerade draußen unterwegs ist.« Jo schaute bei sich ebenfalls aus dem Fenster. Der Himmel über Köln war zwar dunkel, es sah jedoch nicht nach Regen aus.

»Da hast du recht. So sollte man das wohl sehen. Geht ihr Jungs heute noch aus?«

Er legte sich lang auf sein Bett und streckte sich. »Nö, ich jedenfalls nicht. Marco und Tom sind sowieso nicht zu Hause. Wer weiß wo die sich wieder rumtreiben?«

»Vielleicht bringt einer ja Katja mit zu euch.« Sophie kicherte. Sie war froh, dass sie darüber nun lachen konnte.

»Hör mir blos auf mit der Frau. Die ist so dermaßen nervig.« Jo stöhnte.

»Ach, komm!«, antwortete Sophie ironisch. »Das ist mir ja ganz neu.«

»Ja, ja, du hast das schon immer gewusst. Wir treffen die in der Tat ab und zu hier in der City. Die ist immer so dermaßen drüber.« Jo schüttelte den Kopf.

Es klingelte an Sophies Wohnungstür.

»Du, Jo, ich muss Schluss machen. Es hat gerade geklingelt.« Sophie verabschiedete sich überraschend von ihm.

»Kein Thema, aber immer erst fragen, wer da ist. Mach's gut, Sophie. Ich melde mich, wenn wir wieder in Köln sind.« Josh schmatzte einen Bussi in den Hörer und legte auf.

›Wer konnte das jetzt noch sein? Bei diesem Wetter?‹, überlegte Sophie.

Sie ging an die Gegensprechanlage, doch niemand antwortete. Es klopfte an ihrer Tür. Sie hatte keinen Türspion, aber jetzt ängstlich zu fragen, wer da war, wollte sie auch nicht. Wer konnte es schon sein? Nur jemand aus dem Haus, der nicht von der Straße kam. Sophie öffnete.

Vor ihr stand, nass bis auf die Haut, ... Roman.

»Roman!«, rief sie glücklich und fiel ihm um den Hals. Es war ihr egal, dass ihr Shirt und ihre Hose ebenfalls feucht wurden. Mit geschlossenen Augen hielt sie ihn ganz fest und atmete tief ein. Roman hielt sie ebenfalls fest. Derselbe Duft ging von ihm aus, den sie so gut in Erinnerung hatte. Sophie lächelte.

»Sophie«, murmelte er, »ohne dich macht das auch keinen Sinn!«

Zwangläufig ging ihr sein Gedicht durch den Kopf:

Ist Liebe ein Wort?
Ist Liebe eine Geste?
Ist Liebe ein Gefühl?
Ist Liebe eine Farbe?
Ist Liebe ein Versprechen?

Sieh die Träne auf meiner Wange,
sie ist durchsichtig,
denn sie ist gefüllt
mit Liebe zu dir!

Roman

Am Anfang war die Mail

von Tanja Nasir

Joshua ist Mitte Zwanzig, gutaussehend und Schlagzeuger einer erfolgreichen Rockband. Getreu seinem Motto ›Warum sich auf eine Frau festlegen, wenn man täglich eine andere haben kann?‹ ist die Liste seiner Eroberungen lang und herzlos. Zusammen mit seinen Bandkollegen wohnt Josh in einer Altbauwohnung in Köln und steckt mitten in den Vorbereitungen für die kommende Deutschlandtour. Sein Leben ist scheinbar perfekt.

In dieser Phase wird er praktisch gegen seinen Willen per E-Mail von Nadia verzaubert. Doch als Joshua herausfindet, dass hinter den Mails von Nadia eigentlich Sofie steckt, ist sein Liebeschaos perfekt.

Sind Nadia und Sofie ein und dieselbe Person? Oder handelt es sich um zwei ganz unterschiedliche Frauen? Kann ein Fan die große Liebe sein? Als ihn seine genervten Bandkollegen vor die Wahl stellen, muss Jo eine Entscheidung treffen …

Ein Roman, der mit viel Humor gespickt eine Geschichte erzählt, die sowohl die jüngere als auch die jungebliebene Generation anspricht. Mit Spannung und überraschenden Wendungen hat die Autorin Tanja Nasir einen überaus unterhaltsames Buch geschaffen.

ISBN 978-3-942277-23-5 | 160 Seiten
Taschenbuch | € 8,90 (D)

Thriller

Das dunkle Zimmer

von Bernd Kissero

Die Ermittler Stefan Wedding und Paul Keller stehen sich einem geheimnisvollen und brutalen Mordfall gegenüber. Ein Paar wurde in der eigenen Wohnung getötet - aber war da noch ein Kind? Bald bekommen die Berliner Polizisten Hinweise aus einer ungeahnten Richtung: ein Video einer Geiselnahme taucht auf.
Zudem schiebt sich Julia Braun, die Schwester der Toten ins Geschehen. Ihre militärische Ausbildung unterstützt sie bei der Suche des Mörders auf eine Faust. Wedding und Keller sind von Julia Brauns Einsatz jedoch alles andere als begeistert.

Ein actiongeladener Thriller mit zahlreichen Wendungen, der mit der spannenden Erwartung des Lesers spielt.

ISBN 978-3-942277-52-5
286 Seiten
Taschenbuch
€ 10,90 (D)

Thriller

Die siebte Gemeinde

von Stefan Link

Finde das verlorene Buch,
von dem man sagt, es sei ein Fluch.

Ein geheimes Dokument scheint der Grund für den Tod Robert Seydels zu sein. Sein Sohn und Emma machen sich auf die Suche nach dem mysteriösen Buch und dem gefährlichen Mörder.

800 Jahre zuvor ist Arusch auf der Flucht vor Kreuzrittern im mittelalterlichen Konstantinopel. Heute wie damals beginnt das Grabtuch Jesu Christi, in den Mittelpunkt zu rücken.

Ein Thriller der besonderen Art.

ISBN 978-3-942277-24-2
348 Seiten
Taschenbuch
€ 10,90 (D)

ISBN 978-3-942277-26-6
285 Seiten
Taschenbuch
€ 10,90 (D)

Roman

Solifera

von Susanne Esch

In jungen Jahren bemerkt Antalia, sie ist anders. Sie verändert sich, und es zeigt sich bald, dass sie ganz besonders ist. Dann tritt Darieno in ihr Leben, ein Abgesandter des ›Meeresvolkes‹. Mit seiner Hilfe kommt sie ihrem wahren Wesen auf die Spur. Sie muss ihrem Schicksal folgen und eine Mission antreten, welche sie an die Schwelle zwischen Leben und Tod treibt.

Mit einem beeindruckenden Einfühlungsvermögen beschreibt die Autorin Susanne Esch diese phantasievolle Geschichte zwischen Meer und Land, zwischen Liebe und Hoffnung.

Roman

Der Savant von Innis

von Susanne Esch

In einem fernen Kloster wächst Yuro auf und bemerkt bald, das er besondere Fähigkeiten besitzt. Mit seinem Freund Solus macht er sich auf den Weg nach seinen Ursprüngen zu suchen. Schnell erfährt er, dass er auf dem Innis eine Aufgabe zu erledigen hat, wobei Solus plötzlich mehr in Mittelpunkt rückt.

Ein facettenreicher Roman mit gewohnt ausdrucksvoller Sprache der Autorin Susanne Esch.

ISBN 978-3-942277-29-7 | 336 Seiten
Taschenbuch | € 10,90 (D)

ISBN 978-3-942277-49-5
300 Seiten
Taschenbuch
€ 10,90 (D)

Roman

Fadimes Hof

von Manuel Negwer

Einen großen Traum will Mario endlich in die Tat umsetzen: die Errichtung eines Kulturzentrums in Berlin-Kreuzberg, in dessen Programm Einflüsse aus der ganzen Welt aufgenommen werden sollen. Augerechnet zu dieser Zeit öffnet sich die sozialistische DDR, und Marios Vater stirbt. Mario Mestre hat Geldsorgen. Seine Mutter wendet sich von ihm ab, und sein Bruder Samuel taucht nach Jahren vollkommen verändert wieder auf. Der ›Hof‹ ist in Gefahr. Dann trifft er auf Fadime, eine talentierte türkische Sängerin aus dem Kiez. Sie ist die neue große Hoffnung in Marios Leben.

Mit jedem Kapitel aus ›Fadimes Hof‹ werden die Kenntnisse aus dem Erfahrungsschatz des Autors Manuel Negwer deutlicher. Sowohl kulturelle, politische als auch musische Eindrücke werden mit einem beeindruckenden Wissen und Wortschatz beschrieben.

Ein besonderer Roman für genussfreudige Leser.

ISBN 978-3-942277-34-1
494 Seiten
Taschenbuch
€ 11,90 (D)

Roman

Staub von den Sternen

von Lily Konrad

Wenn Silvia an diesen Mann dachte, überkamen sie stets gemischte Gefühle. Sie wusste, dass er jede Frau haben konnte, und dennoch erlag sie lange seinem Einfluss. Robin war ein gutaussehender und wohlhabender Mann, der seine Chancen nutzte, wie sie ihm geboten wurden. Kalt und gefühllos stieß er aber letztlich jede Frau von sich, die mehr von ihm verlangte. Nur konnte das nicht immer so weitergehen. Robins Vater erwartete mehr von einem Nachfolger der eigenen Firma ...

In mehreren Handlungssträngen erzählt die Autorin Lily Konrad mit ihrem frischen Humor die Geschichte um Liebe, Sehnsucht, Sex und Existenzängste. Geschickt führt sie die Epi-soden der Protagonisten immer wieder zusammen und lässt so einen spannenden Roman entstehen.

Thriller

Jackie

von Sascha Ehlert

Spannend und zuweilen beklemmend wird die Geschichte um die Kostümbildnerin ›Jacqueline‹ erzählt. Der Traum vom großen Ruhm am Theater und die herben Enttäuschungen treiben die junge Frau zum Äußersten. Sie strebt danach, ihre ganz eigene perfekte Welt zu gestalten – mit allen Mitteln.

In ihrem Wahn verstrickt sich Jacqueline schnell in einem Szenario aus psychischen Abgründen, Gewalt und Allmachtsphantasien – dabei wollte sie doch nur von ihren Kollegen und den Theater-besuchern geliebt werden. Schon als Kind musste sie Erfahrungen machen, die sie zu jener Frau werden ließen, die sie heute ist ...

Es wird eine Altersempfehlung für das Buch ab 18 Jahre ausgesprochen.

ISBN 978-3-942277-32-7
152 Seiten
Taschenbuch
€ 8,90 (D)

Kriminalroman

Mord im Lichthof

von Andreas Kimmelmann

Ein Vorfall in der Ludwig-Maximilians-Universität in München wird zum ersten Fall des Junganwalts Alwin Eichhorn. Ein Student ist zu Tode gekommen. Es gibt zahlreiche Zeugen und ein Geständnis - allerdings soll es kein Mord gewesen sein. Von Anfang an bildet sich ein Schleier vor dem Auge des Rechtsanwaltes, und er vermutet mehr dahinter, als sich ihm offenbart.

»Mord im Lichthof« ist ein beeindruckender Roman des Autors Andreas Kimmelmann, der dem Leser einige Rätsel aufgibt und ihn mit viel Spannung durch die überraschenden Wendungen der Geschichte führt.

ISBN 978-3-942277-27-3 | 288 Seiten
Taschenbuch | € 10,90 (D)

Thriller-Trilogie

Darkside Park

von Ivar Leon Menger

Manche Menschen verschwinden spurlos. Andere kommen völlig verändert zurück. Entdecken Sie das dunkle Geheimnis von Porterville, der scheinbar friedlichen Stadt an der Ostküste Amerikas ...

18 Geschichten, drei Bücher, sechs Autoren und ein düsteres Geheimnis, das alles umschließt – mit diesem ungewöhnlichen und bereits mehrfach preisgekrönten Konzept beschreitet Ivar Leon Menger einmal mehr neue Pfade. Gemeinsam mit den Autoren Hendrik Buchna, John Beckmann, Christoph Zachariae, Raimon Weber und Simon X. Rost entwirft er das vielschichtige Panorama einer Stadt, die ganz im Bann einer alles entscheidenden Frage steht: »Kennen Sie den Darkside Park?«

Erstes Buch - Ankunft in Porterville ISBN 978-3-942277-08-2 | 196 Seiten | **Taschenbuch**
Zweites Buch - Wege in die Dunkelheit ISBN 978-3-942277-09-9 | 236 Seiten | **Taschenbuch**
Drittes Buch - Das letzte Geheimnis ISBN 978-3-942277-10-5 | 256 Seiten | **Taschenbuch**
je € 9,90 (D)

Roman

131 Briefe

von Michael Schröder

In einem kleinen Dorf finden sich zwei junge Menschen, die sich nie gesucht haben. Ronny und Iris erleben ihre erste große Liebe im Zeitgeist der 80er Jahre. Zwischen lieb gewonnener Provinz und der Sehnsucht nach grenzenloser Freiheit erleben die beiden ihre kleinen Wunder und Abenteuer auf dem Weg ins Erwachsenwerden.

Erst 30 Jahre später drängen Ronny die Erinnerungen an die Zeit seiner ersten Liebe zurück in das Dorf seiner Kindheit. Als Zeugen der Vergangenheit sind die Briefe geblieben, die Ronny vollkommen aus seinem normalen Leben reißen.

ISBN 978-3-942277-17-4 | 400 Seiten | Taschenbuch | € 11,90 (D)

Kriminalroman

Milchshake für Blasius

von Sascha Ehlert

In einem kleinen Dorf im Taunus führt Blasius ein Leben, geprägt vom Alltag. Als er auf Pit trifft, rutscht er plötzlich in das für ihn unbekannte Frankfurter Milieu. Blasius gerät an den gefährlichen Barkley und damit in ein Abenteuer um Leben, Tod, Geld und Sex. Über allem steht zudem bedrohlich die Ankunft des Killers, dem "Schönen Marcello".

Wird Blasius es schaffen, sich aus den Fängen des Milieus zu lösen?

ISBN 978-3-942277-01-3 | 236 Seiten | Taschenbuch | € 9,90 (D)